百年新诗点将录

韦泱 著

文匯出版社

序一

屠岸

中国新诗诞生于二十世纪"五四"运动,其所以叫"新诗",是为了区别于旧体诗。"五四"运动的主旨是迎接德先生(德谟克拉西 Democracy,民主)和赛先生(赛因斯 Scicnce,科学),它的副产品(也许不是副,也是主)是废止文言,提倡白话,所以又叫白话文运动。用白话写诗,与用文言写的"旧诗"相对峙,故曰"新诗"。

这里顺便说一说,我不赞成把今人写的古典格律诗称作"旧诗",我认为应该称之为"旧体诗"。"旧诗"可能指思想旧,但,用这种体裁写的话,也可以是"惯于长夜过春时",或者"又当投笔请缨时",思想是新的,已成为革命诗的经典!何旧之有? 称之为"旧体诗",仅指其"体"为旧,设定了限制,庶几可通。

中国新诗诞生到今天,已达一百年。韦泱先生对中国新诗的历史,做了一次梳理,以诗人为着眼点,称之为"点将"。他所点的将有: 胡适、郭沫若、俞平伯、徐志摩、戴望舒、梁宗岱、臧克家、艾青、李金髪、于庚虞、宗白华、裘柱常、纪弦、卞之琳、任钧、胡风、陈敬容、蒲风、鲁藜、吕剑、贺敬之、孙钿、辛笛、阿垅、罗飞、杭约赫、莫洛、圣

I

野、冀汸、牛汉、化铁、绿原、周而复、徐放、鲁煤、郑敏、彭燕郊、蔡其矫、唐湜、屠岸、丽砂、杜运燮、李瑛、吴宗锡、吴钧陶、廖晓帆、公刘、昌耀、白桦、流沙河、邵燕祥、周良沛，以上共五十二位诗人；此外还有若干篇，点的不是将，而是诗刊物，如《歌谣》《诗刊》《人民诗歌》等；或诗流派，如"七月""九叶""朦胧"等；或诗社团，如"野火诗歌会""民歌社"等。这些，说它们是"将"，也未尝不可。

韦泱"点将"，可以说是给每一位诗人"立传"。在"文革"期间，若是要给谁"树碑立传"，那是大逆不道，罪该万死的事！只有最高领袖，可以立传，但又有谁敢下笔?！韦泱给五十几位诗人"立传"，胆子不小！幸而到了改革开放的新时期，可以客观公正地对诗人们作出评价。比如徐志摩，在极左的意识形态处于统治地位的时候，是被一再贬抑的"资产阶级代表性的买办诗人"。现在，韦泱称徐志摩为"天才诗人"，对徐的诗歌才华，做了尽情地歌赞。这就还原了历史的本来面目。

韦泱为诗人们立的传，篇幅虽不太长，但写得很精彩。说篇幅不长，要看怎样才算长，怎样才算短。司马迁著《史记》中的本纪和列传，字数也不太多，但那是"史家之绝唱，无韵之离骚"！韦泱为现当代诗人们写的传，字数掌握在适当的范围内，总能在设定的框架内，抓住传主的重点，描述其特色，写出其性格，文字生动，语言精辟，更重要的是充盈着作者的感情！

元代作家钟嗣成著有《录鬼簿》，为戏曲家写列传，高度评价有才华的戏曲家为"不死之鬼"或"虽死而不鬼者"，书名乃反其意而用之。韦泱的"点将录"可与它古今媲美。对传主一称"鬼",一称"将",是乃鬼亦将军,将军亦鬼也。

英国十八世纪作家萨缪尔·约翰逊(Samuel Johnson)著有《英国诗人列传》(*the Lives of the English Poets*),径称传主为"诗人"。韦泱的"点将录",亦可以与它东西辉映!

一部诗史,不能离开诗作;一篇篇诗作,不能离开诗人。读韦泱的"点将录",等于读一部中国新诗史。秋夜微凉,青灯书案,手捧诗史,字字入目,心游神移,忘怀得失,竟不知"今夕何夕","聊乘化以归尽"矣。

二〇一六年十月十四日

于北京寓所萱荫阁

序二

邵燕祥

　　中国新诗,百年回首,韦泱顾盼他架上藏书,检得六十题。为什么不写百题,以应吉数?细看每一题,或点一人,或点一诗歌群落,所涉的新诗作者和作品远远不止百人,更不止百部了。然而书中写到的诗人大多数已成背影,他们或正隐入"灯火阑珊处"。不过整个中国新诗并未灯火阑珊,也许正走向辉煌也说不定。

　　这部书记录了二十世纪五十年代出生的作者韦泱的新诗阅读史。他所阅读的,当然不限于写下的这些,因为他写到当代,多半是他亲身晤对过的诗人。他的阅读除了文本,又加上诗人的音容笑貌;他的笔下,除了冷静的分析,又加上感情的成分。只是他的感情因素没有影响他理性的认知。因为他的感情,在表层是对一些诗人的亲近、崇敬以至哀悼,深层则是他对新诗的倾心热爱。

　　你不要拿韦泱仅仅当作一位有毅力、有眼光的藏书家,他首先是一位从写诗起步的"文青"——"诗爱者",他以他的心去感应众多诗人的心,因此他有一颗先天加后天的诗心。他写下的这些文字,不论你叫它诗话也好,书话也好,都包含着诗史,还有诗评。这就跟出自对新诗并无多少感情,仅仅把有关新诗的职业写作当作谋生之术者的文字大异其趣,甚至截然不同。请读者在静静地阅读中仔细体味,甘酸自辨。

由于历史的原因,韦泱的读诗(可能还有写诗)走过小小的弯路。而中国新诗在百年中更走过大大的弯路。"回首向来萧瑟处"时,他不但注目那些新诗史册上名声显赫的诗人,也没忘记几乎全被遗忘,或者一度显赫复归消隐的诗人,客观公正地还他们以新诗发展链条上原有的位置。韦泱绝不势利,他为那些长期在所谓诗歌界处于边缘的诗人,不属于什么诗歌流派、团体,只是类似"单干"地专心写诗,并有自己特色的诗人,留下温暖的一笔。以这样的胸怀来"收藏"新诗,又推介诗人,韦泱这样做了。倘我们都有这样的胸怀,则在新百年里,中国新诗的道路将越走越宽,而不是越走越窄。

格外引起我深思的,是韦泱在《三叹公刘》中,对公刘一九四九年前后诗作的一番比较。我在五十年代初,初读公刘《边地短歌》《神圣的岗位》两本薄薄的诗集,颇感欣喜,目为部队诗歌的新收获,那是在当时语境下,与战争年代的"枪杆诗"等比较而言的。韦泱则直截地指出,政治热情多于艺术提炼,"除某些灵光一闪的诗句外,大多平庸无奇。"这固然是从今天历史恢复了常识的眼光来立论,也因为钩沉了公刘在那之前曾有的作品:"与四十年代后期(公刘)的新诗,尤其是语言犀利、意境深邃的散文诗相比,判若两人。"韦泱此语,振聋发聩,也令人唏嘘。我后来从《中国青年报》上读到公刘《佐瓦山组诗》等，耳目一新。韦汶也肯定了公刘一九五三至一九五六年间的若干新作。这些新作实际上接通了诗人一九四九年以前的一脉文心，让我们又看到了真正的诗性和诗质。

这不仅是公刘之可叹惜，也几乎可以涵盖了一两代诗人曾经的命运。

从这部书，可以说作者韦汶是新诗的知音，是诗人也是读者的知音。

二〇一六年九月二十七日

序三

周良沛

　　孩童时,虽然跟着大人、老人也会像唱顺口的儿歌一样,完全不知所以的溜着嘴说"床前明月光,疑是地上霜⋯⋯"可我还没有上学,也不像有的人家的孩子,会早早地在家教识字。可亲朋、来往的人家,多是读书人,有的每天还练字,这样,字纸则随处都是。我们孩子,不要说不敢碰它,就是它掉在地下,大人都像那时鬼子的飞机来了响的警报一样,大声叫赶快拾起来。接着是严肃、严厉地告诫:"糟踏了字纸,来世就会是个瞎子!"这在什么都不知道的孩子心里,无疑像遭到鬼子投下的一颗炸弹。直到上学后不迷信,我也会下意识地感到、盼望,哪位惜字纸的读书人,肯定会当文化状元的。

　　七八十年过去,垂垂老矣,世界也不似当年。除了练书法的人家,电脑一普及,已经很少见到字纸了。可是,正如电视片《苏联亡党亡国二十年祭》所沉痛的教训之一,"有钱就能出书"的现象,在我们这里也泛滥得可以。文字垃圾祸成字纸垃圾,不仅是意识形态的公害,也是环保的公害。不是废了它,来世会瞎眼,而是若无鉴别能力看了且信了它,今世一眼黑,还不是等于瞎了一样么!

这时，看到韦泱的《百年新诗点将录》，眼前一亮。虽然其中一些篇章过去在报刊发表时也读过，可是，如今汇合于新诗百年之际，作为他个人对这百年新诗的一种纪念，一种看法，一番书写，自然又是另一种景象了。

近年，每逢到上海与不同的诗人相聚时，很多时候都少不了要见到韦泱。乍一初见，风度翩翩一帅哥，很容易误为是另一路的明星，一介绍才知道，他是早已闻名却未能晤面的资深诗人、评论家，有人也称他书法家，他只承认自己是喜欢书法。有了接触之后，才知道他还是一位收藏家。不排斥藏有值钱的古董珍宝，可主要是集中精力收藏新诗集的不同版本。在有的人眼里，它不如古董珍宝值钱，可在我看来，有的作用无价。我国新文学出版的珍藏之丰富，自然难有人可与唐弢、赵家璧相比，我也有幸参观过他俩的书房，叹为观止。但仅新诗一项看，韦泱也未必处于弱势。这本《点将录》中的文字，自然少不了来自这些藏书的灵感。

新诗百年，可说的诗人，自然不止书中所述及的这六十篇。既然名为"点将"，自然是主帅亲点。这就既要作者坚持唯物史观，同样少不了点将者很大的主观性。如胡适（1891—1962），这是讲新诗无法绕开的人物。他在学界、政坛的种种言行的表理、清浊、反复、复杂，在海外有对他的 Transvaluation of values（价值重估）时，冯至先生是非常同意将他的《尝试集》定为"不是新诗成就的反映；却是新诗开路的碑记"之说。点将者要说清胡适，已不是这两千余字，而是要再加个十几或几十倍的篇幅才可以交代的。韦泱就仅以《尝试集》为"新诗开路的碑记"说事，少不了在他版本学的学问上做文章。写得很聪明。娓娓道来的文笔，也有阅读的亲切感。有些地方，叙及一些有关的人事，还插入一些佚闻或旧闻，行文生动有趣。

同时，包括胡适在内，"许多坐标于碑记的人物，其诗却有不是都能保证有它经典性之憾"，而且，一个人写一辈子，能留下几首，乃至几行可以让人长记的诗，都是很不容易的。因此，虽然不可能离开诗说人，或离开人说诗，可在漫长的百年，说诗忘了人，说人忘了诗的事，也不为怪。如艾青这样诗名震世的大家，其诗集《他死在第二次》及其中的《除夕》，已少有人提及，韦泱重提，认真起来，也就不是简单地对一份失忆的补救。

而且，那些因为各种各样的原因被疏忽或忘记的，不论是健在或已过世的诗界前辈，韦泱对一般现在的读者还是不太熟悉的老人点的将里，钩沉复出，也是对新诗一大贡献。

由此，想起儿时严受惜字惜纸之教，至今铭记，老了又见文字垃圾祸成字纸垃圾的公害，感慨不尽。韦泱爱书、藏书、写书之好，已经远远不是他个人兴趣的行为，他的藏书用于介绍新诗所服务于众，已和文字垃圾祸成字纸垃圾的公害形成对比，实为公益。他那么多藏书，不乏是从有人就是当垃圾的旧书报里淘得的，此中的专心、细心、诚心，是真正的惜字惜纸，是我青少年时所想的、盼的，他们之中所出的文化状元。

二〇一六年七月

目　录

百年新诗胡适始

一九一七年二月,《新青年》第二卷第六号刊出胡适的《白话诗八首》,标志着中国新诗的开始之旅。一九二〇年三月,胡适的《尝试集》作为中国的第一部新诗集,由亚东图书馆初版,当年九月作了小改后印了第二版。一九二二年十月,胡适对诗集作了较大增删,出了增订四版,之前两年间印量逾万册。以后,就以这个版本作为蓝本,一版再版,到一九三三年已印至十四版,可见此书受读者之欢迎,影响之巨大。我手头的《尝试集》旧版,是出版于一九二七年十月的第九版,即使如此,这个版本现在也弥足珍贵。

这个版本,删去了胡适自序及钱玄同的序言,另有"代序一""代序二",作者增写了"四版自序"。在"代序一"中,胡适写道:"我私心以为文言决不足为吾国将来文学之利器。我自信颇能用白话作散文,但倘未能用之于韵文,私心颇欲以数年之力,实地练习之。倘数年之后,竟能用文言白话作文作诗,无不随心所欲,岂非一大快事?"可以看出,当初胡适开始写新诗,还是信心满满的!在"代序二"中,胡适写道:"自古成功在尝试!有时试到千百回,始知前功尽抛弃。即使如此已无愧,即使失败便足记。告人此路不通行,可使脚力莫浪费。我生求师二十年,今得'尝试'两个字。作诗做事要如此,虽未能到颇有志。"在这里,胡适对"尝试"两字作了阐释,亦可看出他十足的信心。尝试就是创新,允许失败,失败可以积累经验,可为后行者提供借鉴。

"四版自序"则是一篇较长的序文,胡适在开头一段文字中说:"社会对于我,也是很大度的承认我的诗是一种开风气的尝试。"接着,胡适对新诗的尝试作了一个非常形象的比喻:"很像一个缠过脚后来放大了的妇人回头看她一年一年的放脚鞋样,虽然一年放大一年,年年的鞋样上总还带着缠脚的血腥气。"为了《尝试集》的新版本,胡适将初版后写的诗放在一起,先后请任叔永、鲁迅、周作人、俞平伯进行阅读增删,"自己又仔细看了好几遍,又删去了几首,同时却保留了一两首他们主张删去的。"可以看出,胡适与他的这些同道们是多么友好而率真。这样,经过增删及一些文字改动,这"增订四版"共刊诗词六十四首,分三编及附录"去国集"。

《尝试集》的意义在于,它开创了我国新诗创作的纪元,标志着中国诗坛从旧体诗一统天下,到新诗的创立。胡适自幼受古典文学熏陶,赴美留学后,时与任叔永、杨杏佛等学友唱和,又受到西方文学思潮影响,讨论起"文学革命"。一九一七年八月,还在哥伦比亚大学求学的胡适,写下了第一首白话诗《蝴蝶》:"两个黄蝴蝶 / 双双飞上天 / 不知为什么 / 一个忽飞还 / 剩下那一个 / 孤单太可怜 / 也无心上天 / 天上太孤单。"这诗在形式上脱不了旧体诗五言的窠臼,但语气已经是白话口语了。此诗原题为《朋友》,胡适曾回忆说,一天坐在窗下吃午饭,见窗下一大片草丛中,有两只黄蝴蝶飞来。一会儿一只飞去了,另一只也跟着飞去找它的同伴。由此,他感到一种寂寞的难受,写了这首白话诗。此诗作为"白话诗八首"之一,第一次刊在《新青年》二卷六号,又改题为《蝴蝶》,放在《尝试集》初版的第一首。

在《尝试集》中，除形式外，胡适还做着"自然的音节"的试验，他提出："诗体的大解放就是把从前一切束缚自由的枷锁镣铐打破，有什么话，说什么话，该怎么说，就怎么说。这样方才有真正的白话诗，方才可以表现白话的文学可能性。"

此外，胡适多采用以理入诗的手法。如果说理与形象结合得好，当可称之为诗。而有的诗完全是直白的说理，读来索然无味。胡适提倡"以理入诗"，是想在诗中体现新思想、新精神，出发点当然不错，但却不符合诗歌的艺术规律。

今天的年轻人、诗歌爱好者，是不会照着《尝试集》去学习写作新诗的。因为，那些诗总体上看，是畅达而显浮泛，明白而欠幽深，明理而乏挚情。这是新诗初创时期难免的弊病。

胡适（1891—1962）幼时在安徽绩溪的家乡读私塾，十四岁到上海，十六岁就读吴淞中国公学。十九岁留学美国，学农学、哲学、文学，尤其从学于哲学家杜威，一九一七年以哲学博士学位毕业于哥伦比亚大学。同年回国后，任北京大学教授。一九二六年游欧美，在各国讲学。他一生获荣誉博士多达三十五个，这在中外教育史上都是罕见的。世上有多少名人想得到一个荣誉博士的荣誉称号啊！有个逸闻，当年美国总统里根，古稀之年遭人暗杀，胸部中弹，却昂首自己走进医院，绝不躺在担架上，这英雄气概令无数美国人为之赞叹。可里根生前只有一个凤愿，想做哈佛大学荣誉博士，却被哈佛校长一口回绝：总统是总统，英雄是英雄，金钱是金钱，学术是学术，总统加英雄加金钱，全加到一块，也不能到学术里面来搅和。可见，拿个名牌大学的荣誉博士是不容易的。

抗战期间，胡适出任国民政府驻美大使。一九四六年回到北京大学,后任国民大会主席。晚年由美国返回台湾,一九六二年在台湾病逝。

胡适是学识渊博的学者,他的性格更适合做学术研究。陈子展在《最近三十年中国文学史》中说:"《尝试集》的真价值,不在建立新诗的规范,不在与人以陶醉于其欣赏里的快感,而在与人放胆创造的勇气。"也就是说,新诗创新的勇气,比建立新诗创作的规范,和给人以美的享受来得更重要,胡适尝试的意义便在于此。

有人把在《新青年》杂志中发表新诗的诗人称为"新青年诗派",如钱玄同、沈尹默、刘半农、周作人等,以及稍后的康白情、俞平伯、傅斯年、朱自清、汪静之等,他们在《尝试集》的影响和带动下,写出各具特色的新诗。新诗的开创,毕竟是时代的需求,是历史的潮流,胡适首先顺应了这个潮流,他的尝试,便显得伟大而独特。

二〇一六年二月

郭沫若的诗

在中国新诗发轫时期，郭沫若（1892 — 1978）的创作是无法绕过的一座大山。虽然他写新诗的起步时间不算迟，但与胡适、刘半农、沈尹默、康白情、俞平伯等比较起来，登上诗坛稍晚些。但是，他的新诗一出现，却让所有关心诗坛的人感到震惊与欣喜，连胡适也不得不承认："他的新诗颇有才气。"

说郭沫若的诗，不能不说《女神》，这是出版于一九二一年八月的郭氏第一本诗集。虽然我没有收藏这一初版本，但却拥有一册《沫若诗集》，是郭沫若的第一本诗歌选集，选入了包括《女神》以及稍后出版的《星空》等主要篇什，由创造出版社于一九二八年六月初版，列"创造社丛书"第二十一种，且为总印数仅三千册的毛边本。可以说，《沫若诗集》是郭沫若早期诗歌的一个结集，共分七辑，第一辑即《女神三部曲》，第二辑是长诗《凤凰涅槃》，第三辑《天狗》等，都选自《女神》。时间的跨度从一九一六年到一九二三年。

郭沫若还在留日期间的一九一九年，看到订阅的上海出版的《时事新报·学灯》上，刊登着一首康白情新诗《送曾琦往巴黎》，其中有"我们叫了出来／我就要做去"这两句诗，使他"委实吃了一惊，那就是白话诗吗？我在心里怀疑着，但这怀疑却唤起了我的胆量"。于是，本来从学旧体诗刚转换到学写"白话诗"的郭沫若，就把所作的《抱和儿浴博多湾中》《鹭鸶》，抄寄到上海的《时事新报》，被副刊编辑宗白华先生一首首地发表出来。宗白华先生十分欣赏郭沫若的诗歌,他写信给郭沫若说:"你的诗是我所爱读的,你诗中的境界是我心中的境界。"他希望每天发表郭的一首新诗,"使《学灯》栏有一种清芬。"他们两人,一个在日本九州帝国大学,一个在上海的时事新报社,但相同的爱好,相同的诗的观念,使他俩结下了珍贵友谊。宗白华又介绍在日本东京高等师范学校读书的田汉与郭沫若联系,三人之间书信往还,情谊深笃。亚东图书馆把他们三人之间的通信编为一书,叫《三叶集》,出版后引发轰动,受到爱好新诗青年的热诚欢迎,此为文坛佳话。一直到一九二〇年四五月间,因宗白华到德国去了,《学灯》换了编辑,郭沫若写诗的欲望才渐渐淡了下来。

郭沫若这段爆发期的创作开端,不但完成了《女神》的主要诗篇,更形成了创作初期的诗歌风格。在向《学灯》投稿期间,郭沫若开始接触到惠特曼的作品。他从日本作家有岛武郎写的《叛逆者》一书介绍中,对惠特曼有了初步了解。一九一九年正是惠特曼诞生一百周年,日本文学界开展了一系列纪念活动,这对郭沫若产生重要影响,他找来惠特曼诗集《草叶集》研读,还翻译了其中的《从那滚滚大洋的群众里》,投寄给《学灯》发表。从更早时期,郭沫若接触并喜欢泰戈尔的诗,并由之到海涅的诗,到惠特曼的诗,从清新、平和,到豪放、自由的诗风。正如郭沫若回忆所说:惠特曼"豪放的自由诗使我开了闸的诗欲又受了一阵暴风般的煽动。我的《凤凰涅槃》《晨安》《地球,我的母亲》《匪徒颂》等,便是在他的影响之下做成的"。因为"惠特曼的那种把一切的旧套摆脱干净了的诗风和'五四'时代的狂飙突进的精神十分合拍,我是彻底地为他那雄浑的豪放的宏朗的调子所动荡了"。

其实,惠特曼诗中的主题、意象,如大海、城市、机械、太阳等,与郭沫若的爱国主义情怀颇相吻合,触发了郭氏狂暴的诗的激情。这才是他初创期诗歌爆发的内在因素。在"五四"之初,国家积贫积弱,满目疮痍,反帝反封建成了时代的主流。作为热血青年,又热爱诗歌的郭沫若,自然找到了他自己的独特的"喷火的方式"。

在《女神》的《序诗》中,郭沫若写道:"去寻那与我振动数相同的人/去寻那与我燃烧点相等的人/去在我可爱的青年的兄弟姐妹胸中,把他们的心弦拨动,把他们的智光点燃。"

这就是郭氏早期的风格。这样的诗,在《沫若诗集》中比比皆是,如《凤凰涅槃》《地球,我的母亲》等。《女神》是继胡适《尝试集》之后出版的第二部新诗集,不但确定了郭沫若作为中国杰出诗人的地位,也奠定了中国新诗整体水准的基础。

如果说,胡适的新诗,是刚从旧体诗脱胎出来,还在牙牙学语的婴儿期,那么到郭沫若的新诗出来,虽只有短短几年时间,新诗借鉴西方诗歌的创作手法,使婴儿得到强有力的成长,成为一个充满活力的帅小伙了。正如闻一多所说:"若讲新诗,郭沫若君的诗才配称新呢!不独艺术上他的作品与旧诗词相去甚远,最要紧的是他的精神完成是时代的产儿。"

郭沫若早期的诗之形成,除了爱国主义的情怀外,还有爱情的积极助推的力量。他正值二十岁前后的年龄段,正处充满诗意的恋爱期。爱情的火花擦亮新诗的干柴,也是郭沫若诗歌的一大亮点。在一九一二年留学日本前,郭沫若受父母之命,与张琼华结婚,这是没有爱情可言的"结婚受难记"(郭语),给两个年轻人都造成极大的痛苦。在日本与安娜的自由恋爱，是郭沫若生活的一个重要转机。安娜原名叫佐藤富子，在当地一家医院当护士。而郭沫若的好友陈龙骥正住在此院治病，常得郭氏探望照顾。陈病逝后，郭悉心为其办理善后。这一切，都被安娜看在眼里，产生爱慕之心。郭沫若曾在回忆中说道："夏秋之交有和她的恋爱发生，我的作诗的欲望才认真地发生了出来。"他早期不少诗篇如《新月与白云》《死的诱惑》《别离》等，都是为安娜而创作的。爱情诗，成了郭沫若早期诗歌创作的一个重要主题。

郭沫若早期新诗，具有给后来者的借鉴意义，从外国文学影响中，走中国新诗之路，也是新诗发展道路的一个选项。一直到二十一世纪，郭沫若的诗风，依然可以在新一代诗人中找到影子。

郭沫若是一个受政治关联度极高的诗人。《沫若诗集》后的创作，大概如诗人自己所言："郭老诗多好的少"，"做个'标语人''口号人'，而不必一生要做诗人。"对于郭沫若这样一个毁誉参半的诗人，我可以肯定地说，包括《女神》诗歌在内的《沫若诗集》中的那些早期创作，才是他最早也是最好的一部新诗选本。

二〇一六年三月

俞平伯的《忆》

催生新诗呱呱落地的摇篮,除了《新青年》杂志外,还有《新潮》杂志。它由北京大学学生组成的"新潮社"主办,主要刊发新潮成员创作的新诗和新诗理论文章,俞平伯是其中甚有影响的一位。

我过去一直不知俞平伯是一位诗人,也不知他出版过诗集,只知道他是受到批判的"红学家"。后来知道,他是中国新诗史上第一个诗歌刊物《诗》月刊的创办人之一,又知道他不止出版过一种诗集,先后结集的有《冬夜》《西还》和《忆》。虽然听说《冬夜》影响最大,是继《尝试集》《女神》之后中国出版的第三部个人新诗集,但我无缘一睹它的芳容。所幸的是,我却藏有一册我异常欢喜的诗集《忆》。小小的六十四开,古籍式的线装本,由朴社初版于民国十四年(1925)十二月。全书以小楷行书影印在考究的白绵纸上。前有作者《自叙》,有莹环的《题词》,刊诗三十六首,均无标题,从"第一"至"第三十六"。而"第三十六"首,是作者作为《忆》的跋尾放在最后的。又有"忆之附录",是十首旧体诗。《忆》的最后,以朱自清(朱佩弦)的《跋》压轴。在《自叙》前,有俞平伯的一段短文:"写定此目录既竟,谨致谢于朋友们——作画的丰子恺君,作封面画的孙春台君,作跋词的朱佩弦君。他们都爱这小玩意儿,给她糖吃,新衣服穿。彳亍于忆之路上的我,不敢轻易地把他们撤掉的。十四年国庆日记。"所刊三十六首诗,多为短诗,长的二三十行,短的只有两行,如"第十五":"小小一个桃核儿/不多时,摇摇摆摆红过了墙头。"而丰子恺为诗配的十八幅彩色或黑白的插图,成了诗集的一个亮点。正如朱自清在《跋》中所写:"若根据平伯的话推演起来,子恺可说是厚其所薄了。影子上着了颜色,确乎格外分明:我们不但能用我们的心眼看见平伯的梦,更能用我们的肉眼看见那些梦,于是更摇动了平伯以外的我们的风魔了的眷念了。而梦的颜色加添了梦的滋味,便是平伯自己,因这一画啊!"这很形象地道出了丰子恺的画为俞平伯的诗所起到的画龙点睛的作用。

俞平伯(1900 — 1990)原籍浙江德清,生于苏州,是清代著名学者俞曲园的曾孙。"五四"时期,他就读北京大学,与康白情一起,成为"新潮社"的发起人和骨干。一九一九年他大学毕业,即到杭州、上海、北京等地从事教育工作。二十年代初期,他主攻古典文学研究,重点研究《红楼梦》。一九二三年四月,亚东图书馆出版了他的《红楼梦辨》,新中国成立初改名为《红楼梦研究》再版印梓。而二十年代初,是他写诗的喷发期。《忆》出版后,就几乎不写新诗了。可以说,他是我国最早期的为数不多的新诗开创者。对于他的诗,好友朱自清早就指出:"平伯底诗,有这三种特色:一、精炼的词句和音律;二、多方面的风格;三、迫切的个人的情感。"而他尤其推崇俞平伯的诗简练整齐的格调和轻缓舒展的音律。对此,闻一多也说:"我最深刻的印象是他的音节。关于这点,当代诸作家,没有能同俞君比的,这也是俞君对新诗的一个贡献。"

注重诗的音韵美,确是俞平伯新诗的一大特色。如巧妙运用对偶句式,来增强音律感:"蜂蝶们倦了,不在花间;孩子们倦了,不在花前。"（第十四）对偶是诗的一种常用修辞手法，用得贴切，可以增强诗的韵味。新诗初创，有人认为白话诗很容易写，把白话分成行，押上韵，就是白话诗了。而俞平伯则认为："白话诗的难处，不在白话上面，是在诗上面。"因此，他特别注意诗歌语言的诗味。如"枕儿软了，席儿凉了 / 夏夜一霎便去了"（第二十五）。俞平伯的诗，大致做到了音律的和谐与意境的清新。

对于新诗的创作，俞平伯曾说自己是"怀抱着两个做诗的信念：一个是自由，一个是真实"。他的诗，就是他的追求"自由""真实"的果实。是他自由地写他的世界的真实，是真实地表达他的诗观成为诗的现实的自由。

当然，《忆》中的诗歌，还脱不去幼稚的痕迹，可能那时的新诗，如同儿童牙牙学语，总有着孩童的语感，在亲切之余，仍觉得还处在小孩跌跌撞撞学步的状态。其实，从内容上看，《忆》中的三十六首小诗，是他对儿时的童年生活回忆，所以有些童稚气是较为贴切的。

"五四"时期，是俞平伯诗歌创作的发轫期，他把爆发式喷薄而出的五十八首新诗，编成他第一本诗集《冬夜》，于一九二二年三月由亚东图书馆出版。出版《冬夜》的同年六月，俞平伯与其他七人出版过一本诗歌合集《雪潮》。一九二四年四月，亚东图书馆又出版了他在国外写的新诗，诗集名为《西还》。之后，又有《忆》的出版。三本诗集中，诗歌界公认《冬夜》为俞平伯的代表作。

除了写诗，俞平伯对新诗的热情，还表现在他的诗歌理论上，相继写了《白话诗的三大条件》《社会上对于新诗的各种心理观》《诗的自由和普遍》《诗底进化的还原论》《诗的新律》等，不遗余力地为新诗发展鸣锣开道。

《忆》出版后,俞平伯似乎完成了新诗的写作任务,不再染指新诗了。据说八十年代中期,俞平伯的外甥韦奈在接受香港媒体采访时说:俞平伯"生性豁达,随遇而安,写了些小诗,真的是返璞归真,感情是纯朴的"。可惜,读者至今看不到这些他搁笔五十年后写的新诗。

谁也没有料到,一九五四年十月,毛泽东的《关于〈红楼梦〉研究问题的信》,把俞平伯推到了政治思想斗争的风口浪尖。俞平伯以后三十年不谈《红楼梦》。直到八十年代中期明确那场批判是不公正的,俞平伯才重拾"红楼"话题。这已是关于诗人的另一个话题了。

二〇一六年十月

说说徐志摩

心中一直为徐志摩感到惋惜。如果说文学尤其是诗歌创作，需要天赋灵气的话，徐志摩无疑堪称"天才诗人"。可惜这样一位才华横溢的诗人，只活了三十六个年头，如同雪莱、拜伦那样，英年早逝。

当我知道徐志摩名字时，文学界对他的评价，已开始回归到实事求是、冲破禁区的年代。大约在七十年代末，读到《诗刊》上卞之琳先生的一篇文章《徐志摩诗重读志感》，对诗人有了朦朦胧胧地认识。这当然得益于国家政治清明，进入了改革开放的新时期。

卞之琳曾是徐志摩的学生。一九三一年初徐志摩任教北京大学，到他当年十一月去世，不到一年时间。但喜欢新诗的卞之琳，早年读初中时，就知道徐志摩，并邮购阅读到初版线装本《志摩的诗》。"过了半个世纪，重读他的几本诗，我敢于不避武断而说几句感想，或者还有助于我们今日的读者。"接着，卞之琳写道："他的诗，不论写爱情也罢，写景也罢，写人间疾苦也罢，我感到在五光十色里，不妨简单化来说，其中表现的思想感情，就是这三条主线：爱祖国，反封建，讲人道。"

这应该是最早对徐志摩作出的公道评价。新中国成立以来，中国现代文学史要么"屏蔽"这位诗人，要么作为反面人物，戴一顶"资产阶级反动诗人"的帽子。

徐志摩（1896—1931），是浙江海宁硖石人，出身在一个商人之家,从小受传统文化熏陶,骈体文作得深获老师称赞。父亲要他将来当银行家,送他出国留学,先去美国学银行学,又转英国剑桥大学读政治经济学,获硕士学位。其间,受英国浪漫派诗人华滋渥斯、拜伦的影响,开始写诗。一九二二年回国,任北大、清华等校教授,并开始在京、沪报刊发表新诗。一九二三年北京成立新月社,他是主要成员之一,嗣后成为中国现代新诗的一个重要流派"新月派"的代表诗人。一九二六年四月,北京《晨报》的《诗镌》副刊创刊,他任主编。一九三一年十一月十九日,他乘载的从南京飞往北平的飞机失事,不幸罹难。

生前,徐志摩出版过三种诗集,即《志摩的诗》《翡冷翠的一夜》,以及我手头翻阅的《猛虎集》。此集初版于一九三一年八月,距他去世仅三个月。集前有他的《序文》,谈到诗人的情状时说:"诗人也是一种痴鸟,他把他的柔软的心窝,紧抵着蔷薇的花刺,口里不住地唱着星月的光辉与人类的希望,非到他的心血滴出来把白花染成大红他不住口。他的痛苦与快乐是浑成的一片。"

这大约可以看作是徐志摩对诗的创作观念。《猛虎集》前有献词,后刊诗歌四十首,最著名的一首要数《再别康桥》,这是被不少诗评家点评过的经典代表作。诗分七节,每节四行,属大体整齐的新格律诗,第一节:"轻轻的我走了/正如我轻轻的来/我轻轻的招手/作别西天的云彩。"最后一节:"悄悄的我走了/正如我悄悄的来/我挥一挥衣袖/不带走一片云彩。"首尾呼应,有点留恋感伤的情绪,却没有颓废、灰暗的心理。

在剑桥求学期间,徐志摩违背了父亲要他当银行家的意愿,一心做着诗的梦幻。他根据自己的喜好,随意选修科目,把大量时间花在读书、散步、骑车、划船上。在离开伦敦的前夕,他再一次漫步康桥,流连忘返,写下了这首著名的新诗。有人评论道,这首诗有三个特色,即语言具有音乐美,意境深邃迷人,诗句通畅清丽。

尤其是语言,徐志摩是颇花功夫的。他说:"我天生不长胡须的,但为了一些破烂的句子,就我也不知曾经捻断了多少根想象的长须。"他的诗,不但剔除了《新青年》诗派的词调味,而且割掉了白话诗中的言语杂草,让新诗变得更纯粹,更富艺术性。因此,他的新体格律诗,更受到当时的青年读者欢迎,因而有更大地影响。正如《再别康桥》这首写风景的诗,"轻轻""悄悄"是徐志摩诗的风格,体现出轻柔幽婉的诗美。这首诗描写康桥风光做到了色彩斑斓,金柳、夕阳、波光、水影、彩虹、星辉,光怪陆离,令人目不暇接,可说是风景诗中的优秀之作。

正因为徐志摩的诗不入革命的主流诗潮,长期以来没有得到公正评价。五十年代,曾有人写了《谈谈徐志摩的诗》一文,却遭到厄运。那时卞之琳曾应出版社之请,编过一本《徐志摩诗集》,然而由于各种原因,而使这一计划搁浅。直到与卞之琳《徐志摩诗重读志感》一起发表的徐志摩的《消息》《残诗》等六首诗后,卞之琳收到不少读者来信,证明社会上对徐志摩的诗入迷的读者大有人在。长久的"左"的政策,人们突然看到这种作品引起的反响,有点出乎意料,是可以理解的。卞之琳不得不用"矫枉过正"来说明之。

"五四"时期,青年人争取个性解放,往往是从婚恋自由开始的。徐志摩也不例外。他曾引用外国诗人的话:"我们靠着活命的是爱情、敬仰心和希望。"他一生短暂,却写了为数不算少的爱情诗,如《雪花的快乐》《我等候你》《天神似的英雄》等。因为他始终把爱情看作是一种高尚神圣的感情,他怀着尊崇的心情讴歌爱情的神奇力量。在爱情生活中,他也大胆追求自己的爱。徐志摩由家庭包办,先前与张幼仪结婚。他在英国留学期间认识了林徽因,而与张幼仪离婚后,又没能娶上林徽因。及至后来,认识并与陆小曼结婚。由此,一些影视剧渲染了徐志摩的婚姻生活,把诗人的婚恋,演绎成人生的浪漫主曲,淡化了作为诗人的徐志摩在创作上的成就。

值得一提的是,徐志摩与印度诗人泰戈尔的友情。一九二四年,泰戈尔访华,徐志摩全程陪同并任翻译,一直到陪泰氏去日本。一九二九年三月,泰戈尔专程从印度来到上海徐志摩家作客,相处两天后泰氏去美国、日本讲学。回国途中,又在上海住了两天,还给徐志摩留下两件墨宝,一件用毛笔作的自画像,以及一首用孟加拉文写的诗。这段文坛佳话流传至今,温馨世人。

二〇一六年四月

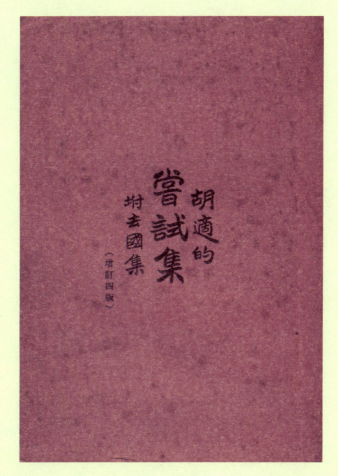

《尝试集》

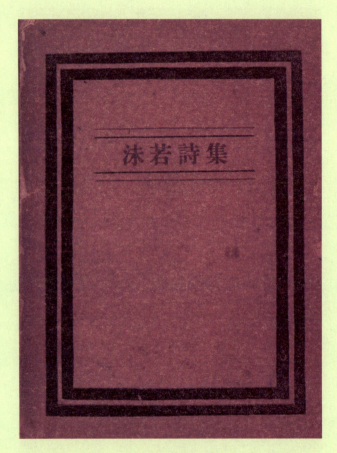

《沫若诗集》

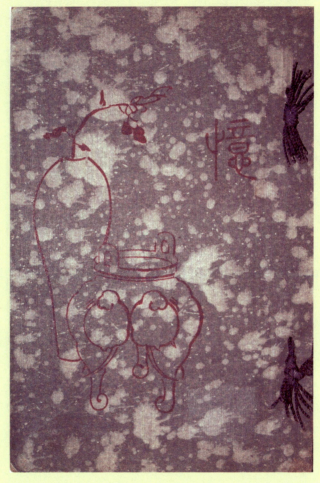

《忆》

《猛虎集》

"雨巷诗人" 戴望舒

　　戴望舒(1905 — 1950)被称为"雨巷诗人",因为他写过一首著名的新诗叫《雨巷》。据考证,他与雨巷确实有天然的关联。他祖籍江苏南京,出生在浙江杭州大塔儿巷 11 号,"他家的周围都是悠长的小巷,大塔儿和小塔儿从东向西蜿蜒,皮市巷和华光巷横贯南北。"他读的小学"在他家西南方向的珠宝巷内",中学"在他家东北方向的皮市巷内"。考证者如是说,"雨巷诗人"确实是从雨巷走出来的。

　　"雨巷诗人"其实是现代诗人。戴望舒还在十六岁上中学时,就结识了施蛰存、杜衡等,组织"兰社",出版《兰友》旬刊。一九二二年,他与施蛰存同往上海,进入中国共产党创建的上海大学中文系学习,接触到了革命思想,并参与社会实际,也开始了新诗创作。一九二四年转入震旦大学学习法文,又与施蛰存、杜衡编印《璎珞》旬刊。他在创刊号上发表了诗《凝泪出门》。秋初,由同学陈钧介绍,和施蛰存、杜衡一起加入 C.Y(中国共产主义青年团)。因思想进步,宣传革命,被军阀孙传芳拘留,后被保释。

　　戴望舒于一九二八年在《小说月报》十九卷第八号发表了《雨巷》等六首诗,编辑叶圣陶称赞《雨巷》"替新诗的音节开了一个新纪元"。可见当时人们主要感受到的是这首诗的音乐美,那回荡的旋律和流畅的节奏,确实不同于旧体诗以及"新月派"的格律诗,而更像法国魏尔仑的名诗《夕阳》，极尽低回往复的韵律。

当然，称戴望舒为"现代诗人"，与施蛰存主编《现代》杂志不无关系。一九三二年五月，现代书店经理江雪帆聘请施蛰存任《现代》杂志主编。虽然，施蛰存声明"本杂志是普通的文学杂志，并不预备造成任何一种文学上的思潮、主义或党派"，但是，它的创刊号接连发表了戴望舒的十多首诗，以及施蛰存的《意象抒情诗》《九月诗抄》后，引来甚多效法者。为此，施蛰存解释说："《现代》中的诗是诗，而且纯然是现代的诗。往往采取一种若断若续的手法，或说跳跃的手法，从一个概念转移到另一个概念，不用逻辑思维的顺序，或者有些比喻用得很新奇或隐晦。这些都使读者感到难于理解。"不管承认与否，《现代》发表的"形式和风格都还是相近的"新诗，就形成了一个诗人群，即后来被评论家所概括分析的"现代派"。而戴望舒诗的风格，无疑已成为这一诗派的领袖人物。

戴望舒生前曾出版过四部诗集，前面三种为《我的记忆》《望舒草》《望舒诗稿》以及我收藏的第四种《灾难的岁月》。《灾难的岁月》由曹辛之主持的星群出版社出版于一九四八年二月。当时，星群出版社办得异常艰难，时在金城银行担任信贷工作的诗人王辛笛，帮助贷款缓解了部分经济困难。曹辛之见到刚回上海不久的戴望舒贫病交加，为他出版了《灾难的岁月》，并破例给他支付了一笔稿费，使他勉强得以度日。

《灾难的岁月》共刊新诗二十五首，包括抗战前诗作九首，抗战时期十六首。战前的最后一首诗叫《我思想》："我思想，故我是蝴蝶……/万年后小花的轻呼/透过无梦无醒的云雾/来振撼我斑斓的彩翼。"诗人以蝴蝶自比，因曲高和寡而感到孤寂，只得凭不可捉摸地幻想来振作自己。而抗战时的第一首诗《元日祝福》，诗人正视现实，明白地感受到土地和人民带给自己"新的希望""新的力量"，坚信"萤火，萤火／给一缕细细的光线／够担起记忆／够把沉哀来吞咽"（《致萤火》）。

自太平洋战争爆发后，香港沦陷，时在香港为金仲华主编的《星岛日报》编文艺副刊《星座》的戴望舒如入深渊。他在理发时被特务抓走，受尽酷刑，被叶灵凤托人保释出来时，已是疲弱不堪。由于为生活所迫，他一面做编辑一面写稿，曾为《香岛月报》总编辑庐梦殊的《山城雨景》写过一篇跋，被人联名指为"附敌"。尽管如此，他出狱后继续写诗，《我用残损的手掌》《心愿》《偶成》等，都是这一时期的优秀之作。尤其是《我用残损的手掌》，更是达到了诗人的一个创作高峰，成为《灾难的岁月》中的亮点，也是新诗史上的名篇。诗中写道："我用残损的手掌／摸索这广大的土地／这一角已变成灰烬／那一角只是血和泥……"戴望舒曾与友人谈到："中国的疆土，犹如一张树叶，可惜缺了一块，希望有一天能看到一张完整的树叶。"诗人以"残损的手掌"这一意象，来达到外物与内心的融和，显示出诗人的象征与写实相结合的创作路径，也标志着诗人的现代派诗艺的突破与超越。

抗战胜利后，戴望舒一度回到上海，从事写作和教学工作，又因参加爱国民主运动，受到当局的再次通缉，他不得不再一次避居香港。直到新中国成立前夕，戴望舒带着两个女儿，冒着危险，乘货轮到了天津再转北平。他参加了新中国第一次文代会，后调国际新闻局从事编辑工作。正当他满怀信心地投入到新的时代、新的生活之际，却于一九五〇年二月，因病辞世。

戴望舒只活了四十五年，也只写了九十多首诗（另有大量的论著和翻译作品）。一九五七年，艾青为他编辑了新中国成立后的第一本诗集《戴望舒诗选》。新时期初，周良沛先生编了《戴望舒诗集》。至此，"雨巷诗人"开始重新被读者们所认识。

　　中国新诗发展前期，成功借鉴外来经验，戴望舒可以说是一个先驱者、实验者，他的意义便在于开拓了中国新诗的现代意识和现代风格。

二〇一六年五月

梁宗岱的《晚祷》

中国新诗的早期诗人,大多有留学背景。尽管他们从小接受的是古典传统熏陶,但一旦走出国门,就会开阔视野,沐浴西方文明的雨露。在诗歌创作上,也会更多地移植和借鉴西方现代诗的创作手法。不唯如此,他们还善于翻译,把西方的文学经典介绍给国内读者,或把中国古典文学介绍给西方国家,在这中间,他们会建立自己的审美价值判断,提出自己的文艺主张。他们中的杰出代表,就是诗人、翻译家、文艺评论家梁宗岱先生。

《晚祷》

相比名噪一时的诗人,相比创作等身的诗人,梁宗岱实在是写得太少太少,似乎有点"寒碜"。现代诗歌史上,或一笔带过,甚至找不到他的名字。但是,这都不妨碍他作为优秀诗人在中国诗坛上的地位和分量。他创作的新诗,得以保存下来的,只有一册《晚祷》,作为"文学研究会丛书"之一,商务印书馆初版于一九二四年十二月;一九三三年四月,又印行过一次,称为"国难后第一版"。以后,这本诗集再没有在大陆印行过。正如诗论家周良沛在《中国新诗库·梁宗岱卷》的卷首所言："对于这位本来就少产的诗人，《晚祷》是既少且贵了。"《晚祷》确实是名副其实的小诗集，小小窄窄的开本，薄薄的只有六十四页，从"目次"上看，只有十九首诗题，另加最后的《代跋》。梁宗岱的诗大多不长，一首《散后》，由三十三首短诗组成，从二、三句到五、六句不等，既有诗意又富哲理，如："忧虑像毛虫般／把生命的叶一张一张地吞吃了。"又如："时间／是无边的黑暗的大海／把宇宙的一切都沉没了／却不留一些儿的痕迹。"他还有一首题为《暮》的短诗，也仅有三行："像老尼一般，黄昏／又从苍古的修道院／暗淡地迟迟地行近了。"这里的"暮"色，已不仅仅指自然界的景色了，暗喻修道院的阴暗和修女的心情。无论作者自觉还是不自觉，这首诗的"象征"意味显而易见。

梁宗岱（1903 — 1983）是广东新会人，六岁进小学，还在父亲的辅导下，读"四书""五经"及唐宋八大家散文。由于聪颖好学，才思敏捷，常得老师额外加分。有一次，作业竟得一百二十五分，有同学问："最高是一百分，为何给梁宗岱一百二十五分？"老师回答："这篇作文我都写不出来，所以加二十五分。"后从新会县立中学转学到广州培正中学，由于是美国人办的教会学校，校中丰富的藏书，给梁宗岱广泛阅读古今中外名著的机会。因为中英文俱佳，他多次得奖，并主编校刊《培正学报》《学生周报》，此时开始学写新诗，在《越华报》《群报》等发表，引起广泛注意，十六岁便被传为"南国诗人"，引发广州各报馆记者派人采访。一次，有记者找到梁家，梁宗岱在门口迎客并询问找谁，记者看他像个小孩，便说找你父亲梁宗岱。梁问："你是要找梁宗岱吗？"见对方点点头，他说："我就是梁宗岱。"记者不禁愕然。

一九二一年，梁宗岱的文学之路出现转机。读四年级时，分别接到郑振铎、茅盾的来信，对他的创作给予鼓励，并邀请他加入成立不久的"文学研究会"。这样，梁宗岱成了该会的第一个广州会员。一九二四年，他赴法国巴黎留学，这是他又一次人生路上的转机。在这里，他结识了法国著名象征主义诗人瓦雷里，并成为挚友。瓦雷里曾陪他一边在巴黎林间散步，一边向他讲解自己的著名长诗《水仙辞》。一九三〇年，梁宗岱将此诗译出，交由中华书局出版。由此，梁宗岱成为第一个向中国读者介绍瓦雷里的诗人兼翻译家。梁宗岱用法文翻译的《陶潜诗选》在巴黎出版，是请瓦雷里作的序。梁宗岱在法国报刊发表的法文诗，引起了大文豪罗曼·曼兰的注意，两人不久便相识，互赠书籍和照片。梁宗岱曾在一篇文章中这样写道："影响我最深切最完全的却是两个无论在思想或艺术上都几乎处于两极的作家：一个是保罗·瓦雷里，一个是罗曼·罗兰。"

处在这样一个现代气氛浓郁的人文环境中，梁宗岱深受感染和影响，是自然而然的结果。而且，作为诗歌理论家，他写过诗论集《诗与真》，其中有《象征主义》一文，他说："所谓象征是借有形寓无形，借有限表无限，借刹那抓住永恒，使我们只在梦中或出神的瞬间瞥见的遥遥的宇宙变成近在咫尺的现实世界。"梁宗岱有外国诗人的言传身教，有自己的诗歌理论体系，他写象征诗，自然得心应手，亦不愧为中国现代象征诗流派的领军人物。

据说，梁宗岱有一个很健康强壮的体魄。因为他的父亲是一位从事中药经营的药商。幼时，他随父上山采药，不但练就一副好身板，也培养了对中药的兴趣，暇时喜欢翻阅药书。中年以后，梁宗岱的精力更是集中于中药炼制。他在自家后院，建了一个简易的炼药房,并发明一种神奇的万能药——绿素酊,这种药以中草药炼制而成,可以治疗癌病、肝病、气管炎及其他疾病。只要病人求医,他就免费赠药,曾治愈不下五六百病人,先后收到病人痊愈后寄来的数量众多的感谢信。五十年代,梁宗岱把药方转交广东人民医院进行临床实验。六十年代末,中山大学外交系合并到广州外语学院,梁宗岱随之调到该院,但他对药物的研究一直未曾间断。他说:"一身尚存,此志不容稍懈。"在一九七九年,胡乔木到广州,第一次与神交已久的梁宗岱见了面,以后还在信中同他商谈如何试用和推广绿素酊等药的问题。

一九八三年,在完成《浮士德》上卷的翻译后,梁宗岱不幸病逝,那句"我病好后,定要译完《浮士德》下卷"的话,成了他永久的遗憾。在追悼会上,朱光潜的挽联写着:"好诗良药,长留德泽在人间。"罗大冈的挽联写的是:"早岁蜚声文苑,晚年潜心药圃。"一个象征派的代表诗人,后半生与中药关联那么紧密,也是新诗史上的奇异现象。

二〇一六年六月

臧克家与《烙印》

臧克家先生在中国现代诗坛上，是一位重量级的诗人。其生前虽缘悭一面，倒还有些间接关联。斋有一册《臧克家诗选》，放了多年，忽然想请克家签名留念，就寄往北京了。不多日，书寄回来了，扉页上留着颤颤抖抖的字："臧克家 2002 年 5 月 26 日于协和医院病床上"，见此我深感冒昧，且愧且谢。此外，这几年还多次觅得他的签名本。近日，在上海文庙意外淘到他的一册旧著《在文艺学习的道路上》，扉页上写："辛笛兄正 克家 六二年十月。"这些皆书缘使然。我看克家有三个显著特点，即他是一位高产诗人，一生创作不辍，先后出版过三十余部诗集(不计小说、散文、文艺理论集子)。他同时也是一位长寿诗人，一九〇五年十月出生于山东诸城县臧家庄，二〇〇四年以九十九岁高龄谢世。有人说"活着就是胜利"，他有长达七十多年的创作生涯，其影响甚大。在中国现代诗人中，他又是较早且较为深刻地反映中国农村及农民生活的诗人。谈到臧克家，人们自然会想到他的诗集《烙印》。然而，最初版本的《烙印》印数极少，芳影难得一睹，已成稀见孤本。一次在藏书家吴钧陶先生那里，见到早期另一版本的《烙印》，亦算饱了眼福。

臧克家自幼生活在农村，从九岁入私塾，小学、中学都在家乡及县城就读。十八岁考入济南省立第一师范学校。一九二九年夏，考入国立青岛大学补习班(后改为国立山东大学)，开始更广泛地接触新文学作品,并投入创作,当年十二月,其新诗便刊于青岛《民国日报》副刊《恒河》第十九期。这可以看作他诗歌创作的起始之步。在中文系主任、"新月派"代表诗人闻一多的亲自过问下,克家"拼命的写诗、追诗,成了天地间的一个'诗囚'了"。同时,克家还受到另一位"新月派"诗人徐志摩影响,又与陈梦家被称为闻一多门下的"二家"。但是,克家却把这些"新月派"的现代诗艺融化在自己朴实的创作个性中,表现着自己所"熟悉的挣扎在泥土上的劳动民众的悲苦",体现出他对于中国农村及农民的深厚情感。这使他的诗形成了坚实、凝重的风格,在当时的诗坛荡起一股新颖、别致的清澈之气。他的诗,开始在《新月》《现代》《文学》等文学杂志上发表。

一九三三年七月,臧克家自费刊印了第一部诗集《烙印》。那时在青岛大学执教的王统照教授,既写小说也写诗歌。他知道克家有出诗集的想法,极为赞成,不但帮助出主意,编诗稿,还赞助二十块大洋,并以"王统照刊行"为名,担当起这本诗集的发行人。已经离开青岛大学,任教清华大学的闻一多知悉后,和他的友人王笑房也各凑了二十块,闻还应作者及卞之琳之请,为《烙印》写了序言。克家的两位中学同学李广田、邓广铭帮着设计封面,弄来纸张,跑印刷所,终于印出了四百册诗集,主要分赠诗人、作家,市面难得一见。过了多少年,臧克家自己手头已没有这一版本了。一天,突然喜从天降,有一位素不相识的读者,给克家寄来一册《烙印》,细细翻阅,才看清是他当年赠给诗人陆志韦先生的签名本。这让克家大喜过望。

闻一多在序中写道:"克家的诗,没有一首不具有一种极其顶真的生活的意义",并指出:"克家纵然没有成群的人给叫好,那又有什么关系？反正诗人不靠市价做诗。克家千万不要忘记自己的责任。"《烙印》收诗二十二首。书刊行后，好评如潮，《文艺月报》《现代》《益世报》《申报》《晨报》等报刊，纷纷刊出评论《烙印》的文章。茅盾、老舍即在《文学》第一卷第五号上分别以《一个青年诗人的〈烙印〉》《臧克家的〈烙印〉》为题，撰文予以评价。茅盾说："在自由主义诗人群中，我以为《烙印》的作者是值得注意的一个。因为，他不肯粉饰现实。"翻译家韩侍桁写了《文坛上的新人臧克家》，说："作为新诗歌的转变，他是供给了一架过渡的桥梁。"由于此书的影响，开明书店将其列入"开明文学新刊"丛书，于一九三四年三月正式出版。我手头的《烙印》，即是该书在同年十月的再版本，薄薄的五十五页。一直到一九四九年二月，此书已印刷至第八版。其间，于一九四三年三月还出过"桂一版"。从开明初版起，诗人增加了《到都市去》等四首诗，又写了《再版后志》，他说："老早心里为写诗定了个方针，第一要尽力揭破现实社会黑暗的一方面，再就是写人生永久性的真理，《烙印》里的二十二篇诗，确也没出这个范围。写'洋车夫''贩鱼郎''老哥哥'，这些可怜的黑暗角落里的人群，我都是先流过泪的，我对这些同胞，不惜我最大的同情，好似我的心和他们的连结在一起。"因此书由上海开明书店接纳出版，而诗人远在青岛，他说："在这本小书的完成上，夏丏尊先生费过心，友人王莹就近代为校定，不胜感谢。"

《烙印》自费印行的同年十月，臧克家的第二部诗集《罪恶的黑手》，由生活书店出版。以后，他的诗集不断问世。在一九四三年出版的《泥土的歌》序中，他说："我溺爱、偏爱着中国的乡村。我最适合于唱这样的一支歌，竟或许也只能唱这样一支歌。"诗人将此与《烙印》一起称为"一双宠爱"，由此克家获得了"农民诗人"的桂冠。

谈到写诗，臧克家曾说："我写诗和我为人一样，是认真的。常为了一个字的推敲，一个人踱尽一个黄昏；为了诗的冲动，心终天的跳着，什么也没法做，饭都不能吃。有时半夜里诗思来了，便偷偷的燃起蜡来，在破纸上走笔。"在新诗的格律化上，臧克家始终身体力行。看《烙印》集中的《老马》一诗，是现代新诗格律化的经典之作："总得叫大车装个够／它横竖不说一句话／背上的压力往肉里扣／它把头沉重地垂下／这刻不知道下刻的命／它有泪只往心里咽／眼里飘来一道鞭影／它抬起头望望前面。"忍辱负重，前途茫然。这是那个年代中国农民的典型形象。记得，二十世纪七十年代，我还是中学生，在学校图书馆里借到一册旧著《烙印》，记不得是什么版本了，就把整册诗集抄录在小本上，《老马》给我留下深刻印象。一九五六年，臧克家主编了现代文学史上第一部《中国新诗选》（1919 — 1949），入选诗人二十七位，臧克家选了四首自己的诗作，《老马》列首位，可见他对这首诗的自珍与偏爱。

今年值臧克家先生诞辰一百零六周年。第一部诗集《烙印》，显示出他诗歌创作的第一个高峰。以后的七十多年中，他再也没有超越过这个高峰。记得诗人公刘说过："一位歌手，能留下一首歌，也就可以瞑目了。"臧克家有一首《老马》就够了，无愧于诗人的荣耀。

二〇一一年一月

艾青《除夕》及其他

　　艾青是大诗人。他的诗,是一个永恒的话题。从他民国时期出版的第一部诗集《大堰河》,到新中国成立后的第一部诗集《欢呼集》,都值得研究评点。然而,在斋藏若干艾青的诗歌旧著中,我偏看中《他死在第二次》(以下简称《他》)。这样的书名,让人觉得心里沉甸甸地。艾青曾说,这些诗"是抗日战争初期写的,这是我创作最多的一个时期"。因为战争的严酷,也因为战火点燃了诗人的悲愤诗情,才有这部诗集的诞生。

　　《他》由上海杂志公司出版于一九三九年十一月,初版三千册。列入郑伯奇主编的"每月文库"丛书的第一辑之六,这一辑共七种,有老舍的小说《火车集》,陈白尘的剧本《乱世男女》,《他》是丛书中唯一的一部诗集。郑伯奇在《每月文库·总序》中写道:"当这抗战紧急的时期,自己若能搜罗推荐一些优秀作品,对于精神动员能尽一点微薄的责任,多少总可以问心无愧了。"《他》从初版到一九四八年五月,共印行了五版,这在艾青的各种诗集版本中实属少见。《他》在一九四四年第三版的书后,出版方写有一段广告文字:"这是艾青诗人的力作,原诗在《星座》发表时,万人争颂,誉为当代我国诗坛奇葩,本集且收有《吹号者》等篇,均为诗人的代表作品。当此诗坛混乱的今天,本集不但被目为纪念碑,而且是一块准确的指路牌。"可见,那时这部诗集就颇获好评。《他》中计收诗八首,以《吹号者》打头,接着是《出发》《车过武胜关》《除夕》《街》《梦》《纵火》,最后以一首叙事长诗《他死在第二次》压轴,并以这首诗题作了书名。诗集浏览一遍后,我更钟情于那首短诗《除夕》,这是怎样的除夕场景啊,诗人开头就写:"欲雪的日子啊 / 天穹沉重而昏暗 / 路上的衰草 / 抖索在风前。"接着写"瘦瘠的马,呼出白汽","一年最后的日子呵 / 河流已冻结了 / 而无数迁徙的人们 / 摇晃在大地的边沿。"在战争的岁月里,人们得不到温饱与安居:"迎向飑着狂风的路上 / 艰苦地前进。"《除夕》不长,四行一节,共六节二十四行。然而,这首短诗却把农历除夕的冷寂与凄苦,都形象地刻画出来,具有很大的思想容量及很深的艺术感染力。艾青自己也喜欢这首诗,在开明书店一九五一年版的《艾青选集》,人民文学出版社一九五五年版的《艾青诗选》两部诗集中,都选入了这首《除夕》,说明这首诗在诗人心中的分量。然而,一九五七年以后,艾青的日子开始不太好过,他的诗受到无情批判,并被开除党籍,后又划为"右派"。直到一九七九年平反,人民文学出版社出版他新编的《艾青诗选》,却不见了《除夕》,也许因为其中有"机械化部队 / 肃穆地走上山坡"的诗句。这不就是国民党的抗日军队吗? 在历史未能得到澄清的极左路线下,这可是忌讳的。

从抗战开始的三年中,诗人艾青辗转杭州、武汉、临汾、西安等地,过着居无定所、颠沛流离的生活。然而,这为他提供了坚实而丰富的生活素材。这一时期,他创作的诗歌不仅数量之多,质量也稳步上升,且标志着他的诗风已转向更为成熟的关键期。《他》中的诗,大多写于那些流浪的日子。但在如此困境中,他写出了这些鼓声与号角般的诗篇,显示出更为鲜明的诗的战斗性与艺术性的结合。无论长诗短章,都倾诉了他对苦难深重的祖国与人民的深沉之爱,唱出了民众对抗战必胜的信念。这些诗,对当年的知识青年投奔抗日前线起到了极大的号召作用。可那时,也有人说他的这些诗太感伤、太沉闷、场景不真实等,对此,艾青只是一笑置之。

艾青是"七月派"重要诗人,他在胡风主编的《七月》杂志上多次发表了《骆驼》《公路》等诗,又在"七月诗丛"中,先后出版诗集《北方》《向太阳》。另一位"七月派"重要诗人绿原曾说:"从'五四'发源的中国新诗,到三十年代才由诗人艾青等人开拓成为一条壮阔的河流。把诗从沉寂的书斋里、从肃穆的讲坛上呼唤出来,让它在人民的苦难和斗争中接受磨炼,用朴素、自然、明朗的真诚的声音为人民的今天和明天歌唱:这便是中国自由诗的战斗传统。更有一大批青年诗人在艾青的影响下成长起来。"

在艾青民国版的诗集中,比起《大堰河》《火把》等,《他》并不算重要,而在《他》中,比起《吹号者》等诗,《除夕》也算不得最为出色,一般也不大引起评论家的注意。而每当新年将至,我总会情不自禁地想起这首《除夕》的短诗。七十多年过去了,时代完全不同了。今天的除夕,总是歌舞升平、爆竹齐鸣,一派祥和、幸福的景象。对比艾青笔下的《除夕》,令人颇多感慨,对今天的生活,更倍添珍惜的情愫。

二〇一〇年十二月

渐行渐远话歌谣

一日,忽然收到快件,是若干册《歌谣》原刊,真如喜从天降。前辈作家袁鹰因居家乔迁,在整理旧物时,找到早年淘于旧书店的《歌谣》,知我喜收民国书刊且爱好诗歌,慨然寄赠,隆情厚意深铭于心。

对于《歌谣》,自然不陌生,但原刊却是第一次见到,平时翻阅的多是影印本。在文学逐步边缘化,诗歌不甚景气,歌谣更是少人问津的当下,谈谈歌谣,自然别有一番滋味在心头。

"天苍苍,野茫茫,风吹草低见牛羊。"中国是一个诗歌的国度,一部文学发展史,其源头就是民谣。早在三千多年前的周朝,就有人从事采集民谣的活动,我国第一部诗歌总集《诗经》,一半以上是歌谣。后来,出现了《木兰辞》《孔雀东南飞》等脍炙人口的名篇。明清两代,采录民谣的工作更是盛行,从一九五七年出版的《明清民歌选》甲乙两集看,共有作品四百多首。

民歌,即来自民间的歌谣,产生于生产实践,是劳动的产物,也是各种诗体的乳娘、母亲。民歌不仅对古典诗歌的形成有着重大影响,对"五四"以来的新诗也起着催生、助产的作用。《歌谣》就是在"五四"新文化运动的作用下诞生的。一九一八年初的一天,北京大学刘半农对沈尹默说:"歌谣中也有很好的文章,我们何妨征集一下呢?"沈尹默说:"你这个意见很好,你去拟个办法,我们请蔡先生用北大的名义征集就是了。"二月一日,《北京大学日刊》就发表了《校长启事》:"本校现拟征集全国近世歌谣",又登出了征集歌谣的简章,同时,"北京大学歌谣征集处"宣布成立。这个简章经上海各报刊转载,反响波及全国,此后一年多时间,征集工作轰轰烈烈地展开。不久,刘半农负笈欧洲,由周作人接管征集工作。一九二〇年冬,由常惠(维钧)提议,得到周作人、沈兼士支持,北大正式成立了歌谣研究会。他以刘半农先生的四本歌谣剪贴本为基础,开始筹办《歌谣》周刊。一九二二年十二月十七日,值北大校庆日之际,《歌谣》周刊正式创刊,周作人撰写了发刊词,起初的印数仅八百至一千,购买者却纷至沓来,以至引起苏联、英、美、法、德、日等国外学者的关注。至一九二五年六月,《歌谣》周刊因经费缺乏,暂行停刊,十月后一度并入《研究所国学门周刊》。一九三五年,北大决定恢复歌谣研究会,重办《歌谣》周刊,第二年四月,《歌谣》周刊复刊,胡适写了《复刊词》,主编为北大毕业的徐芳和徐素英女士。复刊后的《歌谣》,已缺乏当年为民主、为科学而摇旗呐喊的锐气,成了一份偏重于学术性的专业刊物。到一九三七年"七七"事变前,《歌谣》出版最后一期(即三卷十三期总一百五十期)后,便寿终正寝。正如郑振铎所言:"五四以来,搜辑各地民歌及其他俗文学之风大

《歌谣》周刊

盛,它们不再被歧视了。"二十世纪四十年代的延安,在延安文艺座谈会以后,明确了文艺为工农兵服务的方针,民歌运动十分普及。新中国成立后,尤其是一九五八年"大跃进"时期,民歌更是响彻大江南北。由于党中央的倡导,全国群众性的民歌运动蓬勃开展,其数量之多,影响之大,是过去任何时期都无法相比的。

新时期以来的三十多年,民歌的命运急转直下,从报刊、书籍中消失了,它似乎是"假、大、空"的代名词。其实,用历史的观点来看民歌,包括文学艺术的各个门类,都无法超越时代。五六十年代,整个社会都被极左思潮裹挟着,激情狂热,钢铁要超英美,亩产可达万斤,到处"放卫星",在这样的社会环境下,能要求民歌"独善其身"吗? 当新时期的文艺春天来临,各种文学形态恢复了往日的生机,唯独民歌仍一蹶不振,从社会文化生活中消失了。很少有人去做搜集、整理民歌的工作,更谈不上研究,很少有诗歌作者去创作以四句七言为主要形式的民歌体诗歌。曾经受人喜爱、丰富多彩的民歌,成了无人理睬的"丑小鸭"。昔日北大文学前辈为之呕心沥血、热情搜集、整理、编辑刊发的《歌谣》,已渐行渐远。闻名全国的陕北的"信天游",广西的"刘三姐",以及上海青浦的"田歌"等,看来只有通过申请世界非物质文化遗产项目,才能最高程度地得到保护,不至于湮没、失传。

由《歌谣》旧刊,联想到歌谣的命运。因为,中国现代新诗的发展,不外乎从民歌、古典诗歌和外国诗歌中汲取养分,大胆借鉴。三足鼎立,缺一不可。不能仅仅将民歌看作是民俗或民间文学,它是我国文学史长河中诗歌之源头,要为民歌正名,让民歌健康、丰富、朴实地存在于我们的精神文化生活中吧!

二〇一一年十月

李金髮与《微雨》

　　今年是我国现代诗人李金髮的百年诞辰，有关方面举行了专题学术讨论会，对诗人进行了重新评价。正巧，我在旧书摊上淘得一本李金髮的诗集《微雨》，对此颇感兴趣，不妨一谈。

　　《微雨》是李金髮的第一本诗集。一九二三年身在法国的李金髮将诗稿《微雨》寄给周作人，周作人极为欣赏，复信给他说这诗为国内所无。一九二五年十一月《微雨》由北新书局出版，收有李金髮九十九首诗作和二十八首译诗。这部诗集的出版，标志着现代主义诗歌创作在中国诗坛的兴起，立即引起各方面的关注。胡适认为写这样难懂、难猜的诗不足取。梁实秋批评这些诗受法国象征派诗人影响，是一种堕落的文学风气。而苏雪林则说李金髮的诗是"别开生面之作"，"在新诗界不能不说他有相当的贡献"。朱自清说李诗"不缺乏想象力"，他在选《中国新文学大系》的诗时，把李金髮放在闻一多、徐志摩、郭沫若之后，选了李金髮十九首诗，表明了他对李金髮诗的态度。评论家黄参岛则称李金髮的诗为"怪诗"。另外，钟敬文、沈从文、废名等人都一分为二

《微雨》

地评价了李诗。李金髮的诗确实充满怪异、神秘、颓废和失落的情绪，是十分典型的中外合璧的象征诗。李金髮自己则声称："我最初是因为受了波特莱尔和魏尔伦的影响而作诗的。"

李金髮一九〇〇年生于广东省梅县，一九一七年到上海进留法预备班学习，后与李立三、徐特立、王若飞、郎静山、林风眠等赴法勤工俭学。李金髮学的是雕塑，其作品在巴黎春季美展展出，是中国人的作品第一次出现在巴黎艺术沙龙，他的老师以及巴黎的中国人都为之欣喜、骄傲。一九二五年李金髮回国，先后在上海美专和杭州国立西湖艺校任教。在这期间，他雕塑的伍廷芳、邓仲元的铜像，成为中国雕塑的经典之作，也确立了他作为中国雕塑的开山祖师的地位。继《微雨》后，李金髮又相继出版了两部诗集，即《为幸福而歌》《食客与凶年》，这些诗大都采取象征主义的创作方法，讲究暗示，追求与意境的契合，重视刹那间的幻觉，多有省略、跳跃之笔，语言驳杂、晦涩、欧化，实为象征派的代表。在李金髮的诗歌中，表现出强烈的反封建礼教和提倡个性解放的精神。他在《使命》中认为，恋爱是人的使命。他写到一对恋人面对众人的反对，仰起头拿起笔，向压迫者挑战。在《她》《晚上》《雨中》诗中，都写出青年人婚姻自主、自由恋爱的要求。在《墙角里》和《彻夜》等诗中，热情地赞美爱情和婚姻自主。李金髮的诗对西方文明的虚伪和卑劣作了抨击和无情的揭露。李金髮的象征诗在艺术上也是很有特色的，用具有象征意味的词来表达他的主观情绪。李金髮还擅长绘画，精通音乐，他的诗另一个特点就是诗画交融，形成有独特风格的象征诗，在他的诗歌中，明显有绘画感、音乐感、雕塑感。诗中有明显画意，这种画意是声、光、色、形、线、乐在诗中的渗透和糅合。他还写过小说、散文,收集过民歌,翻译过外国作品,著有多种艺术论文,著译达十二三种之多。一九四四年,李金髮任驻伊朗使馆二等秘书,此后周游列国。一九五一年,在国外当外交官的李金髮没有按国民党政府的指示到台湾,而是由伊拉克辗转到美国经营一家小农场。晚年出版有回忆录《飘零闲笔》。他一九七六年十二月二十五日在纽约长岛寓所因心脏病突发而逝世,享年七十六岁。人们不会忘记他在诗歌和雕塑方面的重要贡献,更有专家提出,李金髮不仅仅是一种诗歌流派的代表人物,他的全部作品奠定了他作为中国现代主义文学创始者的地位。长期以来,由于国内文学界强调的多是革命化、大众化文学,以至一些文学史专著都没有李金髮的位置,他一度成为"被人遗忘的存在"。近来,学界对李金髮的研究取得了突破性的进展,其丰硕的成果是令人欣慰的。

一九九七年十月

从于赓虞《世纪的脸》谈起

在近一个世纪的新诗发展史上，尽管左翼诗潮作为诗坛的主流，显示出强大的影响力，然而，回顾现代诗歌走过的每一程，仍使人们感到，主流之下依然有潜流暗动，为诗坛留下了缤纷的色彩。上海大学吴欢章教授曾主编过一本《中国现代十大流派诗选》，就是这种缤纷色彩的集中亮相。由此，我想到早期诗人于赓虞和他的诗集《世纪的脸》。

其实，在我学习写诗的最初年月，一直不知道中国现代诗坛还有这么一位诗人。因为，那时除了主流诗歌，没有其他诗歌可供阅读。几年前，偶然在诗人吴钧陶老师家里，看到于赓虞的这本《世纪的脸》，如同发现新大陆一样，觉得新鲜好奇，心想，新诗还可以有这样的写法。

《世纪的脸》由北新书局初版于一九三四年六月，选诗二十六首，好友叶鼎洛给配了精美插图。在扉页后面，是"本书著者其他著译"，列出的八本书中，后三本为

《世纪的脸》

"未印"和"即印",即使前五本,也有研究者指出,《荷花梦》等只见广告,未曾印行。

于赓虞一九○二年六月出生于河南西平玉皇村。少时在乡间读私塾,后考入省立第一师范学校。"五四"运动中,他因参加学潮而遭当局命令学校开除。之后,他到天津南开读了一年,又转到汇文学校专读英语。

其时,赵景深主编《新民意报》文学副刊《朝霞》。赵景深和焦菊隐、孙席珍等组成了绿波社,创办《绿波旬刊》《绿波周报》《诗坛》等,刊发了绿波同人的大量作品。于赓虞作为绿波社的主要成员,开始了诗歌创作。他的《睡时》《南郊晚步》《岸上》《停舞后》等,率先刊于《诗坛》。正如他自己所说:"认识赵景深、焦菊隐,这才真正引起了写诗的兴趣。"而于赓虞在赵景深笔下的形象"是他蓬松的乱发,黑黑的脸,沉毅的面色。读他的诗,立刻感到异样的快慰,顿时仿佛踏入了温暖春天的世界"。

一九二五年秋,于赓虞考入燕京大学国文系。在这里,他认识了徐志摩以及刘梦苇、朱湘、闻一多等"新月"诗人。第二年,"三一八"惨案发生,段祺瑞政府下令,镇压枪杀了反帝爱国的示威群众。四月,由徐志摩出面创办《晨报副刊》的《诗刊》,推出创刊号,亦是纪念"三一八"的作品专号,于赓虞的一首《不要闪开你明媚的双眼》刊于其中。此后,有研究者将他划归于"新月"诗派。

尽管,之后于赓虞又在《诗刊》第三、四期上,发表了《歌者》《晨曦之前》等诗,但在他的心目中,却并不认同"新月"诗人的创作。他曾说过:"当时《诗刊》的作者,无可讳言的,只锐意求外形之工整与新奇,而忽略了最重要的内容之充实。"他觉得与"新月"缺乏共同之处，觉得在诗上自己是一个孤独的人。当《诗刊》出到六、七期时，就与他们分道扬镳了。一九二六年七月，于赓虞在北新书局出版了第一部诗集《晨曦之前》，似乎反应平平，未引起诗坛更多地关注。之后，他到山西太谷贤铭学校短期任教。一九二九年初，他与庐隐等创办华严书店，又合编《华严》月刊。在教书、编刊之余，他没有停止自己的诗歌创作，出版了散文诗集《骷髅上的蔷薇》《孤灵》《魔鬼的舞蹈》，由此别人称他为"魔鬼诗人"。

一九三二年春，于赓虞回到开封，与汪漫铎、叶鼎洛合编《河南民国日报》副刊《平沙》周刊。两年后，他出版了想"开拓诗的领域"的诗集《世纪的脸》。这是他的最后一本诗集，此后结束了他的诗坛生涯。他曾一度到英国留学，抗战爆发后回国，任教河南大学、西北大学等，还主编过兰州《和平日报》副刊。新中国成立后，他一直任河南大学中文系教授，专注于教书育人。一九六三年八月，因病在开封老家去世。

于赓虞成名于他的两部散文诗集《骷髅上的蔷薇》和《魔鬼的舞蹈》，这使望文生义者产生了不少误解。其实，诗中不但没有恶魔般张牙舞爪的气焰，而且更多的是被恶魔凌辱的呻吟与哀愁。对于赓虞了解更深的赵景深先生曾有《文学讲话》一书，在《于赓虞的〈晨曦之前〉》一文中说："赓虞初期的诗大半是乡思。他的家乡遭了焚掠，因之发出悲愤的歌声来。"然而，于赓虞毕竟是与"新月"派沾过边的诗人，他的诗，明显有着"新月"格律诗体所追求的"节的匀称"的"建筑美"。这一点，在《世纪的脸》中，有着更明显地表现。在这些诗中，长句变成了短句，诗意也明朗多了。如"他将我从苦闷里惊醒／见朝阳正在花枝歌咏"（《青春》），"秋挟着落叶与残红飞逝／留下赤裸的寒林在沉思"(《冬》)。"新月"诗人说他早期的诗"情调未免过于感伤,就是不健康的情调",倒也没有说得太离谱。然而,在艺术上,于赓虞自己说这本诗集"完全是个人的心血,从笔下一滴一滴的渗入白纸。因为尊重情思,所以写的任它自由的流动;因为尊重艺术,所以修改时费尽了苦心"。

于赓虞在诗坛是清醒的。他"潜心读着欧美各巨人的作品与传记,竭力搜求西洋论诗的专著,那时想,纵然不能成为一位诗人,也可将自己训练成一个懂得诗的人。又因自己始终认诗是一种艺术,所以在写诗时,不与流行的写法相同,不但在文字上有所选择,而且在形式上亦颇注意修饰"。可以说,于赓虞是一位突出地追求诗的理性的诗人。对于诗,他从初涉缪斯到最终辍笔不写,都同样显示出他的认真严肃的现代诗观。

二〇一一年五月

《诗》月刊九十寿

今年,恰值我国现代文学史上第一本诗歌刊物《诗》月刊,诞生九十周年。以一九一七年胡适在《新青年》上发表白话诗为始,现代新诗已走过九十五年历程。而五年后的一九二二年一月,新诗刊物《诗》月刊,在上海破土而出。

此前,上海《时事新报》副刊《学灯》上,曾刊出以诗写成的关于《诗》月刊的广告:《〈诗〉底出版底预告》,最后两句是:"我们造了这个名为《诗》的小乐园做他的歌舞养育之场/疼他爱他的人们快尽你们的力来捐些粮食花果呀!"这样的广告用语,当是十分有趣。

一九二一年秋,叶圣陶、朱自清、刘延陵三人在上海吴淞中国公学教书。那里濒江临海。三个二十出头的年轻人,远离喧嚣的市区,置身在"大自然恢宏阔大的景象"中,颇感新奇。每天课余,就一同在江边散步。一天,他们的话题从课堂上教授的国文课,谈到新诗的产生,觉得四年来还没有一份专载诗歌的期刊,于是有人提议,自己来办一本诗刊试试。于是,他们说干就干,马上拟定计划,并致信中华书局,要求书局同意承担刊物的印刷与发行工作。中华书局的左舜生约他们商谈后,认可他们的计划,并定下诗刊为三十二开本的月刊,于一九二二年一月创刊等事项。他们则以"中国新诗社"的名义,负责编辑。俞平伯适从英国游学归来,也参与部分编辑工作。而具体负责编诗刊的,主要是叶圣陶与刘延陵,第一卷的五期中,则主要由刘延陵担纲编辑。

《诗》月刊从一九二二年一月创刊,到一九二三年五月停刊,近一年半时间中,出刊两卷,共七期,计第一卷五期,第二卷二期。实际上因无专职编辑,人员又流动频繁,月刊常常脱期,变成了双月刊。在民国年间,《诗》的创办时间与期数,都算不上突出,但它却是我国现代文学史上第一本诗刊,意义就非同一般。

《诗》一卷一号(即创刊号)上,没有创刊词,也没有编后记之类的文字,共刊出十七位诗人的作品,还有一篇俞平伯的理论稿《诗底进化的还原论》,以及三篇译稿,周作人译的《儿童的世界》,王统照、沈雁冰译的爱尔兰、乌克兰诗歌。此期《诗》以俞平伯《诗十六首》打头,刘复(即刘半农)、汪静之各有《诗七首》。有的诗人,如潘四、陈南士、健鹏、程憬等,仿佛流星一般,在诗坛上稍纵即逝,已不为人知。后成为文艺理论家的郭绍虞有一首《静默》,让我眼睛一亮:"这是深夜的时候了 / 但是 / 有鸡声 / 有虫声 / 有一步步极匀称的步声 / 更能听到一跳一跳心弦颤动的声音 / 宇宙终究是动的宇宙 / 终究没有沉寂的片刻 / 但这是何等的静默啊!"即使放到现在,这首诗还是有诗的意境哪!第一卷第四号有"读者赐览"一栏,写道:"现因本刊创办人都是文学研究会底会员,故大家协议,将本刊作为文学研究会定期出版物之一。"果然,第五号的封面上,印上了"文学研

文學研究會定期刊物之一

號一卷一

《诗》月刊

究会定期刊物之一"字样。这说明,《诗》从创办之初"三同志所办"的同人性质刊物,成为了研究会会刊,其作品的基本倾向,就是文学研究会的流派宗旨,即"为人生"的现实主义文学。在第三号的封二上,有"投稿诸君鉴",写了叶圣陶、刘延陵的收稿地址,又写道:"本刊每期出版,中华书局都以数十册交同人分赠投稿诸君,当事人所能报答诸君盛意者不过如此,这尤是同人所万分抱歉的!"这说明,刊物只赠样刊而无稿费,经济拮据如此。从第四号起,《诗》的刊末有了"编辑余谈",类似编后记,为刘延陵所撰,谈了五点编辑意见,如"(一)为读者底便利起见,本刊将性质风格相似之诗聚在一齐,第一组是小诗,第二组是气味严肃一些的,第三组是清逸一些的",又针对读者反映刊物脱期,在(二)写道:"因为出版底迟早须看稿件底多少而定,编辑人不能为多大的助力,因此所以我们很欢迎来稿。"这说明,《诗》的稿源并不丰富。接着,(三)写道:"学衡杂志里常常有反对新诗的文章,本刊第五期将有一篇文字和它为有趣的商酌,不妨在此预告一声。"这也说明,《诗》是新文学运动中与复古思潮斗争的产物,新诗的成长与发展之路并不平坦。《诗》第二卷一、二号主要为叶圣陶所编,刊物上留的收稿处也是他先苏州后上海的通讯地址。

从《诗》的几位编者看,叶圣陶早年写诗、编诗的经历,现在已鲜为人知,他的主要成就在小说创作与教育实践上。朱自清自然是诗坛权威,他后来主编了《中国新文学大系》中的《诗集》,不少诗歌是从《诗》月刊中选的。他的成就后来主要在教学与古典文学研究上。然而他于一九四八年因病医治无效,不幸逝世。俞平伯早期出版的诗集《冬夜》《忆》等,成为新文学的经典。后期主要从事古典文学研究,尤其关于《红楼梦》研究,影响甚大。最后说说刘延陵。一九八七年,上海书店影印出版全套《诗》月刊,打算找当事人写篇前言,而幸存者只有两位了。当时叶圣陶病重住院,已难执笔。编辑辗转找到时在新加坡的刘延陵先生,请他写了《〈诗〉月刊影印本序》,留下了一篇弥足珍贵、极有史料价值的回忆文章。当年《诗》停刊后,刘延陵远赴美国留学,后一度因身体原因回国,在上海暨南大学任教。抗战初刘延陵流亡南洋,其间回国探亲过,又赴新加坡任职于《新洲日报》。后一直以编辑与教书度日,与外界少有联系,过着隐士般地生活。一九八八年十月,他以九十四岁的高龄在新加坡谢世。

二〇一二年四月

宗白华与《流云小诗》

宗白华生于一八九七年,是美学家、哲学家,同时也是我国"五四"时期第一代新诗人,仅仅凭一部《流云小诗》的集子,就确立了他在中国现代诗歌史上的一席之地。

《流云小诗》由亚东图书馆出版于一九二三年十二月,收诗四十八首。当年,这家出版机构坐落在上海五马路(今广东路)棋盘街西首。新文学史上的第一部白话诗集胡适的《尝试集》,第一部《新诗年选》等,都出自亚东图书馆。其在扶植、推动中国新诗的萌芽、发展中,可谓是功莫大焉。

在好友田汉的鼓励下,一九二〇年五月,宗白华经法国前往德国留学,他从巴黎的文化区域、罗丹的雕塑中,感受着浓浓的诗意。莱茵河上的堡垒寒流,残灯古梦,使他常做着古典而浪漫的美梦。有年冬天,他在一位敬慕东方文化的教授家,度过了一个罗曼蒂克的夜晚。夜阑人静后,因着某一种柔情的萦绕,他"开始了写诗的冲动,时常仿佛听见耳边有一些无名的音调,把捉不住而呼之欲出,往往在半夜的黑影里爬起来,扶着床栏寻找火柴,在烛光摇晃中写下那些现在人不感兴趣而我却借以慰藉寂寞的诗句"。这些诗,大都在上海《时事新报》副刊《学灯》上发表,后结集成《流云小诗》。我手头的《流云小诗》,已是一九四七年十一月正风出版社的版本,初印一千册。

其实,在亚东版的《流云小诗》出版前,宗白华与田寿昌(田汉)、郭沫若合著,出版于一九二〇年的《三叶集》,为他们赢得了最初的荣誉。这是他们三人的通信合集。那时,宗白华受张东荪委托,任《学灯》副刊编辑,陆续刊发郭沫若从日本寄来的诗稿。他在给郭的信中,毫不掩饰地说:"昨天接着你的信同新诗,非常欢喜,因我同你神交已许久了。你的诗是我最喜爱读的。你诗中的境界是我心中的境界。我每读了一首,就得了一回安慰。"在另一信中,又写道:"前函当已到了,你的诗已陆续发表完了。我很希望学灯栏有一种清芬。"由于宗白华的敦促、鼓励,郭沫若创作愈发勤勉,积腋成裘,终有诗集《女神》的诞生。

书名为《流云小诗》,确是名副其实的小诗,最短的仅两行:"那含着羞时回眸的一瞥 / 永远地系住了我横流四海的放心。"(《系住》)还有一首题为《小诗》的诗:"生命的树上 / 凋了一枝花 / 谢落在我的怀里 / 我轻轻地压在心上 / 她接触了我心中的音乐 / 化成小诗一朵。"当时,北京《晨报》副刊也在连载冰心的《春水》。南北两地,小诗交相辉映,成为诗坛佳话。冰心的小诗,有着泰戈尔的诗风。而宗白华的小诗,却"是承受着唐人绝句的影响",是中国民族传统的小诗。朱自清在《中国新文学大系·诗集导言》中说:"《流云》出版后,小诗渐渐完事,新诗跟着也中衰了。"

一九二五年,宗白华完成学业,从德国回到上海。接着结婚,任教中央大学,以教授美学、哲学为主,基本不再写诗。在异国他乡大约一年时间中,他写下几十首小诗,出版《流云小诗》,短暂的诗龄,为他争得了悠久的"诗人"声誉。宗白华属于青春期爆发式的诗人。这样的现代诗人,不独宗白华一人,这亦是我国诗坛之奇特现象。

《流云小诗》有百余字的短序,以诗一样的语言,表示了作者在出版诗集后不再写诗的想法。他写道:"我梦魂里的心灵,披了件词藻的衣裳,踏着音乐的脚步,向我告辞去了。"可见宗白华的小诗有着音乐美的韵律。他接着以拟人的口吻,与诗对话:"不嫌早么?人们还在睡着呢!"他说:"黑夜的影将去了,人心里的黑夜也将去了!我愿乘着晨光,呼集清醒的灵魂,起来颂扬初生的太阳。"诗人表述出诗对于净化灵魂的美学力量,以及向往美好的愿景。

　　二〇〇〇年十月,安徽教育出版社以同样书名出版了这部诗集,除了原四十八首诗外,又增加了"续编",将早期《流云小诗》没有收入,以及后来创作的共四十三首诗一并补入,成为迄今为止宗白华一部最为完整的诗集。

　　一九八一年五月,上海人民出版社出版了宗白华的专著《美学散步》。美学家李泽厚在序中写道:"在北大,提起美学,总要讲到朱光潜和宗白华先生。朱先生的文章和思维方式是推理的,宗先生却是抒情的,朱先生是学者,宗先生是诗人。宗先生当年的《流云小诗》与谢冰心、冯雪峰、康白情、沈尹默、许地山、朱自清等人的小诗和散文一样,都或多或少或浓或淡地散发出这样一种时代音调。"诗人毕竟是诗人,写什么样的文字,都能使人感觉到:这就是诗人。

二〇一一年二月

《灾难的岁月》

《烙印》

《他死在第二次》

《流云小诗》

与鲁迅擦肩而过的诗人

裘柱常是谁？人们已经不太知晓这个名字了。

二十世纪二十年代中期。有一年秋天，裘柱常与往常一样，傍晚与几个文学青年在北四川路（今四川北路）上散步，走过横浜桥附近的一条小弄堂，他不经意地回头，倏然看到一张十分熟悉的脸庞，这就是在报刊上常常出现的鲁迅啊！他惊喜得停住了脚步，刹那间，鲁迅从他旁边匆匆而过，瘦弱的身影很快消失在人海中。仅仅这一瞥，鲁迅的形象就印在了裘柱常的心里。

当年，二十出头的裘柱常热衷于写新诗，他读《新青年》《语丝》《莽原》等刊物上发表的新诗，亦试着学写并时常得以发表，却总是抱怨诗歌被作为版面补白的做法。当时，有同事带点激将法地对裘说："如此不满，那索性就向《奔流》投稿嘛。"血气方刚的裘柱常一激之下，当即给主编《奔流》的鲁迅先生写了一封信，并附去了刚创作的四首新诗。信寄出后，他亦有些后悔，鲁迅一定很忙，如此打扰，自己的行为似乎过于鲁莽冲动了。而能否得到鲁迅的回信，他并不抱多大希望。几天过后，却收到一封信，初以为是好友楼适夷的来信，仔细辨认，信封上署着一个字，看看不像"适"而是"迅"。是鲁迅吗？他马上拆开一看，果然是鲁迅先生的来信，令他一阵兴奋，赶紧回到宿舍，看了一遍又一遍，抑制不住内心的激动。鲁迅的信很短，说诗稿可用，其中一首退他，因写得稍露骨些。不久，裘柱常收到《奔流》第一卷第三期"伊孛生号"（今译易卜生），他的三首诗《一瞬》《生命》《这样的时节》刊在刊物的显著位置，这让他欣喜不已。这样的版面，显然是精心安排所致，鲁迅猜到了裘柱常的委屈与不满，似乎要给他一些心理平衡，让他舒口气似的。

更为难得的是，裘柱常在《这样的时节》一诗中，有一句"天边的新月在向我暗丢眼色"，鲁迅将"丢"改为"抛"，这真是一字之师啊，令裘柱常叹服不已，深感鲁迅的热忱细心，文字的无限妙谛。裘柱常晚年常忆及鲁迅的恩情，说："少作新诗，曾得鲁迅先生改易一字，刊之《奔流》。"并赋诗道："说到写诗忆少年，当时曾得稽山怜。而今已涸源头水，愧对河山壮丽天。"

由此，裘柱常与鲁迅常通信，鲁迅日记中便有"上午寄裘柱常信""给裘柱常信"等记载。不料，裘柱常的一些踪迹，引起了当局的注意。一九三〇年秋末，由于被人告密，裘在家乡余姚被捕，国民党果然从他身上搜出鲁迅给他的两封信，以及他写的几首新诗。裘柱常被押到杭州监狱，尝够了老虎凳的滋味，以"危害民国紧急治罪法"，蹲了大半年监牢。出狱后，他回到上海，到母校清心中学教书。抗战兴起，在楼适夷的关心鼓励下，他和傅雷分别投入翻译工作，傅雷译出了《约翰·克利斯朵夫》，又开始译巴尔扎克的小说。裘柱常译出的第一部

《太阳老医生》

作品就是杰克·伦敦的《海狼》。之后,楼适夷交给裴柱常一册日文版的《细菌猎人》,说鲁迅打算翻译此书,因无暇顾及,就交给了他,希望能尽快译出。鲁迅曾在自己的一篇文章里提到《细菌猎人》中的情节,可见鲁迅对此书的珍视。裴柱常说:"我可以从英文译出。"于是两人到南京路一家西文书店,买了英文原版本投入翻译。以后裴柱常还相继译出杰克·伦敦的《毒日头》、德莱塞的《金融家》《嘉莉妹妹》,保罗·迪·克拉夫的《太阳老医生》等,他的翻译成果受到了王元化、满涛的肯定与好评。由此他得到翻译家的头衔,简历被编入《翻译家辞典》。

二十年代,是我国新诗创立的发轫期。从那个时代开始起步,裴柱常的新诗常常刊在《奔流》《朝花》《洪水》《大江》《白露》等文学杂志上。然而,作为诗人的裴柱常,现在知道的人确实不多了。一九二八年十一月,年仅二十二岁的裴柱常,由上海现代书局出版了诗集《鲛人》,谢康作序,刊诗四十七首。当时赵景深先生在《现代中国诗歌》一文中,予以特别推崇,说:"裴柱常的《鲛人》给了我很好的印象,用韵既稳当,句子也极美丽。"现从民国有关报刊中共寻得裴柱常创作的新诗计七十八首之多。据裴先生的女儿、上海大学外语教授、翻译家裴因说,父亲写的新诗尚有不少,还有待发掘。仅从这些已披露的诗歌题材与风格看,裴柱常善写爱情诗:"青灰色的云雾弥漫东江 / 银白的羊儿在幽影中隐现 / 是牧童的归家之歌罢 / 一声声是在天上也在人间"(《牧女的期待》),写得如此凄美幽艳,缠绵而忧郁。裴柱常亦喜作长句,读之让人荡气回肠、一咏三叹。浓郁的情思随着悠长的诗句,缓缓流淌。如写《故乡》:"我怎能忘记呀忘记那草长树茂的山丘 / 那里曾藏过大禹治水图神妙的秘本 /

两座苍古的城墙镇守着姚江的江岸／瑞莲地里的荷花还留着并蒂的遗根。"出生于一九〇六年的裴柱常先生，早年在南京电报局做报务员，后任教江苏省立东海中学及上海清心中学。抗战胜利后，受王任叔（巴人）的委托，又得楼适夷先生帮助，裴柱常以裴重为笔名，具体筹办《大陆》杂志。新中国成立后他先后任《新闻日报》编辑、编委，中华书局上海编辑所编审，上海社科院文学所特约研究员等。新中国成立后裴柱常难得写新诗了，偶见上海解放十年诗选中，选载他的一首新诗《东湖纪游》。其余更多时候，他是以旧体诗一抒胸臆，与善作旧诗的画家夫人顾飞常有唱和。时至八十年代，裴柱常先生撰写出版了《黄宾虹传记年谱合编》，此年谱不仅排年记事，还有不少独到的画艺分析，他与黄宾虹先生还常通信，谈的都是专业深奥的绘画理论。裴柱常先生一九九〇年病逝于上海。我知道，裴柱常的夫人至今仍健在，已届百岁高龄，居住在淮海西路一所安静公寓，颐养天年。她是黄宾虹的女弟子，早年从宾虹学画，得其神韵。因之，裴柱常研究大画家黄宾虹，自然能入木三分，鞭辟入里，这是诗人另一种艺术修养的极致体现，令人钦佩之至。

二〇〇八年二月

从路易士到纪弦

在二十世纪三四十年代的一些诗歌集的旧版本中，常常读到路易士的诗作。这"路易士"三字，让人觉得是怪怪的西化名字。近日翻阅一九四四年出版的《文坛史料》一书，读到胡兰成写的两篇文章，即《路易士》及《周作人与路易士》，才知道这个路易士在那个时代的上海诗坛，是何等的活跃。但一直不知道的是，半个多世纪来，路易士怎么就失踪了，音讯渺茫。

后来，读到上海诗人柳易冰的文章《寻找路易士》，关于路易士的信息开始初露端倪。后来又读到流沙河先生的《台湾诗人十二家》一书，打头的第一家，谈的就是路易士。于是多年的悬念，才一朝冰释。路易士仍健在。他于一九四八年移居台岛，笔名换成了纪弦，至今仍写诗不辍。

流沙河说，纪弦是台湾现代派诗坛的鼻祖。其实，早在三十年代，他的诗就常常登在施蛰存主编的《现代》文学杂志上，与徐迟、戴望舒等诗人常相过往。有人说他的

《出发》

诗是颓废的,个人主义的,而胡兰成却为之辩护:"路易士的诗在战前、战时、战后,总是中国最好的诗。"杜衡也说:"朋友之中,他是有诗的天才的。"

路易士本名路逾,今年该九十一岁了。抗战前,他一度居住在苏州,在学生时代就开始写诗,曾自费印行《易士诗集》,还与友人一起编一份叫《诗志》的诗歌刊物。后来他往返于香港与上海两地。沦陷时期的上海诗坛,气氛较为沉寂,却是路易士创作最为旺盛时期。他先后发表了百余首诗歌和数十篇诗评,陆续出版了《出发》《夏天》《三十年集》等诗集,遂成为当时最为引人注目的诗人。他还创办了一个诗歌社团"诗领土社",出版《诗领土》诗刊。有了诗歌阵地,路易士一时声名显赫,亦一度激活了上海诗坛。他强调诗歌的"全新立场",即"内容和形式两者都要新",内容的新,就要具备"现代文明"意识,要表现现代人的生活感受。形式的新,就是诗无定式,是自由的现代诗。路易士的创作,也是遵循这一艺术要求去追求的。

这样一种现代诗观,路易士一直将其带到了台岛,并在那里成立了现代诗社,出版《现代诗》刊,以纪弦之名竖起了现代诗的帅旗,而路易士便淡出人们的视线。不过,纪弦常常怀恋路易士那个时代,怀恋他曾经写过诗出过名的上海。尤其还惦记着曾与三两好友喝得烂醉如泥的几家百年老酒店,他记得在南京路附近的"高长兴""善元泰"和"马上侯"。他要再现"饮者的风度",以一壶花雕,佐一盘发芽豆,去一醉方休。

谈纪弦,该由被纪弦称作"小屋诗人"的柳易冰先生来谈。柳先生除写诗外,几十年来潜心研究港澳台等海外华人诗人。纪弦说柳先生是他的忘年之交。早年柳先生藏有一册路易士一九三七年出版的诗集《火灾的城》，就开始踏上寻找路易士的心灵之路。这实在是一种缘分。这让已经进入晚年的纪弦感慨不已。从八十年代开始，在不长的十多年时间中，纪弦先后给他写了三十四封信，又寄赠不少新著旧作及珍贵资料、照片。而柳先生先后有二十余篇写纪弦的专稿刊于海内外报刊。并由纪弦而涉及海外众多华人诗人，如非马、秦松、张默、罗门等。

那天，想着我要多了解一些纪弦的信息，就来到了沪郊古城嘉定，与柳易冰一见。先到他的小屋稍坐。这使我对这位孜孜于纪弦等海外诗人的研究者有更深地彻悟。小屋很平常，平常得有点寒碜。柳先生格外简朴，简朴得有点落拓。然而，谈起纪弦，他竟滔滔不绝，充满诗人的睿智与激情。

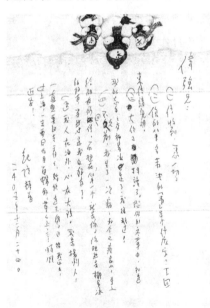

《纪弦信札》

纪弦以自己的籍贯为上海而觉自豪，戏说与柳易冰是"同乡"。纪弦早年就读的苏州美专，坐落在沧浪亭，不远处的十梓街就有柳易冰就读过的东吴大学，纪弦称之为"同学"。柳易冰是写诗的，纪弦更以"同行"相待。纪弦因这"三同"视柳先生为知己。如今已移居美国女儿处的纪弦，常在给柳易冰的信中说渴望回上海看看。他要看望昔日老友辛笛诗人与施蛰存先生。然而不幸的是，海内两位文坛耆宿已先后驾鹤仙去。如今垂垂老矣的纪弦，已无力回大陆一观。这也许成为他终生的遗憾。而因着柳先生涓涓不息的勤勉，为大陆与海外的纪弦架起了一座情感的桥梁，为我们提供了一代诗圣纪弦清晰的文学形象。许多海内外读者读了柳易冰发表在《太原日报》上的长篇专访《为诗而活着的纪弦》，深为感慨。谁能知晓，柳易冰为此跟踪采访了纪弦十六个年头啊！

柳先生在国内诗歌报刊主持"海外华人诗选萃"专栏声名远播。他的诗评刊发于国内外几十家报刊。他编辑出版了《乡愁——台港与海外华人抒情诗选》，如此等等，在介绍海外华人诗人方面，柳先生在国内起步早，并取得了较大地影响。而许多资料的来源，又大都得之纪弦的援手。而纪弦对柳易冰亦是情有独钟。他总是在一大叠来信中抽出柳易冰的信及时作复，对柳先生所需书籍、资料及照片等，总是有求必应。在台湾时就发誓不给任何人写序的纪弦，应柳易冰之邀才特地破例。为给柳写序，纪弦忘了给心爱的月季浇水，以致月季差点枯死。这可看出纪弦是如何看重柳先生这位大陆诗人的。

我被这远隔千山万水的海内外两位诗人间纯真无私的友情所深深折服。

二〇〇四年六月

重读卞之琳《鱼目集》

倏然想起，今年十二月该是诗人卞之琳的百年诞辰，赶紧找出他的诗歌旧著《鱼目集》重读一遍，关于卞诗人的种种思绪，就在脑中挥之不去，缠绕于心。

记得十年前的二〇〇〇年，去看望辛笛老时，谈及刚去世不久的卞之琳先生，辛笛老颇为感慨，他在我的笔记本上写道："在此录下1947年8月3日送他去英国进修所作的《赠别》首节，聊表喑忱：为了你所追求的语言的智慧／你在知了声中／带着你的圆宝盒／离开你爱的人远了／离开你爱的朋友们远了／云水为心／海天为侣／你要珍重／多珍重。"辛笛老健在时，常提及卞诗人，可见他对老友的情谊至深。二十世纪三十年代，巴金和靳以在北平创办《文学季刊》，卞之琳与辛笛都是该刊作者，他俩常去编辑部，在那里见面认识了。后来，卞之琳主编《水星》月刊，邀辛笛为刊物写诗。两人交往日多，友情渐深。直到一九四七年八月三日，卞之琳将负笈英伦，辛笛在上海送他到轮船码头，握别回家，写下《赠别》一诗。

卞之琳一九一〇年十二月生于江苏海门。一九二七年夏，考取上海浦东中学。在上海，他偶然购得冰心的诗集《繁星》，以后又得郭沫若的《女神》、徐志摩的《志摩的诗》等，开始喜欢诗歌。他以两年时间读完高中，考入北京大学英文系。一九三〇年开始用不同的笔名，在《华北日报》副刊上发表新诗。他的诗，最早得到时任北大英语系主任的徐志摩先生赏识,暑假里还将卞的诗稿带回上海,推荐给沈从文赏阅。徐把卞的诗代署其真名,拿到自己主编的《诗刊》上发表,又集编成一册,取书名为《群鸦集》,准备让新月书店出版。可惜徐于一九三一年十一月遭空难,卞的诗集出版之事遂成泡影。但自此卞的诗歌常常刊于《诗刊》与《新月》。一九三三年,沈从文惜才,出资让卞自印了一册诗集,书名为《三秋草》,收诗十八首。诗集印出后交给新月书店代售。一九三五年十二月,卞之琳的《鱼目集》列入巴金主编的"文学丛刊"第一辑,由文化生活出版社初版。这套丛刊共十辑,每辑十六册,计一百六十种。在第一辑的十六册中,卞的《鱼目集》是唯一的一册诗集,这也成了这套丛刊问世的第一本诗集,可见主编者巴金对卞诗人的器重。

在卞之琳自己的眼中,也把《鱼目集》看作是他的第一本诗集。因为《三秋草》是自印的,他说《鱼目集》"这本小书的出版,也许还要算我的第一次示众,出书瘾也算过了,胡诌的东西又可以不借手他人,而由自己让时间去淘汰"。同时,卞与何其芳、李广田已商定,三人合出诗集《汉园集》,为此,卞从自己的诗稿中抽出部分来,编入《汉园集》,此书于第二年三月由商务印书馆出版。《鱼目集》共收诗二十九首,创作于一九三〇年至一九三五年间,共分五辑。他把早期创作的诗如《西长安街》等,放在第五辑,而把当年新作的七首诗放在卷首,作为第一辑。那首著名的爱情短诗《断章》,就编入这一辑中:"你站在桥上看风景 / 看风景的人在楼上看你 / 明月装饰了你的窗子 / 你装饰了别人的梦。"

我常常想,唐诗宋词历经千百年的时间考验,不少经典之作仍得现代人诵咏,这是经典的力量。而现代新诗精品无多,能让人记得住的更是寥寥无几,《断章》就是这极少精品中的经典。这再一次佐证了诗歌不以数量和长短取胜。因为这首仅仅只有四行的小诗,许多人记住了卞之琳。这就是经典的魅力。卞之琳以其轻快的巧妙构思,使诗意的跳荡与意象的灵动相得益彰。这首抒情短诗,看似没有很多感情色彩,不经意间却透露出内在深情。

《鱼目集》是卞之琳诗歌创作的第一个高峰期的优秀作品,也是他的诗走向成熟的转折期代表作。他创作的初期诗歌,明显受到新月派的影响,也受到英法现代派诗歌的影响。这使他的诗较早具有现代主义意识,即对诗歌自身特质的认识,强化创作的主体性,以及诗人应以怎样的审美方式掌握世界等。在现代主义诗歌创作实验的先行者群星中,卞之琳无疑是觉醒较早、璀璨闪烁的一颗。

《鱼目集》后,卞之琳又于一九四〇年出版诗集《慰劳信集》,写的是延安生活,质量平平。纵观卞之琳的一生,写诗并不多。他说:"我还有点自知,如果说写诗是'雕虫小技',那么用在我的场合,应是更为恰当。"卞之琳还是翻译家,曾花了大量时间译出许多优秀的外国文学作品。晚年,他出版了诗集《雕虫纪历》,共收诗一百零一首,几乎就是他全部新诗的创作了。

近有媒体披露,新发现了一批卞之琳的佚文佚诗,包括一九二六年七月发表于《学生文艺丛刊》第三卷第五集中的《小诗四首》。这样,就把卞之琳诗歌发表的起始时间推前了四年。这对广大读者和研究者来说,可谓幸事耶。

二〇一〇年十月

最后的任钧

在诗坛弥漫着一种扑朔迷离、前景不甚明朗的气氛中,九十五岁的老诗人任钧走完了人生之路。他悄然离开了诗坛,离开了他所挚爱所钟情的缪斯。这足以让活着的诗人们回首前尘,在唏嘘之中对诗坛做新的省察。

对于任钧,我们知道得实在太少。然而,历史告诉我们,他是一位老资格的诗人,老资格的左联盟员。在二十世纪二十年代,任钧就加入了蒋光慈、阿英等人组成的太阳社,成了这个社的骨干。在那个凄风苦雨的日子,当时中共中央负责人瞿秋白冒着生命危险出席了太阳社成立仪式。白色恐怖,阴霾密布,太阳社公然打出无产阶级文学的旗号,这让后人仿佛触摸到这批文学青年的血气方刚和文学胆略。太阳社与创造社一样,成了中国早期新文学运动富有影响的文学社团。三十年代初期,由于形势的需要,太阳社全体成员按党组织的指示,转入新成立的左联,开始焕发新的创作激情。任钧以他出色的才能,担任着左联的组织部长,与宣传部长胡风一起,协助党组书记周扬卓有成效地开展左联工作。面对风云突起的全民抗战,民族危亡的日益深重,面对当时诗坛上缺乏鼓舞人激励人的现实主义诗歌力作,任钧率先提出成立中国诗歌会设想,这个倡议得到了左联的批准,他与穆木天、蒲风、杨骚等一起,"以推动新诗歌运动,致力中国民族解放,保障诗歌权利为宗旨",投入到建设新诗现实主义诗风和诗歌大众化运动。鲁迅先生知悉后即给予关注,给予有力的支持和指导,时常听取他们的创作汇报。作为这个社团的领军人物,任钧先后创作了《警报》《妇女解放进行曲》《老人素描》等大量反映现实生活、民众苦难的优秀诗作,出版了《战歌》《冷热集》《后方小唱》《为胜利而歌》等七部诗歌专集,在"抗日的烽火遍地燃烧"的特定环境下,为新诗的发展与繁荣作出了特殊的贡献。

我知道,作为二三十年代上海诗坛一员勇猛的骁将,任钧以诗歌"鼓与呼",以文学的形式为抗战添柴加火。"抗战的炮火是美丽的/抗战的炮火是可爱的/它是全民族心脏的鼓动/它是全民族如虹的气息!"读着这样的诗句,读者的血会沸腾。为着更多地读到这样的诗行,我竭力搜求任钧的书。翻译家亦是藏书家的吴钧陶先生知我喜欢任钧作品,将任钧《新诗话》一书割爱赠我。在一次次流连于旧书店的辛苦中,终于淘得《任钧诗选》等书籍。这些民国时期的新文学旧平装,是十分珍贵的版本。更为珍贵的是,扉页上都留有任钧老人为我签名的笔迹。默视良久,我感到一份温馨,一份关爱。

新中国成立后,转入大学任教的任钧,在一次次思想改造运动中,消磨了诗歌的创作锐气。他只能埋头教案。他不得不痛苦地远离诗坛。更多的时间内,他在写那没完没了的思想汇报。我曾在一家旧书铺,捡得"文革"中任钧写的思想汇报及一周作息安排表。那些日子,他被隔离审查,劳动改造。没有人的尊严的环境,是对知识分子善良之心极大地摧残。新中国成立以后,除写了《当祖国需要的时候》等几首屈指可数的歌词外,诗人的灵感枯萎了,歌喉喑哑了。

在任钧去世前的一个月,我们还有过一次愉快的畅谈。晚年的任钧,在老人福利院颐养天年。那天谈起二三十年代的创作,他风趣地说,那都是十八世纪的事情,过时了,不值得一说。其实,未必过时。"生活,这便是艺术的源泉,一切创造力的根基。没有生活,便没有文学艺术。"半个多世纪前,任钧在他的《新诗话》一书中如是说。那天,他提起毛笔,将这句话书赠予我,说这话仍不过时。我适时拍下了他写这些字时的神态。我想,这条幅,成了他创作生涯的最后笔墨。这照片,也是他留给世界最后的镜头。今天,上海最为年长的诗人离我而去。呜呼!关于太阳社,关于左联,关于中国诗歌社,我还有许多问题要当面求询任钧,他翻译的高尔基名著《爱的奴隶》还未及请他签名,给他拍的照片还没冲印出来。然而,斯人已逝,时光不再,一切未竟之事都不该成为遗憾。

从创作风格来说,任钧的诗歌是激昂的、现实的、人生的。然而,在那亭子间里放不下一张平静书桌的抗战状况下,没有理由一味要求诗歌"钻到艺术的象牙塔里,作无病的呻吟"。与浪漫主义、现代派诗人所不同的是,任钧选择了一条适合自己抒发情感的创作之路。如今,诗人悄无声息地走了。他为我们留下了什么。作为诗人的后学者,他的那些诗集,那几百首诗作,是恩泽我们的无尽诗意,是我们取之不竭的文学养分。

这让我想起茨威格在《告别里尔克》一文中所说:"诗人即使在今天也还可能留在我们这个已经疏远诗意的世界上,他就是这个诗人,他直到嘴唇呼出最后一口气时仍然是诗人。我们可以说,我们亲眼见到过他,这就是对于我们的悲伤的唯一的安慰。"

二〇〇一年二月

胡风第一部诗集

诸多前辈诗人序列,胡风先生在我心中占有特别的分量。胡风是公认的文艺理论家,但他自己曾自豪地说:"我首先是一个诗人。"确实,我首先读到了,是他的诗。我更看中他的诗人身份。胡风生于一九〇二年,十几岁读中学时,就开始写新诗。可以说,诗歌是他文学启蒙中最初尝试的写作形式。现在,我们能够读到的胡风最早新诗,是创作于一九二五年一月的《儿时的湖山》。这首诗一九二七年发表于《武汉评论》上,后作为他的第一部诗集《野花与箭》的首篇。该诗集出版于一九三七年一月,由巴金编入"文学丛刊"第四集,文化生活出版社出版。到第二年十月,已印了第五版,可见诗集颇受读者的欢迎。

《野花与箭》分四辑,共二十五首诗。第四辑中附有六首译诗,实际创作的诗歌为十九首,时间跨度从一九二五年至一九三六年,历时十一年之久。诗集前有胡风写于上海的一篇《题记》,他写道:"这一册旧诗的

《野花与箭》

编印,如果要说有什么意义,那就是借这可以看看曾经消耗了作者的少年生命的所爱和所憎的片影。"

其实,胡风年轻时写了不少诗,《野花与箭》是他从两个创作手抄本中选出来的。"原来当然不止这多,但经过几次的流离生活以后,手边只剩有两个抄本了。历史的大路伸展在我的眼前,走一步哼一声,这样哼出的声音如果也可以譬做烂土上的野花,那它们当然不能供雅人们清玩。它们所由生的养料既是我乌黯的血肉,那放散出来的一定是腥气而不是清香。最后两首,虽然也不有力,但心情总算有了定向,如箭之向敌。"

这一番话,已经把胡风为何定书名为《野花与箭》的想法,表述得十分清晰。诗集中的大部分诗,并没有野花散发出来的诗意与空灵,而更多的是严酷的社会现实与诗人沉郁的心情。如"儿时的湖山啊 / 在你的朝露暮霭中 / 今朝重见 / 昏昏的太阳躲在晨雾中 / 北风儿凛冽"(《儿时的湖山》);又如"昏黄的天在颤栗 / 浓绿的树在啜泣 / 凝视着影儿的跳跃 / 我拖着沉着的双脚"(《风沙中》)。集中最后稍长的两首诗,就有了箭特具的战斗威风与硬朗。如"青春的血 / 染在将黄的秋草上 / 染在漠漠的大陆尘土里"(《仇敌的祭礼》);又如"武藏野的天空依然是高而且蓝的吧 / 我们的那些日子活在我的心里 / 那些日子里的故事活在我的心里"(《武藏野之歌》)。

作为文艺理论家,胡风尽管没有专门撰写出版过诗歌理论方面的专著,但他在相关文章中,有不少论诗的精辟观点。他的文艺观即是文学的现实主义理论,他指出"文艺是从实际生活中产生出来的",强调作家的"主观精神"在创作过程中的能动作用。而胡风的诗观与他的文艺观是一脉相承的。他认为:"诗的作者在客观生活中接触到了客观的形象来表现作者自己的情绪体验。"胡风的诗观，就是"七月派"诗人的总体诗观，那就是"只有无条件地作为人生上战士，才能有条件地成为艺术上诗人"。在胡风主编的《七月》《希望》杂志，以及"七月诗丛""七月文丛"等诗歌旗帜下，聚集了一大批"七月派"诗人，如绿原、牛汉、彭燕郊、化铁、鲁煤、徐放、罗飞等。《野花与箭》出版的这一年，抗战兴起，胡风义愤填膺，诗情贲张，连续写下《血誓》等五首抒情长诗。这些诗，一九四三年结集出版为他的第二部诗集《为祖国而歌》。这是胡风在民国年间出版的仅有两部诗集。然而，《野花与箭》作为胡风的第一本诗集，已奠定了他的诗人地位。纵观胡风一生，他把大量精力花在编辑书刊、提携青年与文艺理论的思考上，诗歌创作的数量并不大，除上述两部诗集外，新中国成立初分册出版了长诗《时间开始了》。从二十世纪五十年代中期，爆发"共和国第一案"即"反胡风运动"起，胡风及其"七月派"被打倒，家破人亡，妻离子散。直到一九八〇年才得以平反。

　　主编"文学丛刊"的巴金先生，当年推出了许多青年作家与诗人的第一部专集，包括胡风的《野花与箭》。直到晚年，他对胡风仍留有深刻印象，他在《随想录》中专门写有《怀念胡风》一文，其中写道："一个有说有笑，精力充沛的诗人变成了神情木然、生气毫无的病夫，他受了多大的迫害和折磨。"

　　是的，这是一个悲剧诗人的形象。它将永远镌刻在后人的记忆中。

二〇一〇年八月

陈敬容的《交响集》

　　抗战胜利后的一九四六年,时在重庆的陈敬容,将自己的诗作选了七十一首,编为《盈盈集》,又将若干散文编为《星雨集》,一并交给也在重庆的巴金先生审阅。巴金将两书分别列入他主编的"文学丛刊"第八集、第十集。因文化生活出版社正准备迁回上海,两部书稿就装入巴金行囊一起带回。可由于出版社暂遇经济困难,未能及时刊印。

　　这一年,陈敬容也来到上海。在居无定所,"一个亭子间转到一个亭子间"的困境中,她依然坚持创作与翻译。杭约赫等创办《诗创造》和《中国新诗》,她也是积极参与的一分子。其间,杭约赫主持的星群出版社,出版了"森林诗丛",共八种,除陈敬容的《交响集》,还有方敬的《受难者的短曲》、田地的《风景》、辛劳的《捧血者》、杭约赫的《火烧的城》、莫洛的《渡运河》、唐祈的《诗第一册》、唐湜的《英雄的草原》。"诗丛"出版于一九四八年五月。而陈敬容早期诗集《盈盈集》,却于当年十一月才出版。从出版时间上看,《交响集》是她的第一本诗集,而她认为,"按写作和发表的先后,《盈盈集》虽然比《交响集》晚出版一年,它仍然应该算是我的第一本诗集。"其实,哪本"第一"并不重要,重要的是内容与质量。"九叶"之一的袁可嘉说,陈敬容是"在中西诗艺结合上颇有成就,因而推动了新诗现代化进程的重要女诗人之一"。她的诗风之形成,与后来称为"九叶诗派"的诸位诗人关联密切,其创作大致可分为三个时期,一九三五年至一九四四年为初创期,一九四五年到一九四九年为转型期。新中国成立后,尤其是新时期开始则是相对成熟期。

陈敬容曾在一篇文章中说:"写得较多的是一九四五年在重庆郊外,以及一九四六年至一九四八年在上海那些日子。"而《交响集》正是这一时段的创作成果。诗集共分三辑,第一辑创作于一九三六年二月至四月的重庆,计十七首。第二辑创作于一九四六年七月至十二月的上海,也是十七首。第三辑创作于一九四七年的一月至十一月的上海,共二十四首。可以说,《交响集》的大部分诗是在上海创作的。

读着《交响集》,我想着这里有不少是视角独特的城市诗。在那个十里洋场、纸醉金迷的上海,她写道:"高视阔步,挡不住永在的凄怆 / 灯火繁华中更透出无边荒凉 / 哦,你呵,远远地远离欢乐,以痛苦酿造不竭的酒浆。"(《圣者》)又如:"灯红酒绿的夜,到处是喧嚣 / 喧嚣盖不过马路上抖峭的寒冷 / 深夜,黄浦江呻吟 / 苏州河叹气 / 睡梦里还有人盘算着 / 油盐柴米,担心一早起 / 报纸又带来什么坏消息。"(《无线电绞死春天》)不难看出,陈敬容犀利的笔,既写了城市繁华下的肮脏,又深刻剖析了社会的病根。其他如《我在这城市中行走》《在公园里》《陌生的城》等,都可列为中国早期城市诗的佳作。有研究者说她的诗"更多音乐般的飘荡,流水般的奔腾,她永远在憧憬追求完美,她永远具有新鲜的焦渴,她是一条奔腾不息之河,诗歌艺术之河"。而我觉得,她作为一位女性诗人,也是一位浪漫主义型的诗人。在冷峻的现实面前,她的诗,仍透出浓郁的闺秀气,透出新颖的现代意识。

《盈盈集》因资金匮乏而推迟出版,而《交响集》也在经费短缺的情况下勉为其难。为了节约纸张和印刷费用,出版方只能对开本作"瘦身"处理，全套诗丛以"袖珍小型本"的形式出现，并托人带到浙江由一个简陋的小印刷厂承印，从封面到内页排印，版式设计到纸张，都较为粗糙。文字上有不少错排和脱漏之处，诗人在一九八三年六月出版《陈敬容选集》时，对错处作了校正。

"九叶"诗人中，陈敬容是除辛笛外，年龄最大的一位。每个诗人的成长道路都不尽相同，她早期的诗，受到何其芳、曹葆华的影响。而在她创作的转型期，则无疑受到了辛笛、杭约赫等诗人的影响，使她从早期"以寂寞与迷茫为主题的独语"，到四十年代后期，诗的内涵与表现手法都有了进一步的丰富和深化。尤其上海短暂三年多的生活，使她的思想与艺术视野，显得更为开阔。

我曾读到她于一九四六年刚到上海时写下的散文《到了上海》，文中写道："十点钟，我到了上海。车头还没有进站，远望高楼矗立，灯光处处，上海就这样出现在我的眼前。"由于深夜到上海，她雇一辆三轮车到友人家，而弄堂口的铁门紧闭，喊都喊不应，车夫告诉她，因为每晚戒严，所有人家都早早关门睡了。无奈之下，她只得去住旅馆。文章最后写道："现在我生活在上海，呼吸在上海了。愿它能给我足够的、好的空气。"

陈敬容在上海是幸运的。她早期的创作及翻译专集，大多在上海出版，包括诗集《交响集》《盈盈集》，散文集《星雨集》，以及《安徒生童话选》六种，雨果的《巴黎圣母院》等。陈敬容生于一九一七年，四川乐山人。新中国成立前，她从上海转道香港去北平。一九八九年十一月，在北京去世。

二〇一二年五月

蒲风，大众诗歌的典范

手头有一册诗歌旧著《摇篮歌》，作者是诗人蒲风，诗歌出版社出版发行，一九三七年二月一日初版，印数仅一千册。

由诗人蒲风，我联想到忘年交，已故的诗人任钧先生，他俩是同乡，是诗友和战友。一九三二年夏天，时任"左联"组织部长的任钧，有感于中国现实主义诗歌的力量还不够强，首先倡议成立中国诗歌会，并获得"左联"的批准。该会主要成员有任钧、蒲风、穆木天、杨骚、柳倩等，他们大多是中共党员。

中国诗歌会"以推进新诗歌运动，致力中国民族解放，保障诗歌权利为宗旨"。具体地说，中国诗歌会坚持反帝反封建的政治倾向，提倡通俗晓畅的大众形式，以此来扩大诗歌的影响。自"五四"运动及中国共产党诞生后，持久开展了革命文学运动。"左联"的成立，更是将其推向了新的阶段。在"左联"领导下的中国诗歌会，以诗歌为武器，为党领导的人民革命战争服务，为了实现这样一种诗歌理论主张，他们积极开展诗歌的大众化运动。

在这一运动中，蒲风无疑是极其突出的一位诗人。蒲风一九一一年生于广东梅县，一九四二年因病去世，仅活了三十一年。今年当是他的百年诞辰。一九三四年，蒲风出版了第一部诗集《茫茫夜》，到他辞世前的九年中，共出版了十五部诗集，可见他创作的勤奋。这里还不包括他的诗歌理论及翻译专著。

蒲风是诗人，而他首先牢记的，自己是一名中国共产党员。因此，他心目中的庄严任务："是时代的前哨，大众的良朋"，并高呼"宝剑在我的心里"，"我永远是一个战斗士"。他为这个任务奋斗了一生。

　　首先，蒲风把诗当作斗争的武器。他在诗中写道："我是更希望我的诗歌 / 每一句都相似大炮、炸弹、冲锋号 / 猛烈地向敌人轰击的。"在诗集《六月流火》中，诗人对伟大的长征发出热情赞颂："铁流啊，如今翻过了高山，流过大地的胸脯 / 铁的旋风卷起塞北的沙土。"《六月流火》写于一九三五年十一月，当时红军经过二万五千里长征，胜利到达陕北，蒲风对此赞叹不已，他说："假如我们要来歌咏铁流群的西征北伐，我们不只描述其勇敢的胜利，对于士兵，对于上级的指挥，对于百姓们的欢迎、接济等等，我们的脑海里也决不能不十分牢记。"此诗的主题虽不是歌咏长征的，但作者在揭露反革命军事围剿时，以炽热的感情礼赞了长征"史诗"般的创举。这也许是新诗史上最早歌颂党领导的长征的新诗作品之一。可是，这部诗集出版只有四个月，就被反动当局以"鼓吹阶级斗争"的罪名下令查禁。

　　我一首首读着《摇篮歌》中的诗篇。诗中写道，一个儿童"家里没有粒米粮"，父母忍痛把他卖给了人贩子，人贩子又把他卖给了地主，从此儿童成为放牛郎，"主人日日打和骂 / 最辣最厉是那老鬼娘。"后来地主婆死了，儿童路过墓地，"翻下石，踢下碑 / 生前受尽你的气 / 今番才来报复你。"这首《牧童的歌》描写儿童的苦难及反抗意识，在那个社会是具有代表性的。书末，有作者的《写在后面的话》，蒲风说："作为诗歌大众化的实践中簇新的新形式，我希望大众都能对此留意。诗歌大众化决不是空口说空话的。"这《摇篮歌》中的诗歌，就是诗人对大众化的实践。著名诗人臧克家对蒲风有准确而中肯的评说:"我们从他充满反抗帝国主义、蒋介石反动统治、呼唤着光明未来的诗篇中,看到了一个战士、一个革命诗人的形象。"

有诗歌评论家在研究中国诗歌会成员的创作时指出,蒲风的诗作有两大内容,一是描写被压迫者的悲惨生活及其觉醒和反抗,二是反映"九一八"以后全国人民抗日的爱国热情。其实,中国诗歌会的诗人们,基本都是这一类型的创作,如此才能成为一个风格鲜明的诗歌社团或流派。

由于白色恐怖日益严重,中国诗歌会遭到反动当局的迫害,一些诗人不得不被迫离开上海,有的失踪,有的被捕。一九三六年,随着"左联"解散,中国诗歌会亦不复存在。

但是,中国诗歌会的革命现实主义诗风和大众化的方向,却在全国产生了颇大的影响。甚至可以说,一直到四十年代的延安文艺创作,都沿袭着大众化的诗歌风格。综观新中国成立后三十余年的诗歌创作,仍是革命现实主义为主流文学。到了二十世纪八十年代,思想解放运动汹涌而起,文艺园地开始复苏,迎来真正百花齐放的局面。人们科学总结诗歌大众化理论,认为大众化不应重视思想性而忽视艺术性,诗歌毕竟是语言的艺术。大众化在学习民间诗歌的同时,不妨取"拿来主义"态度,向世界优秀诗歌艺术学习,丰富创作手法。如今,建党九十年间,在党的领导下,我国文艺工作与时俱进,诗歌创作不仅大众化,更显多样化,展示出风格迥异、包容并蓄的繁荣景象。

二〇一一年五月

鲁藜的几部诗歌旧著

想写鲁藜，不仅因他是当年"胡风分子"中职务级别最高的一位诗人，从天津一解放，就担任市文学工作者协会主席（作家协会前身）；也不仅因为他的前妻王曼恬是毛泽东的远房亲戚，而是因为鲁藜与上海有缘，二十世纪三十年代中期在上海开始走上革命与创作之路，且早期的诗集大多在上海出版。幸有天津之行，看到了一些关于鲁藜的资料，就他早期的几部诗集，谈些出版史料上的想法。

"七月派"诗人鲁藜早期的三部诗歌专著，都是胡风给他编的，可见胡风对他的提携与厚爱。

鲁藜原名许图地，一九一四年生于福建同安县。三岁随父母搭上一条小舢板，漂洋过海去了越南。一九三二年，十六岁的他，护送病重的父亲偷渡回到祖国。之后，他从厦门来到上海，在陶行知创办的"山海工学团"内担任夜校辅导员，参加进步团体"左翼教联"，并于一九三六年加入了中国共产党。同时，他开始文学创作。第一次用笔名"鲁藜"写出诗歌《我们的进行曲》，刊于上海《读书生活》第三卷第十一期；又写出《在行列中》，刊上海《生活星期刊》第一卷第二十期。通过司马文森等人的介绍，加入"左联"的作家行列。在一次纪念普希金逝世一百周年的集会上，鲁藜巧遇邹韬奋先生，韬奋高兴地握着他的手，向周围朋友们介绍说："他就是诗人鲁藜啊！"诗人的头衔，给了鲁藜极大鼓舞。一九三八年，他来到延安，开始了创作上的又一个高潮，写下大量诗歌。一九四三年七月，胡风主编的"七月诗丛"第一辑，将鲁藜以前所写诗歌编为《醒来的时候》，由桂林南天出版社初版印刷三千册。一九四七年一月，由上海希望社再版印刷二千册。胡风在为此书所写的一则广告中称这是"天真的诗，沉醉的诗，美梦的诗，是发芽于最艰苦的斗争里面，发芽于最现实的战斗者的坚忍不拔的心怀里面"。诗集共选诗二十八首，其中写于清凉山下、延河水边和抗大野营里的组诗《河边散歌》十首，是胡风从他这组四十多首短诗中，"砍去大约四分之三"，先选刊于一九三九年十月重庆出版的《七月》杂志第四期上。刊物出版时，作者正辗转于晋察冀的那些山坡呢！几年后回到延安，才读到这期《七月》，"不能不深深地感动，这位编辑像拓荒者那样对待我的敢于有所创新尝试的诗稿"，鲁藜后来如此说。此诗发表后，在一次诗人会议上，"谈到这些小诗的时候，除了仅仅一位诗人是例外，全体都断言那不是诗，把那样浅薄的东西发表了，而且放在第一篇，实在非常可笑。"由于对诗的态度的差异，这些诗遭到了诗人们的非难。而胡风力排众议，坚持不遗余力举荐青年诗人。他说："事实上我们就是在一种'成见'的艰辛里跋着脚走了过来的。"原先鲁藜并不认识胡风，是延安散文家李又然热情地将鲁藜的诗稿寄给武汉的胡风先生，才得以在《七月》刊出。由此鲁藜与《七月》结缘，把胡风视为引导他写诗的良师挚友，开始有了通信联系。一直到一九四九年天津解放，胡风从香港去北平时途经天津，两人才见了第一面。《醒来的时候》作为鲁藜的第一部诗集，虽显稚嫩，却有不少朴素而富哲理的诗句，如"而年青的星奔出来／天空永恒地飘走着星／飘流着星的喜耀"（《星》）；"如果不是那／大理石般的延河一条线／我们会觉得是刚刚航海归来 / 看到海岸, 夜的城镇底光芒"(《山》)。那首写于一九四一年九月的《醒来的时候》, 更是精短形象: "我是萤火虫吗, 在山谷间提着灯火 / 我是黑风吗, 在山脉上奔流。"

之后, 胡风主编"七月文丛", 选编了鲁藜的诗集《锻炼》, 一九四七年由海燕书店初版印刷一千五百册。一九四九年十二月再版, 印刷二千册。由于编"七月文丛"时间仓促, 胡风"只是为了赶着出版上的机会, 挑出了四首较长的叙事诗合为一本"。这些诗, 创作于一九四〇年至一九四四年间, 以第一首诗《锻炼》为书名, 另有《一个新战士的故事》《一个同志的死》《老连长和他的儿子》。诗人兼诗评论家阿垅当年即写有《〈锻炼〉片论》, 全面论述了集子中的四首诗, 指出无论是写知识分子的成熟, 写农民战士的成长, 还是通过死亡显示更强大的生命力量, 或者对骨肉亲情的讴歌赞美, 都使诗人的乐观主义、理想主义的人格得到升华。

《锻炼》

一九四八年, 胡风在上海计划编"七月文丛"第二辑, 选目中有鲁藜的《星的歌》, 胡风还为此写了《跋鲁藜底〈星的歌〉》一文。不知何故,《星的歌》被移入"七月文丛"第三辑, 而第三辑始终未见出版。胡风的跋文于一九五〇年八月,载入他在作家书屋出版的评论集《为了明天》。一直到新中国成立后的一九五四年五月,《星的歌》才由新文艺出版社初版印刷一万四千册,却不见胡风的跋文。可见那时风雨欲来,胡风已自身难保,日子一日难甚一日。在此之前的一九五三年五月,鲁藜的另一本诗集《时间的歌》,由新文艺出版社出版,初版印数七千册。这后两种诗集的出版时间,所见资料均以讹传讹,现以初版本为依据,给予更正。这也是我写此文的原因之一。

在当年未刊的跋文中,胡风写道:"我爱这些诗,它们使我得到了欢喜,汲取了勇气。它们是从人民底海洋,斗争底海洋产生的,但却是作者用着纯真的追求所撷取来的精英。这些谐和的乐章所带给我们的通过追求、通过搏斗、通过牺牲的,艰苦但却乐观,深沉但却明朗的精神境地,不正是这个伟大的时代内容底繁花么?"而鲁藜本人却不以为然,他在晚年曾谈及自己的旧作,说:"常常是硬着头皮,带着惭怯的心情读下去。我深深感到,如果人生有各种各样的不快,重温自己的旧作也是一种。"鲁藜似乎有点"悔其少作"的意味。

二〇一〇年九月

吕剑的分量

　　入春的京华，生机乍现。穿过许多说不出名堂，正争香夺艳的花圃，在西城区银龄老年公寓，我再度拜访了牵挂于心的诗人吕剑。吕老已届九十高龄，其神情气色，显然比三年前所见好多了。

　　那年赴北京开会，抽空去车公庄大街吕剑寓所，开门的是一位慈祥的老太太，我想她就是吕剑老伴赵宗珏，早年《人民文学》杂志的诗歌编辑。因初次相见，我自报家门，并说明来意，赵老满脸笑容，连说知道知道，老头常常说起你呢。接着她告诉我，吕剑身体大不如前，连着摔了几次跤，现在还住医院呢。听后我心头一沉，颇有遗憾之意。我的表情没有逃过赵老的眼睛。她说你大老远来一趟北京也不容易，就去见一见吧。老头八十好几了，身体如此糟糕，往后的事都不好说。听后，我的心更觉沉重。转而一想，赵老的话亦是实情，更体会到她老人家的善解人意。按赵老的指点，我赶紧去积水潭医院，毫不费事地找到了吕剑的病房。见他坐在床沿，低头看一本《宋词一百首》的小册子，鼻子里插着输氧管，手臂上还在输液，观之让人心酸。联系多年，第一次见面，吕剑倒显出几分高兴的模样，打起精神与我聊了家常，询问上海诗歌界的情况，还问候了宫玺、宁宇等他熟悉的上海诗人。怕过多打扰，我稍坐便告辞了。

　　匆匆一见，便成了我心头的惦记。自九十年代以来，吕剑的身体就每况愈下,严重的神经衰弱症,每晚靠"安定"维持几小时的睡眠。心脏病加高血压,稍不留神,还会跌跤,医生说这是老年人轻度脑梗的表现。在如此状况下,吕剑仍没有放下手中的笔,不断写诗著文编集子。他每有来信,总对我褒奖多多,加以鼓励。一次,吕剑读到拙文《乐淘在神州旧书店》,即在信中说:"您能在香江旧书店淘书,真是其乐无穷,文章写得很有趣。忆四六年,我曾在香江一家旧书店,淘得一部三八年版的纪念本《鲁迅全集》(我得到的是第三十六号,当年这个纪念本只印了一百部),当时港币200元。我不记得我去的那家旧书店是在什么地方了。"而从近年愈写愈短的信札中,我亦可想象到,他的健康状况正走着下坡路。

现代文学发展史上,曾涌现出十多个诗歌流派,而吕剑不属于任何流派,这往往就远离了诗歌史研究者的视野。我却固执地称他为"三八式"诗人。一九三八年,他还只有十九岁,就开始了文学生涯。那年,吕剑从山东电报管理局训练班刚结业,在"七七"抗战烽火中随电报局撤退到武汉,之后被分配到宜昌,继续当电报话务员。工作之余就如饥似渴地读文学作品,读艾青的《大堰河》、臧克家的《烙印》、关露的《太平洋上的歌声》、蒲风的《六月流火》等。一天深夜,忽然有一些诗句涌上心头,他有了写诗的灵感和冲动,赶紧一句句捕捉下来,约三十余行,起诗名为《黎明》。待他修改完毕,已是东方既白。他把诗歌寄给当地《解放日报》的副刊,没几天就登出来了。现在,他只记得诗的最后两行:"太阳/顶着黎明出来了。"之后,他越写越多,还与诗友风磨、鲁丁办起油印诗刊《诗冈》。三人还自费印行诗歌合集《进入阵地》《夜行诗草》。时光倥偬,这些诗刊、诗集早已不见踪影,无从寻觅。幸运的是,我在旧书肆淘得他的一册

《诗歌初集》，这是他的第一部诗歌选，作家出版社于一九五四年六月初版。吕剑说新中国成立初，他虽有《草芽》《英雄碑》两种诗集出版，但这册《诗歌初集》是他颇为满意的一个选本。那天，我携去请吕剑题签，他谦逊地写道："韦泱兄从旧书店购得，其实，殊不值得一读也。"《诗歌初集》刚出版，他就寄赠何其芳先生，何评价说"选得认真"，又说："既名初集，就可能有二集、三集。"而广大读者也有同样的期待，可这一等就是三十余年。吕剑从一九五八年被错划为"右派"，继而在"文革"中再次下放劳动，完全被剥夺了写作权利。正如他复出后在一首诗里所写："我的弦琴也被摔断／挂在墙上／罩满了尘土。"直到一九八二年，他才出版了第二部诗选集《吕剑诗集》，以后又相继出版《吕剑诗存》《吕剑诗抄》，单册集子不计，仅诗歌选本一共出了四种，可谓创作勤勉，选辑颇精。

这部《诗歌初集》，以他一九三八年的成名作《大队人马回来了》开头，到一九五三年写于北京的《期待》，共二十七首诗。这一时期，正是诗人"辗转于光明与黑暗，进步与倒退，庄严与丑恶之间，通过流亡与颠踬、挣扎与抗争、憧憬与追求，终于从南方走到北方，从旧世界走到了新国土"。可以说，是抗战的烽火，催生与孕育了吕剑的创作激情。

说起这个集子，还有一个小插曲。此书出版当年，吕剑应宋云彬之邀，在杭城拜访画家黄宾虹，宾翁展

《诗歌初集》

示其近作,并说"任君自选"。他与宋云彬各取两幅,欣然握别。第二天,吕剑漫步湖滨路书肆,在书架上偶见仅存一册的《诗歌初集》,急切购下。想到宾翁赠画,无以报答,遂寄上此集以表谢忱。待吕剑离杭,从苏州、无锡,经上海逗留后返回京城家中,忽见一大信封,展开视之,乃宾翁寄来三尺山水,题云:"吕剑先生枉顾余栖霞岭下,复承大著诗歌见贶,感佩无似,因捡拙画,即希教正。"此亦半个世纪前诗人与画家间的一段文坛佳话。

在我的心目中,在现代诗歌史上,吕剑都是一位重量级的诗人。他于一九一九年生于山东莱芜。抗战期间,在昆明任《扫荡报》副刊编辑,后任《观察报》编辑。在萨空了的感召下,他赴港主持《华商报》文艺副刊,后任教于华北大学。复以四十一军的随军记者身份,参加了北平和平解放。进京后参与筹备全国文学艺术工作者第一次代表大会,主持秘书处工作。他的那张代表证,还请周恩来总理、朱德总司令签过名呢,真是弥足珍贵。同年十月,他出席开国大典,并进入筹备中的《人民文学》杂志,先后担任诗歌组长、编辑部主任。一九五七年一月《诗刊》创刊,他与臧克家、徐迟等是主要创办者。之前,他与臧克家专程拜访冯雪峰和冰心,征求创刊意见,又与徐迟去找了时在人民文学出版社的许觉民,商谈出版事宜,接着找画家张光宇,研究封面设计等。在筹备创刊期间,大家期盼创刊号上能发表毛主席诗词,并请徐迟写信,征求毛主席意见。信经臧克家审阅后,由吕剑以一手清丽隽秀的小楷誊抄一过,臧克家、严辰、徐迟、田间、艾青、吕剑、沙鸥、袁水拍等编委一一签名。不久,便收到了毛主席的回信,即著名的《关于诗的一封信》,在国内外产生了重大影响。

在《人民文学》与《诗刊》工作期间，吕剑发现并举荐一大批富有才华的青年诗人。五十年代的公刘、邵燕祥、闻捷等人的诗歌，经吕剑的手，一组组刊出，使他们成为新中国第一批耀眼的青年诗星。五十年代中期，时任《人民文学》诗歌组长的吕剑，收到署名闻捷的一组诗歌来稿，觉得构思新颖，语言鲜活，按捺不住喜悦，立即让作者来杂志社，彼此交换了对诗的看法，提了几处小建议，闻捷都一一作了修改，这组《天山牧歌》一经刊发，在诗歌界产生了热烈反响。诗人得到鼓舞，又写出著名长诗《复仇的火焰》。当年创办《人民文学》与《诗刊》的编委们先后谢世，唯吕剑长寿至今，且笔耕不辍。他是我国新诗诸多重大历史事件的亲历者、见证人，其资历不可谓不老矣。然而，文坛对于吕剑的分量，却没有足够的认识，包括对已去世的诗人蔡其矫、彭燕郊等，似乎是过于忽略了，令人颇多感慨。

这次在老年公寓的拜访，获知吕剑与老伴双双相伴，在此安度晚年，相互有个照应，吕剑的身体亦时有起色，这使人甚感欣慰。吕剑取出刚问世的文集《燕石集》与诗集《半分园吟草》，签名相赠，又说他的儿时回忆录及诗文别集即将出版。如此新著迭出，吕剑真不愧为当今诗坛的"不老松"啊！

二○○三年五月

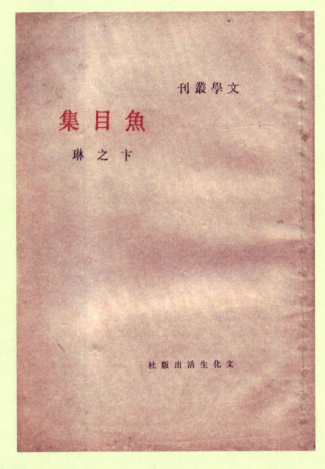

《鱼目集》

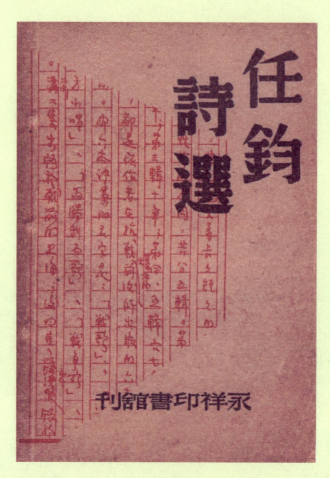

《任钧诗选》

交響集

陳敬容

森林詩叢

《交响集》

《摇篮歌》

贺敬之早期诗作

也许，贺敬之《放声歌唱》《雷锋之歌》的影响巨大，以至人们淡忘了他早期的诗歌创作。其实，在当代诗人中，贺敬之的创作生涯甚早，起点亦高。一九四〇年他才十五岁，就开始形成诗歌创作的第一个高峰。一九五一年一月十日，他出版了第一部诗集《笑》，列入"七月派"诗人徐放及诗人严辰主编的"现实诗丛"第一集之三。同年，由胡风主编的"七月诗丛"收入他的第二部诗集《并没有冬天》。如今，这两部早期诗集已不易见睹，甚为珍贵。

《笑》共分四辑，收长短诗三十一首。创作时间跨度较长，从一九四二年末到一九四八年。早年，贺敬之考入延安鲁迅艺术学院，他一边求学，一边参加鲁艺秧歌队的创作活动。跟随这支文艺轻骑兵，他走遍了陕北黄土高原的沟沟坡坡。他深入延安民众，写下了为数众多的抒情诗与歌词。正是在毛泽东的《讲话》精神指引下，贺敬之自觉地在生活的土壤里寻找诗意，孕育诗情，努力使自己的思想感情与创作风格更接近人民，成为一名为穷苦民众讴歌的人民诗人。

诗集中的第一、第三辑，标明为"歌"，即可以谱曲演唱的歌词。这些作品，是这部诗集的一个显著特色。正如作者在《后记》中所说："这几年来，比较写得多的却是歌词。为配合临时的任务，要做得迅速，群众化，特别是要受形式上严格的限制，所以我总认为是最难写的。"贺敬之却没有因为"难写"而胆怯,他迎难而上,写了为数不少的歌词,"集内这十几首是几年来我所写的歌词中还可以记得的一些(绝大部分没有存稿),当然只不过是全部里的极少部分,恐怕还不到十分之一。因为一方面觉得它们可以作为我几年来为群众的歌唱而努力过的一点纪念;另一方面,也借此鼓励自己以后仍应继续这个努力。"因为生活需要歌词,也因为作者自觉用通俗易懂的歌词形式,及时反映生活,抒发心声,才有较为可观的创作量,更涌现出像《南泥湾》及歌剧《白毛女》中《北风吹》等久唱不衰、脍炙人口的歌词经典之作。

开篇的第一辑第一首歌词为《我的家》,一九四二年创作于延安,是作者歌词写作中较早的一首作品。词中写道:"这里是我的庄稼 / 谷子一片黄 / 荞麦正开花 / 你听那稻秫叶子哗啦啦啦想说啥?"还有"暖堂堂的太阳头上照 / 活洒洒,一杆红旗坮垟上插"。这样的句子,是富有诗意的歌词。这样的文字,鲜活、质朴,是从生活中流淌出来的,又比生活本身更生动,更形象,经过了创作者的艺术提炼和想象。如此优秀的歌词,集中还有《七枝花》《朱德颂》等。

对于歌词创作,作者晚年曾有过一些回忆。贺敬之说,一九四○年投奔延安,首先感到延安是个歌唱的城,群众性的歌咏活动热火朝天,这对他从事歌词创作有很大影响。他听过音乐家麦新讲音乐,教唱歌。一九四五年,贺敬之悲痛地获悉麦新客死异邦,当即写下一首歌词,发表在《晋察冀日报》上,开头两句写道:"星星沉落在海上,歌手长眠在远方……"

除了歌词,《笑》的另两辑为诗歌。其鲜明的特点是成功借鉴和学习陕北民歌"信心游"的形式,一组《行军散歌》,民歌意味更为浓郁。如《过黄河》："吆喝一声船儿离了岸 / 七尺的大浪直往船边涌"；如《枣儿红》："一路上的枣儿属上这搭的红 / 陕北的女娃属上这搭的俊。"可见作者在学习民歌上曾下过一番苦功。

写于一九四七年的诗歌《笑》，用作书名。这是作者早期的一首三百余行民歌体抒情长诗。诗中从农民笑的表情，抒发解放区人民当家作主、发自内心的喜悦之情："笑它个粗风暴雨呵 / 笑它个地动天摇 / 笑它个千里冰雪开了冻 / 笑它个万里大海起了潮。"

对诗人贺敬之，读者记忆犹新的，固然是五六十年代创作的《放声歌唱》《雷锋之歌》等政治抒情诗。但是，我们仍然不应忽视他早期的诗歌实践。那些富有生活气息，经过锤炼、且具诗人个性的民间口语，充分显示出诗人驾驭语言的高超才能。无论是在延安解放区，还是新中国成立后，诗人每个阶段的创作，都留有那个时代的印痕。评述一个诗人的成就，应以诗人整个创作历程为脉络，这样得出的结论才会更全面，更客观，亦更接近真实。

在《笑》问世的当年九月，诗人出版了第二部诗集《并没有冬天》，列入胡风主编的"七月诗丛"第二辑。现在如研究诗人的全部创作，尤其是作为"七月派"诗人的创作轨迹，不能不关注尘封已久这两部早期诗集。我曾写《"七月诗派"不该漏了贺敬之》一文，依据的就是这两部早期诗集。虽然作为诗人最初的创作成果，《并没有冬天》中的诗歌大多创作于一九四二年前，且新中国成立前已编定，却没有出版社敢承印。然而，按出版史的时间序列，《笑》无疑是贺敬之的第一部诗集。"现实诗丛"中的十二种诗集，大多是作者第一次出版诗集，如公木的《哈喽，胡子！》、戈壁舟的《别延安》、鲁煤的《扑火者》等。《笑》作为贺敬之创作生命中的第一个"宁馨儿"，诗人不悔少作，且十分珍视。

就我手头的这册贺敬之的旧著《并没有冬天》来说，当我得到它时，心头一阵惊悚，原本整洁美观、富有诗意的封面，却被红墨水打上"×"，又写上"封存"两字，盖因这是胡风主编的"七月诗丛"。那就立此存照，留下一点那个年代特殊的历史痕迹吧！

二〇一〇年九月

胡风为孙钿编诗集

"七月派"老诗人孙钿除与木刻家刘岘出版过一部诗画集《击退敌人去》外,他早期的两部个人诗集《旗》《望远镜》,分别列入胡风主编的"七月诗丛"第一辑与第二辑。可巧的是,这两部诗集我先后觅得,并持请诗人过目,孙钿如见失散久远的亲人,欣喜之情无以言表。他在《旗》的扉页上写道:"重见此集,感慨万千。"又在《望远镜》的扉页上题签:"韦泱带来这本久别重逢的诗集,真高兴。"

一九一七年十月,孙钿出生于上海老城厢小南门。我说我小时候也在那里度过童年。他说从小南门的俞家弄往东穿出,就可以看到高耸的警钟楼。我说我从小南门董家渡路口拐到中华路,就与警钟楼迎面而视。谈起老城厢,孙钿如数家珍,有谈不完的话题。尽管从五十年代起,他移居宁波,却仍是一口上海话。他毕竟是老上海啊!

孙钿本名郁钟瑞。郁家祖居上海,靠经营沙船业起家,是颇有实力的海上名门望族。他就读上海大同大学,后因受到迫害流亡日本,进早稻田大学文学部。在日本,他结识

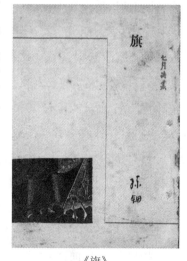

《旗》

了画家王式廓、刘岘，作家郭沫若、杜宣、任白戈等。

那时，他最敬重的人是鲁迅。他在留学时，常读鲁迅文章，他知道胡风是鲁迅的亲密战友，当然也在敬重之列。抗战爆发，孙钿回到祖国。上海沦陷后，孙钿与好友刘岘毅然放弃城市生活，投奔了新四军。他在大别山的行军途中吟诗，他把诗寄给胡风主编的《七月》杂志。一九三八年八月，孙钿从前线回到武汉八路军办事处，得以第一次与胡风见面。临别，胡风叮嘱他："写稿来，你的诗，鼓励人们的斗志，抗战需要斗志。"这样，孙钿就不断写诗寄给胡风。他的诗《迎着初夏》《我们在前进》等陆续在《七月》上刊出。

胡风是有心人，他盘算着给孙钿出诗集，然而好事多磨。起先，胡风为孙钿编诗集，等到诗稿寄到香港，再想带回上海的书店时，不料香港的转信人正吃了官司，此事泡汤。又过了一年，胡风到香港，请孙钿重新选定篇目，经过增删，可以付印时，却遇太平洋战争爆发，孙钿的诗稿连同不少小说稿一起丢失了。

无奈之下，胡风重起炉灶，将手头能找到的报纸、刊物上孙钿发表过的诗歌集起来，仍缺少颇有影响的两首长诗《给敏子》《征程》。他千方百计托成都的友人找来这些诗稿，终因这初稿与作者的改定稿相差太大而只能割舍了。即使这样，胡风仍感慨道："收集这些已经颇不容易，而作者远在敌人统治的地下作战，编者又行踪无定，万一再行散失，在作者自己也许不算什么，这些不过是他曾经而且正在全心全力地拥抱着的战斗生活的一点副产，但读者和中国诗坛却不能也不应该失去这些纯真而坚决的战斗意志的声音。它们将使读者得到感激，新诗传统引为骄傲。"

胡风是文艺理论家，亦是诗人。他对孙钿的诗歌创作是熟悉的,所作的评价亦是准确而肯定的。这部定名为《旗》的诗集,于一九四二年八月由南天出版社在桂林出版,印三千册。一九四七年一月在上海由希望社再版印刷,印二千册。与《旗》一起编入"七月诗丛"第一辑的还有十一种诗集,包括胡风的《为祖国而歌》、艾青的《向太阳》、田间的《给战斗者》、绿原的《童话》、冀汸的《跃动的夜》等。

由于"七月诗丛"第一辑颇受读者欢迎,胡风接着开始编辑第二辑,计有孙钿的《望远镜》、绿原的《集合》、牛汉的《彩色的生活》、冀汸的《有翅膀的》、化铁的《暴雷雨岸然轰轰而至》、贺敬之的《并没有冬天》。胡风在孙钿的《望远镜》"付印后记"中写道:"这一小集,和牛汉、绿原、冀汸、化铁几个小集一样,是新中国成立前排成打了纸型的。当时没有书店敢印。新中国成立以后,因为忙乱,一直拖到现在。我希望,这些在那时候抵抗严寒的火粒和冲破黑暗的光点,对于今天的读者,也还能够有一点加强历史感受的作用。"胡风回忆说:"这一本,因为作者不通消息,只好由我来写几句。当时,作者是在地下,大概是扮作小商人之类在国民党统治的'法'网下面跑来跑去。这些诗,都是在旅途中偷空写成的,写成以后,就寄给了我。有的写在小市镇买得到的土纸上,有的写在中式账簿纸上,每次接到的时候,我读着这些看似平易的诗句,然而却是热切的战斗的心。诗人就是用这样的诗把斗争的幸福送给了我们。因为,正式的期刊是不敢让这样的声音透露的。现在印了出来,在我,好像是还清了一笔宿债。祝福诗人,祝福他正在执行的斗争!"胡风写于一九五〇年十一月的这些文字,渗透出他对孙钿的真诚友情,对青年诗人的关怀备至。《望远镜》与其他五种诗集,于一九五一年一月由泥土社在上海出版。

孙钿与胡风是患难之交，有知遇之恩。自在武汉第一次见面后，他们就时常见面，畅谈写作。四十年代早期，孙钿按党组织指示，在廖承志同志的直接领导下，在香港主编《华侨通讯》《东惠杂志》等，并想方设法安排从重庆撤退到香港的文化人在港的饮食起居，其中有夏衍、叶以群、宋之的、高士其、葛一虹等，包括胡风一家。这样，孙钿与胡风相处一个多月，彼此有更多交流的机会。抗战胜利后，孙钿成了上海雷米路（今永康路）高安坊胡风家的常客。孙钿看到胡风编《七月》、编《希望》，还主编"七月诗丛""七月文丛"，想到胡风与鲁迅一样，为培养青年作家呕心沥血，深为钦佩。新中国成立初，组织上让孙钿暂到宁波，等待接受去海外的任务。谁能料到，一九五五年五月，中国发生了反胡风运动，孙钿被当作"胡风反革命集团骨干分子"，逮捕入狱，受尽二十多年的苦难。

几十年的风风雨雨过去了。胡风去世后，孙钿写了长文《与胡风同命运》。他说："要是没有胡风把我的诗先后编成了《旗》《望远镜》两本诗集，也许我的诗就像砂粒一样湮没在苍茫无际的荒漠大地。"

九十一岁高龄的孙钿，至今念念不忘胡风对他创作的悉心关怀。胡风地下若有知，当感宽慰也。

二〇〇七年十月

辛笛：老树新枝溢清香

辛笛的新诗创作起始于二十世纪三十年代，那是人们共认的他的第一个创作高潮期。对这一时期的作品人们还在津津乐道著书立说。面对这样一座诗的矿藏，还有待进一步勘探、挖掘，还有许多需要继续深入研究的空间。

然而，辛笛先生在高龄九旬之际，在写了大量旧体诗的同时，仍以极大地热忱不辍地投身新诗的创作。二〇〇三年七月，他写了《梦过旧居》。在八月的高温季节里，他又写了《悼亡友》。他本可以继续写下去，向世人奉献更多的新作。不幸的是，终因突患疾病，于二〇〇四年一月八日乘鹤仙逝。

作为辛笛诗人晚年与他交往较多的一个年轻朋友，一个新诗的后学者，我愿意就辛笛的晚年创作谈一些感想，以求教于诗坛前辈、学者及诗友。

一般认为，辛笛创作的第二个高潮期是在二十世纪八十年代。因为他的诗情被压抑了三十多年，一旦释放，便如"井喷"无法遏制。至九十年代中期以来，创作仍保持着较为平稳的态势。这十余年时间，辛笛已步入晚年。对于一个八九十岁的老人来说，此时辛笛的身体状况是每况愈下，一些老年性的疾病他都不能幸免。这当然是人生的自然规律。然而，让我们肃然起敬的是，辛笛一面在受着病魔折磨的同时，一面如斗士般坚持着诗歌的创作，以此与病魔进行顽强抗争。近年来,辛笛除每年写作旧体诗外,总要创作若干首新诗,多则五六首,少则三四首,总计也在四五十首,数量虽不能算多,但每有新作问世,都会给诗坛带来欣喜。人们不仅看到诗人几十年来一以贯之的创作风格,亦感受到其中艺术创新的神韵。人们把它看作是一个老诗人对诗坛作出的新贡献。在诗坛内外对当今诗歌多有诘难与不满的状况下,辛笛先生默默无闻,不顾年已九旬高龄的病弱之躯,躬逢其事,身体力行,以他呕心沥血的新作,以他发自肺腑的心声,来表明他对诗坛的信念,这是一种多么难能可贵的精神啊!

细阅这十余年来辛笛创作的几十首新诗,与他三四十年代的创作相比较,其诗风是一脉相承的。然而,他晚年的诗作更加纯粹、平实,是一种洗尽铅华后的素朴与内敛。暗香轻浮,清新宜人。真正使人体会到,人诗俱老、诗味醇厚的隽永意蕴。

在辛笛的晚年创作中,缅怀友人的诗歌占了相当比重。从九十年代初的《悼陈敬容》,到二〇〇二年的《挽九叶诗人杜运燮》,及至二〇〇三年八月创作的《悼亡友》,计有十余首之多。这一方面可以看出,辛笛他们那一辈诗人,都已步入老境,哪一天离世都是冥冥之中无法抗拒的事实,也是不必讳言的话题。也因此,从九十年代起,辛笛面对他的九叶诗友先后离他而去,所存无几,常常喟叹:"从此九叶之树又一叶飘零。"还有其他诗友,如卞之琳、艾青、赵瑞蕻等先后谢世,都牵动着年老的辛笛眼神,用他独特的方式,用一行行饱含情愫的诗句,一一为他们送行。欲哭无泪啊!这一个个老友的离去,其实都是对辛笛的心灵一次次沉痛打击。辛笛与他们毕竟有着几十年深笃的友情。另一方面可以看出,辛笛又是多么地坚强,他承受住了这一次次残酷的现实,他顽强地生活并创作着。尽管病魔缠身,仍乐观地迎接美好的未来,并以此作为对已故诗友最好的怀念。那次在与辛笛闲聊后,我请他在笔记本上写几句话,他不假思索地写道:"恰逢卞之琳兄逝世不久,遂在此录下 1947 年 8 月 3 日送他去英国进修所作的《赠别》首节,聊表唁忱……"由此不难看出,辛笛是一个非常念旧情、讲友谊的人。怀人忆事成了他晚年精神生活的一个主要内容。

九十年代初,当辛笛闻悉卞之琳(季陵)的纪念文集即将问世,欣喜之余写下了《寄季陵》一诗。在诗前的小引中,辛笛写道:"病中久疏通候,老友起居动静,常在念中。"辛笛自己年老体衰,疾病不断,仍惦记着远方的诗友。在诗中,他写道:"病榻外传来袅袅箫声 / 叫我一次次听作是 / 你吟咏的长安市尺八。"诗人由箫声联想到友人喜欢的尺八,自然贴切,丝丝入扣。"凭借三春的江南烟雨 / 在旧元夜寄给你一份遐思 / 不,还有,一支红梅的祝福。"江南三月,细雨缠绵,最撩人结愁怀友,可辛笛偏要寄给好友梅花般的祝愿。这是何等疏朗悠远的境界。几年后,辛笛又以《在玄思中长生》为题,追思卞之琳先生。他说卞诗人"是节奏的行云流水勘破黄昏 / 缪斯已驾起一队队天马行空 / 你既不寂寞,也不孤独"。将卞之琳的远去写得如此浪漫,如此富有诗意。在诗意轻扬中,给活着的人注入前行的脚力。

二〇〇二年,九叶诗人之一杜运燮去世。辛笛在极度伤感中写下挽诗,将内心哀恸的情绪化作有力的诗行:"如今你长眠在碧绿的冬青丛中 / 你睿智的诗篇将永久为人们传颂。"

诗人奥顿说:"寒冷造就一个诗人。"

对于辛笛来说,似乎更为确切。九十年代以后,辛笛因身体原因极少外出。长久蛰居钢筋水泥森林之隅,活动量的减少,自然缺少热量,怕寒怯冷也在情理之中。然而,作为一个诗人,他时时渴望内心的温暖,渴望春天的长驻。在他晚年的诗作中,我们不时读到诸如以《秋冬之际》《四月,春天来了》《寒冷遮不断春的路》等为题的诗作。在其他一些不是专写季节的诗中,我们也会读到这样一些诗句:"是不是已经有半个世纪了 / 我从生命的冬天里触摸出春天的脚步"(《迎客诗帖》);"我不想说什么死亡与凋谢 / 冬天过后 / 仍会是春天的季节"(《独语和旁白》)。按常理说,一个闭门不出的老人,对季节嬗变的感知程度总会迟钝些,而辛笛却对季节的更替显得更为敏感,或者说,他心里老在盘算期待着春天何时到来。

与怀人诗一样,辛笛写季节变幻的诗作,同样是诗人晚年真实的心情流露。在《冬秋之际》中他写到:"窗外,冬天就要跟着 / 秋天的脚步来了……我多么渴望就此生起一盆火 / 驱走这江南冬天特有的 / 又冷又湿的落寞。"也许是秋天连着冬天,让老人觉得寒冷是如此漫长,使平时一贯冷静的诗人也忍耐不住,要发出对温暖的向往。他的内心无时不在渴求"柳叶嫩绿飘满 / 桃花挤满枝条"的春天。

我们仿佛触摸到老人的一颗不老的诗心。读着这一行行诗,我们真该由衷地感叹:"宝刀不老啊!"

不难看出,与早年《手掌集》中的诗作相比,辛笛晚年的诗作少了许多修饰,一些字面上的诗意在他的诗行中消解了,而直抒胸臆的诗句更多些。在明白晓畅的诗句后面,沉淀着生活的哲理与诗人切肤的感受,让人读后还想读,有无穷地回味。有的诗,读后就觉得,诗人像丹柯一样,把他的赤诚之心掏出来给你看,真实,平和,坦荡,有力。他写《窗前树》,其实写的就是他自己的心境:"窗前树是我的老朋友了/不开花的时候/我经常和它相依相慰/尽管一样要承受寂寞,但并不说一声憔悴。"读到这里,我们真地忍不住要掉泪。想象一个老人,孤寂得只能与老树默默絮语,像与老友互诉衷肠。与树一样,诗人的生活也感寂寞,也日形憔悴。因为有了树的相依相慰,诗人才更加坚毅,"并不说一声憔悴。"诗人眼中的树"一年四季,亭亭挺立";诗人心中的树"不正是由于它心中/还怀有吸自地心的活力?/明年春天来了/它还会照样开花/还会照样翠绿/还会照样结出华美的果实"。由树及己,辛笛对自己充满信心,相信耐得寂寞后,定会"结出华美的果实"。及至读完全诗,我们的心情便会豁然开朗,由压抑而渐次舒展。

这就是辛笛晚年诗作给我们的力量。朴实无华润物无声,显示出一个老诗人洞悉世界、参悟人生、不断探求诗艺的睿智与达观。我们的思绪便会随着诗人的渴望与想象飞翔起来:"让楼外的阳光充足地照进来/让新鲜的空气更自由地流进来/让青天上的白云也能够飞进来。"

这首辛笛作于二〇〇二年的短诗《打开窗户》,虽然只有十余行,却把诗人晚年乐观的心情表达得淋漓尽致。读着这样的诗句,我们的情绪怎能不受到深深地感染呢?!

二〇一〇年五月

阿垅的《无弦琴》

一九四二年八月，阿垅的诗集《无弦琴》问世，这是他生前出版的唯一一部诗集。多年来，我常常轻轻地摩挲着阅读着这部诗集，小心翼翼，不仅因为它出版于民国年间，纸张已然泛黄变脆，更因为怕惊扰诗中蕴藏的一颗不屈的灵魂。诗人死于四十五年前，但他留下的诗文，依然撞击着后来人的心扉。

阿垅原名陈守梅，笔名有 S.M、亦门、阿垅等。《无弦琴》即以亦门署名。他一九〇七年二月生于杭州市郊，学生时代就写一些旧体诗发表在杭州的报纸上。他得了很微薄的一点稿费，便异想天开地要到外面去闯荡一番，当受到家长严厉反对后，他突然攀上屋旁的一棵大树，以粉身碎骨的决心，迫使家长妥协。他要去的第一站就是上海，果然考进了前身是南洋公学的上海工业专科学校。当他从学校毕业，刚怀上"工业救国"的梦想时，黄埔军校第十期步兵科在上海招生，他报名后一考即中，到南京学习和集训。一九三七年八月，他随部队调防到上海闸北构筑工事。他参加了两个多月的"八一三"抗战，在敌机的轰炸中，他被一块弹片打中面颊，打碎了几乎全部的牙齿。第二年，他写下报告文学《闸北打了起来》等，发表在胡风主编的《七月》半月刊上。后结集为《第一击》，由胡风列入"七月文丛"。在武汉他与胡风初识，经胡风介绍，通过中共长江局周恩来的秘书吴奚如的关系，步行至西安，又进入延安抗大学习。由于在一次野外演习中摔坏了右眼球,被组织上送至西安医治。病愈后却因交通封锁无法返回延安,只得留在国统区,在国民党战时干训团任教官,以特殊身份为党收集情报材料,同时进行文学创作,在《诗垦地》等诗刊上发表诗作。这一时期,是他诗歌创作的成熟期。一九四二年八月,他将包括之前写于延安的大部分诗作,编为一集名为《无弦琴》,交胡风列入"七月诗丛"第一辑出版。诗集收诗十九首,从一些诗题上,就可闻见战争的硝烟,如《小兵》《哨》《到战争里去呵!》《刀》等,从三十年代后期到四十年代初,正是抗战的艰难阶段,中华民族饱受日本侵略者的残杀和迫害,又奋起抗争投入抗战的洪流之中。"孩子的血更纯洁的 / 中国的版图不需要这更鲜艳的颜色么? / 中国的土地需要灌溉啊! / 孩子! 我祝福你 / 祝福你在战斗中成长。"(《小兵》)年轻的童子兵,都要求上前线打日本鬼子,这怎不令人感动! 他写众多难民,写为保卫南京而牺牲的战友,他想念在延安握过手的苏联友人。《无弦琴》中的诗,充满了阿垅鲜明的爱憎,对法西斯对民族敌人,他恨之入骨;对同胞对友朋,他亲如兄弟。他的诗是含有铁质的硬汉的诗。无弦何谓琴? 无弦何来乐? 这弦,在诗人的心中回旋;这弦,更是在时代的苦难和奋进中奏鸣。

由于阿垅为地下党收集情报的活动,被国民党当局发现,并受到通缉,他不得不化名逃离重庆,混迹于杭州、上海。其间,写作了大量的诗歌、诗论,分别发表在《泥土》《荒鸡小集》《时代日报》等报刊上。一九四九年五月,他摆脱了四处流浪的厄运,在上海迎来了这座城市的解放。组织上给他安排工作,在虹口虬江路上有了宿舍。阿垅告诉好友罗飞说,他的住处离闸北"八一三"淞沪抗战中"挂彩"处不远,"实在太有纪念意义了。"可见,阿垅对上海是多么富有感情啊！在上海，他接到通知，作为华东代表团一员，去北平参加全国第一次"文代会"。会后，在回沪的火车上，与上海的文友们一起热议文坛形势，兴奋不已。

《人和诗》

不久，阿垅应天津邀请，转到天津作协工作。一九五五年，他以"胡风反革命集团骨干分子"罪名被捕入狱。在众多"胡风分子"中，只有他与胡风、贾植芳是正式被判刑的，他被判有期徒刑十二年。一九六七年三月，他不幸因患骨髓炎未得及时医治而病逝，年仅六十岁。

一九八〇年，"胡风案"定为错案，阿垅获得彻底平反。第二年，绿原、牛汉编辑"七月诗派"诗选，以阿垅的诗句作书名《白色花》："要开作一枝白色花／因为我要这样宣告，我们无罪，然后我们凋谢。"（《无题》）

阿垅是"七月诗派"的重要诗人，也是一位铁骨铮铮的诗人，他说过："我可以被压碎，但决不可能被压服。"在"七月诗派"中，阿垅也是才华横溢的多面手，除了诗，他写过报告文学，写过长篇小说，更写出为数众多的诗论。新中国成立前，有《人和诗》诗论专著出版；新中国成立初，出版了三卷本的《诗与现实》等，他为中国现代诗歌理论的建设，作出了可贵的贡献。

二〇一一年十二月

从《诗创造》到"九叶诗派"

"五四"以降，新诗创立并绵延，上海便成新诗创作与出版的重镇。因为爱诗，平日便关注关于诗的读物，尤其是民国年间出版的诗歌类刊物。在一次淘书中，竟一下购得《诗创造》创刊第一年计十二辑，甚感难得。由此得与当年参与《诗创造》创办、编辑的老诗人鲁风、方平多次晤谈，所获匪浅。

一九四七年春，国共和谈破裂，解放战争旋即打响，处在国统区的上海阴霾密布，文化管制甚严，进步杂志难以生存，诗歌刊物更是凤毛麟角。此时，青年诗人林宏从南京来上海，看望大他七岁的诗人曹辛之（杭约赫）先生，谈起办诗刊想法，两人不谋而合，遂决定由曹辛之主持的星群出版社以丛刊形式出版诗刊，此议得到臧克家先生的大力支持，鲁风、方平、沈明、康定、蒋燧伯等诗友们都表示赞同，并由克家、辛之、林宏、鲁风、沈明等慨然集资，不知谁说"诗刊名叫《诗创造》吧"，即刻得到大家的赞同。经过紧张地筹备，于同年七月，第一辑《带路的人》在沉闷的上海破土而出。《诗创造》第一辑虽没有创刊词，却有"编余小记"，类似刊物的宣言："今天，在这个逆流的日子里，对于和平民主的实现，已经是每一个人，不分派别不分阶级，迫切需要争取的。因此我们认为：在诗的创作上，只要大的目标一致，不论它所表现的是知识分子的感情，或劳苦大众的感情，我们都一样重视。不论他是抒写社会生活，大众疾苦，战争惨象,暴露黑暗,歌颂光明;或是仅仅抒写一己的爱恋、忧郁、梦幻、憧憬……只要能写出作者的真实情感,都不失为好作品。"可以看出,《诗创造》是一份风格多样、兼容并蓄的诗刊。第一辑作者阵容强大,有臧克家、金克木、沙鸥、唐湜、苏金伞、杭约赫、徐迟、陈敬容等诗人,还有至今仍健在的方平、鲁风、廖晓帆、孔柔等人。目录与版权页上,印有"全部装帧均由 TW 先生设计",TW 便是曹辛之,他不但是诗人,出版了诗集《噩梦录》《火烧的城》《复活的土地》,且是多才多艺的艺术家,精篆刻、书画,更是书籍装帧艺术大家,他曾说:"我的专职是从事书籍装帧设计的,在装帧设计队伍里,我算个老兵。"《诗创造》为小三十二开本,每册在刊名下,还另有一个书名。第一年共十二辑的封面设计,只是书名、辑数与颜色不同,图案始终如一,画面将剪纸与木刻加以组合,具有非常优美的装帧效果,每辑扉页还刊一幅木刻作品,第一辑为黄永玉先生的《苗人酬神舞》。刊内题饰与尾花画得细巧精致,情趣盎然。这就是作为诗人兼装帧艺术家曹辛之的办刊风格,亦是他对现代诗坛作出的贡献。由于《诗创造》所刊诗作质量上乘,设计新颖别致,深得读者喜爱,刊物远销香港、新加坡以至整个东南亚地区。

至一九四八年六月,《诗创造》整整出刊一年十二辑,它们是《带路的人》《丑恶的世界》《骷髅舞》《饥饿的银河》《箭在弦上》《岁暮的祝福》《黎明的企望》《祝寿歌》《丰饶的平原》《美丽的敦河呵》《灯市》《严肃的星辰们》,其中第十辑为翻译专号,第十二辑为诗论专号,在编辑上分别得到陈敬容、唐湜的帮助。之后,星群出版社将十二辑编成合订本,布面烫金精装,成为"馈赠诗友的最好礼物"。《诗创造》有一个小栏目,叫"书与诗人",不时报道一些诗人的行踪与创作动向,诸如"沪报前传臧克家患肺疾颇重,现悉经医生细密检查病势尚轻,但须注意休养,健康恢复可期","辛笛去美半载,上月已乘轮返国,携来诗作颇多,将陆续在《中国新诗》发表","方平月前离沪去南京某银行工作","圣野儿童诗《小灯笼》已在杭州出版"等。也许当初是不经意的一种花边新闻式点缀,孰料时至今日,却成了诗歌研究者珍贵的文学史料。

当时,刊物不设主编和编委,编辑工作由曹辛之主持,刊后的"编余小记"均出自其笔,只是未署名。在上海的鲁风、方平、沈明等也协助编稿。一九四八年春,林宏、康定等来到上海,业余时间参与《诗创造》的编辑工作。稍后,在选稿艺术标准上,他们与曹辛之产生了分歧。林宏认为,在残酷的现实环境下,要增强诗的战斗性。曹辛之则反对标语口号入诗,讲究以诗的艺术手法来体现诗的意境。臧克家作为有影响的现实主义革命诗人,他明确表示支持林宏等人的主张。曾在延安鲁艺学习过的曹辛之,四十年代初在重庆结识臧克家,两人一见如故,他写有二万余字的诗评《臧克家论》,是国内最早对克家创作作出的全面评析。而辛之的诗集《噩梦录》亦系克家所序,说辛之的诗"抓住一点向深处探寻,他的字句也是百炼而成",给予了中肯而准确的评价。后曾有传言,说他俩的关系不睦。新中国成立后因为各自不同的人生遭际,及文学观念的差异,他们不常往来,这也是事实。但辛之在八十年代中期回忆说:"我们四十多年的深厚友情,尤其是他对我工作上的帮助、扶植,是我终生难忘的。"但由于诗的美学观不同,编辑部内常常发生争辩。当初对于克家的意见,辛之自然十分尊重,最终他为顾全大局,决定与诗歌观念较为相近的辛笛、陈敬容、唐祈、唐湜等,另行创建一份诗歌丛刊,名为《中国新诗》。本来编辑人员中还有方敬,因他远在重庆,无暇顾及而未果。当上海地下党文委的蒋天佐得知《诗创造》内部矛盾后说:大家的根本立场是一致的,而又都是冒着千难万险在那种环境下工作,怎能为艺术上的爱好和见解的不同而互相斗气呢! 更何况艺术上的各具特色,正是我们追求的目标。辛之正是按照党组织的意见,妥协地处理了内部分歧。此后,诗丛上出现了三个明显的变化:

首先,在《诗创造》第十二辑即第一年的最后一辑中,刊出署名"杭约赫"的"编余小记",他介绍、评析了这一辑"诗论专号"的主要作者后,写道:"在编辑方面,我们也有所更动,过去数辑,因限于人手及编辑人的能力,一切均未能如愿,以后编辑工作将由林宏、康定、沈明、田地诸先生负责,对《诗创造》的内容当有一番革新,鄙人因另与友人编刊《中国新诗》。"这是一篇口气温和的告别辞,文字十分简略、内敛,似乎一切尽在不言之中。这多少可以看出,辛之为人处事的性格,既忍辱负重又百折不挠。他不固执,善于委曲求全,处理好同事之际的关系,尤其是善于听取来自克家、天佐这些文学前辈兼领导的意见。为了避免矛盾的激化,影响诗人们的团结,他主动退出由他一手创办并主持的《诗创造》,这是他的宽容大度。另一方面,辛之又是一个不会轻易放弃自己观念与理想的人,几乎在放手《诗创造》的同时,他已筹划并开始了《中国新诗》的创办,这更是他乐意的选择,当初办《诗创造》,辛之就设想办成"一个稍带同人性的园地",现在,他要将最初的设想真正付诸实施,使诗刊个性相对鲜明,艺术性更趋显现,在中国诗坛上,发出清新而独特的声音。这是辛之内心坚强的体现,也显示辛之处理棘手难题的高超艺术。

其次,在这辑《诗创造》的封底,刊出《中国新诗》第一辑要目,以广而告之。接着在出刊的第一辑《时间与旗》中,以"本社"名义,唐湜执笔写了代序《我们呼唤》,即《中国新诗》的宣言:"我们现在是站在旷野上感受风云的变化。我们必须以血肉似的感情抒说我们的思想的探索。对生活也对诗艺术作不断的搏斗。我们首先要求在历史的河流里形成自己的人的风度,也即在艺术的创造里形成诗的风格。"《中国新诗》于一九四八年六月十五日创刊,每月一集,共出版了五集,即《时间与旗》《黎明乐队》《收获期》《生命被审判》《最初的蜜》。蒋天佐先生不但对诗刊给予许多鼓励,撰写了《诗与现实》一文在《中国新诗》第一辑发表,还帮助组稿、审稿,冯雪峰纪念朱自清先生的文章《损失和更重要的损失》,就是通过他约来,刊在第四辑"纪念朱自清先生"专辑中的。为避当局耳目,版权页上印森林出版社出版,又得在邮局工作的唐弢先生帮助,设法弄了个邮政信箱。实质与《诗创造》一样,两刊都由星群出版社负责出版发行,编辑技术与经营管理仍由曹辛之负责。虽然两刊因办刊观念不尽相同,为了工作他们常有争执,但并未影响他们之间的友情,诗人们依然相安无事常相往来。

再次,《诗创造》在第二年的第一辑《第一声雷》上,林宏以《新的起点》为正题,以"《诗创造》一年总结"为副题,说"《诗创造》的缺点太多,这一大半还得归咎于我们主观上的懈怠和努力不够,我们需要深入的毫不容情的自我检讨",对一年来的《诗创造》作了反省。接着发出了他的宣言:"我们要以最大的篇幅来刊登强烈地反映现实的作品,我们对于艺术的要求是:明快、朴素、健康、有力。"这还不够，又在刊物尾部的"编余小记"中写道："就本辑来说，这里面还存留着若干过去的残渣，一时没能够扫除净尽。值得向读者报道的是：已经没有了形式的追求，替代它们的是战斗热情的磅礴与生活的深入现实。"在这样的编辑思想下，《诗创造》在第二年前四个月中编辑出版了《第一声雷》《土地篇》《做个勇敢的人》《愤怒的匕首》四辑，从这些书名看，《诗创造》在内容与风格上，都大大强化了诗的战斗性。在第二年第二辑的"编余小记"中，林宏写道："这里的作者虽然大半是'未见经传'，写的也是为某些人所不耻为诗的东西，比起那些自命现代诗人的扭捏调儿，实在可贵多了。而《没有技巧》一诗则是给予艺术至上论者的一棒。最后对于那些迷恋在陈旧的窄小的圈子里，一方面摭拾些舶来的诗歌理论，'引经据典'地胡言呓话，一方面套着形式的镣铐自鸣得意地狂舞乱跳，有时候，为了怕被人斥骂又故意地摆出革命的姿态，仿佛就是'进步'的化身似地歌唱起来的人，我们想引几句别人说过的话送给他们……"从这里不难看出，在拗口的字句中，针对性已很明显，甚至有咄咄逼人的火药味。读者已看出，这时的《诗创造》与第一年的《诗创造》已不尽相同，与同时出刊的《中国新诗》也不在一条道上了。由此，出版《诗创造》的星群出版社更引起了敌人的注意，当第五辑刚编竣，拟以《荆棘与花朵》为书名交付印刷之际，一天晚上，国民党特务突然搜查了星群出版社，勒令《诗创造》《中国新诗》停刊。曹辛之正巧去了外地，特务便将其妻子陈羽抓捕审讯，追查臧克家、曹辛之、林宏等人的去向，陈羽坚持说自己是家庭妇女，与此无关。敌人无奈，只得将她放了。之后克家、辛之等在辛笛先生的资助下，转道香港赴华北解放区。而辛笛本人亦是"东藏西躲，夜间不敢回家留宿,以防万一"。林宏、沈明等去了浙东游击区,走上了与敌人正面战斗的道路。鲁风、方平、田地、康定等分别去了云南、厦门、青岛、贵州等地,《诗创造》与《中国新诗》两个诗歌丛刊便无法续办,没有来得及向读者告别就戛然而止,"在上海白色恐怖中,苦撑了三年的星群出版社就此结束。"(辛之语)

从《诗创造》到《中国新诗》,虽然都是诗歌丛刊,称"辑""集"而不称"期",但每月出刊,等同于期刊,并且前后约一年半时间,连续出版未有间断,这在国统区甚为不易。那个年头,在上海文坛万马齐喑的环境下,两种诗刊团结了广大诗歌作者,发表了大量优秀诗作,不少诗人如李瑛、邵燕祥等早期的诗作大都刊在《诗创造》上。诗刊坚持歌颂光明、诅咒黑暗,发挥了积极作用,在中国新诗发展史上,留下了不可或缺的光辉一页。

不能不提的是,出版《诗创造》和《中国新诗》的星群出版社。最初在抗战即将胜利的一九四五年春,辛之就在重庆提出回到上海,办一个出版社,出诗友们的书,此议得到鲁风、林宏、沈明等赞同,当即筹集了一些款项,又获臧克家先生的鼓励和支持,把他的两部诗集交给辛之,以版税充作股金。辛之与同样热爱诗歌的妻子陈羽当年就从重庆到上海,在位于西门路(今自忠路)六十弄四十三号内,开设了星群出版社。准确说,这是诞生在民国年间一家集资经营的股份制私营出版企业。在资金融通上,又得在金城银行工作的辛笛给予的信贷支持,先后出版了克家的《罪恶的黑手》《泥土的歌》,辛笛的《手掌集》、戴望舒的《灾难的岁月》等,又出版了克家主编的"创造诗丛"十二种,这成了当时"轰动全国诗坛的一件盛事",接着又以森林出版社名义出版"森林诗丛"八种,诗歌读物总数达

115

三十多种，星群出版社其实已成了以出版诗歌读物为主的诗歌专业出版机构，更成了受欢迎的"诗人之家"，他们"为全国诗人及诗读者服务，备有全国各地诗刊诗集及一切诗读物"目录，可以"邮购、代办、代订"。在专制统治、物价飞涨的年代，辛之任劳任怨，独挑重担，事无巨细，全力以赴。可以说，在政治环境险恶，经济上捉襟见肘，连稿费都发不出的景况下，没有哪家出版社，哪个诗人在出版诗歌读物上能望其项背，肯下如此大力。

设想一下，如果曹辛之当初不从《诗创造》中退出，仍坚持自己的办刊初衷，那么，围绕反映劳苦大众与知识分子两种感情，双方在争论的磕磕碰碰中，仍会按月出刊《诗创造》，尽管是工作之争，但由此可能会伤了和气，影响团结。或者辛之作出一定的让步和妥协，《诗创造》可能会加大大众化的比重，臧克家、臧云远、林宏、沈明、康定、任钧、苏金伞、马凡陀等诗人的创作会显出更大分量。而辛之、辛笛、陈敬容等人的诗歌声音更加微弱。这样，辛之的艺术抱负难以实现，久而久之，他们这一路具有相同艺术追求的诗人地位日见衰落，甚至会烟消云散，自生自灭，更谈不上形成以后的"九叶诗派"了。

现在如果还原历史，来看林宏倡导的编辑方针，客观地审视他们的作品风格，可以看到，诗歌在激励民众斗志方面，起到不可替代的作用。今天，我们不能离开特定的历史状态来评价他们的诗，更不能因为今天处在和平年代，而看轻了具有战斗气息的诗歌作品，甚至不屑一顾。诗歌作品兼具现实性与艺术性固然好，但在大敌当前的非常时期，更多强调直面现实，是时代的需要，不能以今天的艺术标准来一概要求那时的诗歌创作。当然，从诗人的个体创作来讲，对不同的诗学境界的追求都是允许存在的。

　　但是,从《诗创造》第一年的后阶段起,不但内部矛盾已初露端倪,而且来自外部的指责亦更趋明朗、激烈。第九辑的"编余小记"写道:近来又常听到朋友们的责备,说我们这个小丛刊不够"前进",我们觉得装"前进"的幌子并不难,《诗创造》并不要写稿者唱高调。这里,我们已能感到,曹辛之受到的压力。到了第十一辑,这样的压力有增无减,他不得不第一次以自己的笔名杭约赫写"编余小记",一吐胸中块垒:原想做到"兼容并蓄",因而不免处处显得杂乱无序,今天诗坛亦如文坛,派系门户之间的明争暗斗,愈演愈烈,我们矢志欲超越这种小集团小宗派的作风和态度,虽为普遍的读者所支持,但遭到某些论客的吆喝的鞭挞,也已经不只一次。又有批评家找来了一顶"唯美派"的帽子硬要装到我们的头上。关于编辑方面,并没有确定的主编人,而读者每天的来稿平均总在十件以上,原有的组成者又都为各自的职务所牵羁,只有把仅有的假日消磨在阅稿上,但集稿、约稿、编排、校对及发行等事,几乎全落到我的肩上,而我,老牛破车,原不能装载如许重物,何况还得翻山越岭,因此对择稿的标准和编选的技术方面难免错漏百出。并写道"从七月份起,《诗创造》在编辑方针上或有所变更,对读者从现实生活里所写下的诗作,将以最大的篇幅给以刊载"。可以清晰看出,曹辛之在万般无奈的情况下,迫不得已作出让步。俗话说,退一步海阔天空。辛之明智地选择了从《诗创造》中退出,另办《中国新诗》,给了"九叶"诗人们宽畅的用武之地,这正是辛之的聪颖过人之处。

　　通过对《诗创造》创刊始末的追溯与爬梳,可以初步厘清"九叶诗派"形成的路径。表面看,《诗创造》编辑间由于诗歌艺术观念的不同,催生了《中国新诗》,这是顺势而起、水到渠成的必然,从而导致了诗歌作者阵营的分野,即两种创作风格或艺术主张不同的诗人,分别集聚在两种诗丛旗下,各有侧重。而实际上,《诗创造》原先的风格并不鲜明,个性并不突出,各种风格的诗作集于一刊,"九叶"诗人早期在上海的几位诗人虽因风格相近,却势单力薄,被淹没在众声之中,得不到鲜明张扬,只是到了第二年《中国新诗》的出现,才形成了在艺术指向上的分道扬镳,各自的办刊方针及风格迅速凸现了出来,客观上为形成日后的"九叶诗派"提供了合适的土壤。加上当时远在北平的西南联大四杰穆旦、杜运燮、郑敏、袁可嘉加盟《中国新诗》作者队伍,加速了"九叶"诗人力量的凝聚。当然,他们那时无意打出什么旗号,有的人相互还不认识,没有想到去形成一个流派。但他们是在有意识地探索新诗现代化的审美过程中,企图找寻新诗发展的一条新路:即把现实主义与现代主义加以和谐统一的可能。由于《中国新诗》的编者、作者"接受了诗的现实主义的传统,采取欧美现代派的表现技巧,刻画了经过战争大动乱之后的社会现象"(艾青语),形成了一个具有鲜明风格的诗歌流派,即因八十年代出版《九叶集》一书,而被诗歌理论界冠之以"九叶诗派",并确立了其在中国新诗发展中的艺术价值与历史地位。新中国成立后,由于"九叶"诗人命运多舛,长期被打入冷宫,一旦他们的艺术生命获得新生,人们对"九叶"诗人投来更多关注的目光,亦在情理之中。但不能因此而贬低与指责大众化诗歌,毕竟因时代背景的不同而不能苛求。"九叶诗派"元老辛笛先生生前与我多有晤谈,不止一次言及"九叶诗派",作过客观而公允的评说:"九叶"诗风是"在《中国新诗》和《诗创造》期间,因为作品互相吸引,同声相应,同气相求而自然形成的。南北诗风相近的诗人作品多有彼此无形相通之处,所以'九叶'的'九'也蕴含着我国习惯'九'代表多数的意思,不仅限于'九'个数而已。《中国新诗》和《诗创造》在当时那样的年代里团结了大多数诗人,为诗坛开创了一种新鲜的氛围与意境,注入了一股活力。"

二〇〇六年九月

罗飞与《未央诗刊》

在写罗飞前,先写一点他富有传奇性的往事。

一九四八年深秋的上海,是黎明前最黑暗的一页。上海笼罩在一片白色恐怖之中。一天下午,罗飞接到一信,从笔迹上,罗飞就看出是胡风写来的,让他罗飞"抽空来一趟"。第二天,罗飞就赶到雷米路(今永康路)文安坊六号胡风家。胡风夫人梅志告诉罗飞,胡风因事外出,曾留话说,阿垅从四川来,带出了一批军事上的材料,要大家转给地下党。几天后,经胡风介绍,罗飞与阿垅在胡风家见了面。罗飞将此事向上海地下党甘代泉作了汇报,得到指示后,从胡风家取到了阿垅送的第一批材料,是蒋军国防部有关军事布置、武器配备方面的情报。罗飞深知其不同寻常的分量,即刻交甘代泉转给了党组织。以后,又接连两次冒着风险,从胡风家取走有关蒋匪的重要情报,包括蒋军的军械统计手册、沿江兵力配备等。此外,罗飞以在民众夜校教书作掩护,还负责秘密交通站工作,配合地下党对国民党方面保安部队等进行策反起义工作。当年,在罗飞给党转递情报的周围,几乎遍布国民党特务。多如牛毛的特务组织,罗飞只要撞上任何一个,都有被杀头、活埋的危险。机智的罗飞,一次次化险为夷。罗飞以他的行动,实践着胡风先生的名言:"无条件地成为人生上的战士者,才能有条件地成为艺术上的诗人。"

在此同时,罗飞同样冒着生命危险,与诗友李昊、荒陵编辑主办《未央诗刊》。刊物每期换一个名字,诗刊全称是"未央诗刊小集",由未央社编,一共出刊了四期,用了四个刊名。第一期《希望》,于一九四八年三月十日出版,也许是为了迷惑敌人,通讯处用的是"南京邮箱五三○号",作者只能向这个邮箱投稿,不能见面。在封面下端有"稿约":"我们专刊诗人创作、理论、批评、介绍、随笔、札记、通讯、作家略传或自传,以及歌剧、歌谣、散文诗。欢迎作家惠稿。译文请寄原刊书报。在别处发表者,请勿投寄。我们不退稿,我们无版权,故文责自负。但非经本社与作者许可,我们的文字,不能转载。"内页中又有一个"补充稿约"的一句话:"我们对于来稿的报酬,首先是感谢和来日的友情。"这第一期因为稿挤,不但没有创刊辞,甚至将拟刊的《编者的话》挪到下一期,仅这些文字,已表明了刊物的宗旨与态度。第二期《夜曲》上,刊出《编者报告》,谈了办刊的"动机与旨志":"深入人民大众,连结民族觉醒,推进社会变革,而人民抬头,摧毁专制王朝与封建,这个道路,诗一直是如此走的,任何束缚、统治、影响不了它,改变不了它。"在那个年代,敢说出如此掷地有声的话语,颇具勇气。《未央诗刊》如何办?那就是:"我们凭借着内心的热情,发出一点人

《未央诗刊》创刊号《希望》

121

性的呼声,更以我们的理想,涂抹一些远近景色的画面。不敢有过大的奢望,也不能有夸大的诺言。我们虚心,我们埋头。在这旨趣上,我们向所有的人们请求:同情我们,爱护我们,帮助我们! 使这个刊物成长得像个样子。"还说:"发刊本集,没有资金,第一期的印刷费是在衣食费用中节省出来的。在物价一天比一天高涨的日子里,眼看第二期已无力再付印了。幸而,有许多读者在精神上鼓励我们,有许多读者和友人在经济方面帮助我们,使这一期又和大家见面了。"可见,这份《未央诗刊》办得异常艰辛。第三期《送别》的《编者报告》中,换成了上海的通讯处。这种时而在南京,时而在上海的地址,都是真实的,但只可通邮,无法与编者当面联系。第四期《远行》,最后一页上的《编者报告》,就类似终刊词了,劈头第一句即是:"这里沉痛地说一声,我们要向友人告别了。小集在条件不足的勉强中出了四期,帮助我们的像作者们的惠稿,友人们对印行的奔忙和鼓励,都深深令人铭感。"接着,罗列数十人资助的款额,"支出的差额部分,全部由我们自负。谨向友人致谢而告别了。"有点凄楚,有点悲壮。

《未央诗刊》从一九四八年三月十日创办,到同年七月终刊,五个月中出刊四期,如同月刊的周期。它小三十二开,每期仅十六页码,作者亦大多名不见经传,除了编者罗飞以金尼为笔名,出现两次,我熟悉的儿童诗人圣野出现三次,其余作者大多陌生。在民国诗坛,诗刊林立的上海,这确是一本不起眼的小刊物。然而,它刊载的诗文却有不少显出了分量,如诗歌《旅程》《吊张效贤》《风砂小集》《窃笑吧,好的》《英雄们》,以及文章《从幻想到实际》《战斗的诗原》《生命是自由的》等,都堪称佳作。

关于罗飞的诗，几年前石天河曾在《回首何堪说逝川》一文中写道："罗飞有首诗，题目是《为什么离开敌人》，我原先在一九四八年冬，南京的进步学生办的油印小刊上读到。当时并不知道作者是谁，可这首诗，在学生中很有激励作用，因为它和起步学生的心贴得很近。"一九四八年，罗飞陪几位年轻文友去看望胡风，胡风针对青年人认为到解放区去才能算工作和战斗的想法，就说到了鲁迅，说他不愿到苏联去养病，想的是一旦离开祖国，就等于离开了战斗。胡风说："其实，为了战胜我们的敌人，我们为什么要离开敌人？"胡风充满力量的声音，深深感染和震撼了罗飞。不久，罗飞写出了《为什么要离开敌人》一诗，一九四八年十二月，刊登在化铁、欧阳庄主编的《蚂蚁小集》第五辑上。可惜，此诗在五十年代中期，却遭到批判，被扣上"特务诗"的帽子。

新中国成立后，罗飞在华东局宣传部文艺处工作，业余时间与梅志、罗洛、化铁一起编辑过《起点》文学月刊。一九五二年出版社开始公私合营，由群益、海燕、大孚三家出版机构组成新文艺出版社，他由华东局批准，调任该社编辑，后代理出版室主任，任总编室秘书，主编过《文艺书刊》。

如此说来，罗飞是战斗和生活在上海的诗人。可是，上海诗歌界对他的名字已显陌生。他年轻时与胡风交往密切，常去讨教诗艺。他成为文安坊六号的常客（这个胡风的居处，后被人诬蔑为"蛇窟"）。一九五五年"反胡风运动"中，罗飞被定为"胡风分子"而锒铛入狱，一九五八年冬发配宁夏。一九八〇年错案平反，恢复党籍，恢复出版工作，担任宁夏人民出版社编辑部主任，主编过文学季刊《女作家》。一九八五年离休，近五十年后才回沪，蛰居上海西南隅，远离尘嚣。

几年前,诗人绿原写信告诉我:"罗飞已回上海,七月派诗人他也是其中之一。"这样,我结识罗飞并一见如故,成为忘年之交。

罗飞本名杭行,江苏东台人,一九二五年出生。他十六岁发表第一篇抗战小说,之后以写诗编诗为其主要的文学活动。直到一九八五年,才出版他第一部诗集《银杏树》。一九九九年出版《红石竹花》。他在二十多年沉默的日子里,经历坎坷,经历血与火的洗礼,他对人生和诗都有了更加深刻地认识。"不是在厄运中历尽磨难,绝写不出这千锤百炼的诗句。"有诗评家如是说。

二○一○年九月

《并没有冬天》

《手掌集》

《无弦琴》

《九叶集》

从杭约赫到曹辛之

去年上海书展之际，出版博物馆在市图书馆举办了曹辛之书籍装帧艺术展。虽然暑酷温高，但我观展的热情似乎更高。

曹辛之生前是中国出版工作者协会装帧艺术委员会主任，为书籍装帧封面、设计版式，是贯穿他一生的主要工作。一九五九年他主持装帧的《印度尼西亚共和国总统苏加诺工学士、博士藏画集》，在德国莱比锡国际书籍艺术博览会上荣获装帧设计金质奖章。他的《曹辛之装帧艺术》一书，是继《钱君匋书籍装帧艺术选》《鲁迅与书籍装帧》之后，国内出版的第三部装帧艺术专集。他曾说："在装帧设计队伍里，我算个老兵。"因此，称曹辛之为装帧艺术家是恰如其分的。

但我首先想到的是，曹辛之应该是一位编辑出版家。他生于一九一七年。一九三六年十九岁时，就在家乡江苏宜兴，与地下党员吴伯文、孔厥等人创办了文艺刊物《平话》。这是他从事编辑与出版工作的起点。后从延安到重庆，进入生活书店出版的《全民抗战》周刊编辑部，从事美术设计兼读者来信处理工作。抗战胜利后，他到上海生活书店工作，业余与臧克家、林宏、沈明、鲁风等共同集资，创办星群出版社，出版小说、戏剧等文艺书籍，以及"创造诗丛""森林诗丛"两种诗歌丛书，《诗创造》《中国新诗》两种诗歌月刊。这些诗丛与诗刊的出版，造就了一大批诗人，其中一些佼佼者后因《九叶集》的出版,而被称为"九叶诗派"。对于一个现代诗歌流派的形成,曹辛之功莫大焉。生活书店与读书出版社、新知书店合并成三联书店后,曹辛之任总管理处的美术科长。一九五一年人民美术出版社成立,曹辛之调任该社美术编辑,他的工作一直没有离开过编辑与出版岗位。

一九八一年,当二十世纪四十年代的九人诗选《九叶集》出版,其中有"杭约赫"名字出现,人们才知道,作为诗人的杭约赫就是作为装帧设计家、编辑出版家的曹辛之。

一九四四年,曹辛之将自己所写的一些小诗(多为十四行诗),手抄若干,装订成册,题名为《木叶集》,分赠重庆友人。一九四五年,他以笔名曹吾出版诗集《春之露》。这是他的第一本诗集,一九四五年三月由重庆草叶诗会印梓,读书出版社总经售,收诗十七首,分为两辑。诗人在《后记》中写道:"本来,我是个学画的,在能够涂抹色彩时,也偶尔用诗这一形式来抒阐自己的爱的抑郁。"这至少说明,诗和艺术,是他青春飞翔的两翼。这些诗,大多编入后来的几种诗集中。

说起《春之露》,有个小插曲。诗人给这部诗集起了两种书名,另一名为《撷星草》,只印五十册,是诗人专门用来编号赠送友人的。在我国新诗史上,这种一部诗集两种书名的情况是极少见的。

一九四七年十月,他以杭约赫为笔名,由上海星群出版社出版《噩梦录》,列"创造诗丛"之一,收诗十二首。臧克家为之作序,对他的诗给予了中肯地评价:"杭约赫是一个画家,他'厌弃了彩笔'来学'发音'和'和声'。抓住一点向深处探寻,把它凝结成晶莹的智慧,使人覃思比直感的时候更多,他的字句也是百炼而成,像一道细水从幽邃的山洞里阻涩的流出来,以自己那种节制的音响注向一个深潭里去,他缺少了波澜壮阔的那份豪情,但也没有挟沙泥而俱下。他是饱经了人生忧患,在落潮里想望着一阵新的风暴。"这是对曹辛之诗歌创作最早的评论,大致指出了他的诗歌风格。

星群出版社于一九四八年五月,出版了《火烧的城》,为"森林诗丛"之一,收诗十四首,以七百余行的压轴长诗《火烧的城》为书名。这部诗集在表达上比《噩梦录》粗犷些,其中有个人的抒情,也有时代的回响,是诗人努力挣脱小我,扩展外部世界的艰难探寻。而长诗《火烧的城》,则描写了那个时代两个对立的世界,一个是城市,一个是乡村,并形成强烈对比,即一方是陈旧的幻梦之破灭,另一方是新生的希望之寄托。

《复活的土地》一九四九年三月由上海森林出版社初版。这是一部长诗集,可以说,它是《火烧的城》的续篇或变奏曲,描写的是抗战胜利后上海混乱的状态。在技巧上,它比《火烧的城》更繁复更成熟。诗论家蓝棣之称其是"国统区最后出版的一部长篇抒情诗"。全诗分序诗、第一章《舵手》、第二章《饕餮的海》、第三章《醒来的时候》,书后还附有注解四十三条。作者在附记中写道:"此稿写于一九四八年七月,讵料予与友人所办之《诗创造》及《中国新诗》相继被迫停刊后,上海寓所突为恶客所抄,予妻则被架走,致一岁之乳儿,几啼泣至昏厥,予则成为亡命徒矣。"可见诗人当年处境之险恶,而诗中依然对茫然的未来所怀抱着期待。

杭约赫在新中国成立后几乎不写新诗。一九八五年十月,文化艺术出版社将他四十年代创作的三十三首诗,结集为《最初的蜜——杭约赫诗稿》,此书与之前《九叶集》的出版,使昔年那个诗人杭约赫，又复活在读者的视野里。八十年代中期他曾写过《叶老长寿》《装帧工作者之歌》及《冬日的树》三首诗，署名则多为曹辛之。一九九五年五月，他因病去世。去年，上海人民出版社出版了三卷本的《曹辛之集》，将他的诗文、书刊装帧、书法篆刻各列一卷，再现了诗人不可多得的精湛才艺。

二〇一二年二月

莫洛的《渡运河》

温州籍现代诗人中,唐湜与莫洛与上海颇有渊源,亦给我留有更深印象。我曾淘得"九叶"诗人唐湜的签名本《意度集》,算是书缘,专门就此撰过一文。两年前,莫洛不幸去世。对于莫洛,常听上海的前辈作家、莫洛生前好友沈寂、陈梦熊等谈及,又获诗人吴钧陶老师赠予莫洛的《渡运河》,亦是不浅的书运。

莫洛曾在一篇文中谈到:"我曾把自己的诗编成两本集子,一本《风雨三月》,一本《我的歌朝向人间飞翔》。因一九四八年出版的

《渡运河》

诗集《渡运河》早已绝版,所以我把《渡运河》中的诗,分别按不同的内容编入了这两本诗集之中。"莫洛所说"早已绝版"的《渡运河》,此刻就在我的手中,纸张已然泛黄,轻轻摩挲,倍感珍惜。

诗集《渡运河》由上海星群出版社出版于一九四八年五月,为"森林诗丛"之一,诗丛共八种,另七种为方敬的《受难者的短曲》、田地的《风暴》、辛劳的《捧血者》、杭约赫的《火烧的城》、陈敬容的《交响集》、唐祈

的《诗第一册》、唐湜的《英雄的草原》。这套诗丛均为薄薄的窄长条"袖珍小型本",由于出版费用短缺,以致纸张劣等,印刷简陋,存世至今,实属不易。诗集共收八首诗,以首篇长诗《渡运河》为书名,集中诗歌多以反映苏北抗日根据地生活和战斗为主要内容。莫洛一九三九年曾与人合著诗集《叛乱的法西斯》,一九四八年出版散文诗集《生命树》。《渡运河》则是他民国年间唯一个人出版的新诗集。

一九四○年,由于温州形势恶化,按党组织安排,莫洛与其他四人由水路到丽水,再转车到达苏南新四军根据地。在这里,莫洛第一次遇到了诗人辛劳,"人很瘦弱,个子也小,穿着军装,好像挂在他身上,空空荡荡的",这是莫洛对辛劳最初的印象。他在温州主编《暴风雨诗刊》时,曾发表过辛劳的诗《望家山》《秋天的童话》。莫洛还见到《渔光曲》的作者任光,还听饶漱石讲解国内外的形势,听项英作长篇报告。他随居无定所的部队,分批北移,混迹在村民中,潜过戒备森严的封锁线。夜深后,他们暂住一户农家,后门的不远处,"就可听见运河水流的声音,也可听见远处火车汽笛的鸣声。第二天,随村民一起登上木船,安全地渡过运河。在船上,有时还见到插着日本太阳旗的军车奔驰而去。"这渡运河的真实场景,久久烙在诗人的心里。一直到莫洛来到江北盐城,利用在盐城中学工作之前的休整时间,开始构思长诗《渡运河》。在难得的一座果园的安静中,"顺着思路,在一个本子上,我全神贯注地写我的长诗,感情像波浪一样起伏。仅在两天时间里,我完成了六百多行长诗《渡运河》的创作。因为写的全是自己的亲身经历,又有很深的感受。诗中所表达的,都来自鲜明生动的生活,我只是运用比喻、想象、抒情、象征和真实描写等艺术手法,使其意象丰满地表现出来。诗写成后,我低声朗读了几次,很少有改动和重写的地方。"莫洛的回忆,生动地再现了当年写作《渡运河》的情景。诗写完后,莫洛誊抄了两份,自己留一份,另一份寄给上海诗人蒋锡金。他把诗稿给辛劳看过,辛劳还推荐给鲁艺的演员在"五一"节上朗诵呢!

莫洛本名马骅,字瑞蓁,曾用笔名林渡、林默、林窗、衣凡、依帆、舒朗、苏依、柳滨、蓝河、沙泉、海语、海旅、西窗、M·林等,出生于一九一六年。他诗歌创作起步较早。现在能见到他最早的诗《春尽花残》,发表在一九三二年温州《十中学生》的校刊上,那年他才是初中二年级学生。一九三五年,温州学生响应"一二·九"学生运动,莫洛因是"为首分子"被学校开除,又遭当局通缉,他不得不逃亡到上海。这是他第一次到上海。

在盐城教书的暑假期间,莫洛与同事王远明经江淮区党委书记曹获秋同意,打算绕道回温州接妻子林绵到盐城,王远明也要去烟台老家转组织关系。这样,他俩经南通到上海,为办通行证和防疫证,在上海滞留近两个月。莫洛住在他堂兄、著名书法家马公愚家。他与锡金见了面,还认识了诗人朱维基、翻译家芳信等,参加"行列社"的诗歌聚会。在上海期间,莫洛写了两首叙事诗《母亲》《山鹰》。《山鹰》还由诗人在聚会上朗诵过,获得好评,锡金将此诗刊发在"上海诗歌丛刊"之一《收成》上。这次在上海近两个月,莫洛感到"生活是愉快而丰富的"。回到温州老家,莫洛写了《晨晚二唱》《太阳系》《风雨三月》《工作》等一系列新诗及散文诗。诗歌大都编入《渡运河》。由于叛徒出卖,一九四三年一月,莫洛在温州被捕,六月获释后,他即写散文《无罪的囚徒》,记述了那段狱中生活。

时至二十世纪八十年代初,瑞典汉学家马悦然在主编《中国文学选读指南（1900 — 1949）》诗歌卷时，知道荷兰莱顿大学汉学研究院图书馆馆长马大任是莫洛的侄子，特地请他提供莫洛的作品，并请马大任写了对莫洛及《渡运河》的介绍。欧洲汉学会"现代中国文学计划"的诗歌集编目中，也列入了莫洛的名字和一九四八年出版的《渡运河》。

有专家评论道："冈夫的《路之歌》、辛劳的《捧血者》和莫洛的《渡运河》这三首长诗，有现实主义的丰富内容，有象征派的表现手法，又有现代主义的艺术氛围。"《渡运河》共分六章，除序诗外，有"奔向运河""运河边上""早安呵，运河""渡运河""在运河的彼岸""离运河"，全诗开首写道："怀着深切的感情／我奔向运河……运河，记载着古老的故事／运河，如今／却驮负着深重的悲哀／我是多么殷切地渴望着／去慰问那被辱的河水／去谛听她怨愤的呜咽啊……"长诗气贯长虹，势如破竹，最后的落款时间为"一九四一年四月八日，在盐城袁家河写完"。诗中既有对黑暗的诅咒，又有对理想的憧憬，诗作以"朴厚、鲜明，有如木刻及套色版画"的风格特征见长，因而"在我国的新诗人中，无疑是别具个性的"。

二〇一二年十月

胡风与《时间开始了》

《时间开始了》是胡风一部长诗的总标题,副题为"英雄史诗五部曲"。这五部曲中有四部作为诗集的单行本,即《欢乐颂》《光荣赞》《安魂曲》《又一个欢乐颂》,于一九五〇年一月与三月出版,迄今已整整六十年矣。

去年恰逢国庆六十周年之际,在一部《六十年六十部》的专著中,胡风的《时间开始了》位列第一。有人把这部恢宏的诗歌称为"开国之绝唱"。交响乐式结构的诗篇,四千六百余行诗句,这样宏大的构架,着实开创了新中国当代长篇政治抒情诗的先河,整整影响了近三十年的中国诗坛。虽然此前徐放、王亚平、何其芳已发表过一两百行的政治抒情诗,但其规模与气势,都无法与《时间开始了》相媲美。这部诗集出版后,从五十年代中期开始,先后涌现出郭小川的《致青年公民》、贺敬之的《放声歌唱》等一批政治抒情长诗,广泛唱响了一个时代。

几年前,在一家旧书肆偶遇胡风的诗集《时间开始了》中的《欢乐

《光荣赞》

137

颂》《光荣赞》两本小册子时，我的心跳加速，无法形容内心的惊喜与激动。我故作镇静地轻声询价，二话不说把钱塞过去，赶紧携书走人。

我心里明白，自一九五五年"反胡风"运动后的二十多年，凡胡风的书必欲斩草除根，幸存下来的寥寥无几。我所见这薄薄两册诗集，如讨价还价，就会有被识货者半途截走的危险。

一九四九年初，胡风从香港转道天津，后进北平参加第一次"文代会"的筹委工作。七月，出席庆祝党的生日大会及"文代会"。八月，回到上海与家人团圆，参加上海市第一次"文代会"。九月，回到北京参加第一届全国政协会议。十月一日参加开国大典。之后，他满怀激情地开始写作长诗《时间开始了》。第一乐篇《欢乐颂》于一九四九年十一月十二日定稿，同月二十日刊于《人民日报》副刊"人民文艺"，四百余行诗刊登了大半个版面，发表后引起广泛反响，很快被译成俄文刊载在苏联《十月》杂志上。第二乐篇为《光荣赞》，也于当年十一月二十八日定稿。一九五〇年一月，两书由海燕书店出版单行本，王朝闻为之设计封面。一九四九年七月一日晚，在北平先农坛举行庆祝党的生日大会，当毛泽东主席步入会场，沸腾的人海达到了欢乐的高潮，《欢乐颂》表现了这样一种欢呼祖国解放，歌颂毛泽东的真诚感情。《光荣赞》是献给李秀真、戎冠秀、李凤莲等中国劳动妇女的颂歌。由于客观形势的变化，胡风的处境很微妙，长诗发表艰难，发表后又常遭批判。以致第三乐篇《青春曲》没能完成，到他晚年，才将五十年代初所写的几首短诗修改后组成《青春曲》。第四乐篇《安魂曲》（后改为《英雄谱》），定稿于一九五〇年一月四日，诗从参加人民英雄纪念碑的奠基典礼写起，到怀念自己的师友等,写得富有感情。第五乐篇《又一个欢乐》(后改为《胜利颂》),写于一九五〇年一月十三日,全篇充分展现了开国大典的欢乐气氛,与第一乐篇相呼应。这两册诗集于一九五〇年三月由天下图书公司出版单行本。包括先前的《欢乐颂》《光荣赞》《时间开始了》,长诗中唯有《青春曲》没能出版。当年,胡风以火一般的激情,投入《时间开始了》的创作。他写道:"这会场/化成了一片沸腾的海/一片浪的海/一片光带的海/一片声浪和光带交错着的/欢跃的生命的海。"这是诗人处在昂扬亢奋、难以抑制的创作状态中发出的心声。正如他写完《欢乐颂》初稿后,给妻子梅志的信中所说:"我的心像海涛一样汹涌。多么幸福的时间! 我差不多每时每刻都活在一股雄大的欢乐的音乐里面。我还要写下去。"新中国的诞生,一切都除旧布新,令人鼓舞。这是一个欢乐的时代。然而,正是在写下这些激昂诗句之际,胡风的内心却十分郁闷、焦虑,甚至有些抵触情绪。因为他自视甚高,却没有被重视而牢骚满腹呢! 本来,他满心希望地从香港转道到北平,以为可以参加"旧文协"的结束、"新文协"的筹建工作,事实是这些工作都没有他的份。他甚至没有进入第一次"文代会"常务主席团的十七人名单中。那段日子,除了写诗,便是"消极"处事。茅盾让他担任《文艺报》主编,他坚辞不干,还拒绝参与"文代会"文件起草定稿工作。由于组织上没有为他摆好"位子",也由于个人之间的历史宿怨,胡风一直耿耿于怀。这些都加深了他对"文代会"的不满情绪。在如此境况下,胡风还能坚持长诗创作,令人难以理解。这不能不说是他的一种诗人的本能了。"七月派"诗人牛汉认为,"《时间开始了》揭开了胡风诗歌创作的一个新阶段的序幕。"可惜的是,很快"反胡风"运动席卷全国,他的歌喉从此被窒息了。直到二十世纪八十年代胡风平反后,《时间开始了》才以完整的五个乐篇选入《胡风的诗》及《胡风诗全编》。另一位"七月派"诗人鲁煤认为,《时间开始了》在新中国成立之初与油画《开国大典》、歌曲《歌唱祖国》成为三足鼎立的力作,是表现开国盛事的不朽经典。

胡风是文艺理论家,然而,他更看重自己的诗歌声誉,他说:"我首先是个诗人。"一九三七年,巴金主编的"文学丛刊"列入他的第一本诗集《野花与箭》,由文化生活出版社出版。一九四三年出版诗集《为祖国而歌》。胡风主编的"七月诗丛"等,曾经得到冯雪峰的激赏。四十年代在重庆文艺界的一次会议上冯雪峰曾说:国统区的文艺界是一片沙漠,其中只长了几根绿草,那就是胡风主编的"七月诗丛"。回顾《时间开始了》的创作,胡风自己曾说:"一九四九年进入了解放区,我的感情才完全从过去的压力下解放了出来。到开国前后,这点感情达到了一种升华的境界,在几首长诗里,我发出了被我们历史的艰巨而伟大的行程和我们人民的高尚而英勇的品德所引起的心声。"可以说,胡风的长诗《时间开始了》是新中国成立之初诗歌创作的里程碑作品。

二〇〇九年十月

圣野的童诗之旅

我不知道,在当今诗坛上,还有谁像上海老诗人圣野先生那样,一辈子埋头在儿童诗园地里耕耘。

圣野老今年已届八十六岁。早在金华蒲塘读高中一年级时,他于一九四二年三月二十三日的《前线日报》副刊"学生之友"上,以周大鹿原名,发表了平生第一首儿童诗《怅惘》。不久,居然得到了一元钱的稿费,令他喜出望外,赶紧到附近的民智书局买了一本萧红的诗体自传小说《呼兰河传》,一得空就到村后的小山坡上大声朗读。又巧遇青年诗人畸田,给圣野寄来了一册艾青诗歌的手抄本,令他捧读不舍。因身在蒲塘,圣野还斗胆与一位爱诗同学组织了一个叫"蒲风"的诗社,他哪知道,真有一个叫蒲风的诗人。可圣野却从未读过他的诗。可见"初生牛犊不怕虎"。读初中时,圣野在五哥槐庭的帮助下,读到了冰心的不少新诗,以及徐志摩的许多诗,他特别钟爱那册中国文学研究会出的诗选集《雪朝》。读高中一年级的圣野,在爱上萧红小说的同时,又在民智书局购得胡危舟、鸥外鸥主编的《诗创作》,从中读到了艾青、田间的诗。一九四七年起,他与儿童文学作家鲁兵一起,业余担任了《中国儿童时报》的文艺编辑,负责儿童文学版,这就进一步密切了他与孩子们的联系。如此,圣野渐渐摸到了写儿童诗的门路,且大着胆向上海《新民报》副刊"夜光杯"投稿,儿童短诗《他睡》和一组散文诗《感情的花朵》等竟意外得以发表。此后,《浙江日报》副刊"江风",《当代日报》的"学生园地",《天行报》副刊"原野"等一批国统区的报纸副刊,常常刊用他的诗稿。《天行报》的编辑史坚还约他一同主编"原野诗辑",并以每期赠送三百份作为报酬。乐于以诗会友的圣野,将诗报广赠诗友,和外面世界的联系,便日益扩大。

一九四七年八月,圣野先生的第一本儿童诗集《啄木鸟》问世,以"旗社诗丛"的名义出版发行。诗集的封面上是一幅木刻,一只大大的啄木鸟,正在啄树干上的害虫,简洁扼要点明了主题。收入集子的五十七首短诗,已初步显示出圣野儿童诗的特色。他写《蜜蜂》:"我们 / 一群向春天出发的 / 美丽的 / 采访员 / 我们介绍 / 花朵与花朵 / 结婚 / 把花朵的 / 一份心底的 / 最甜的感谢 / 带回来。"此诗用的是拟人法,读来亲切有味。集子中有一些讽刺诗,亦以儿童口吻写出,如讽喻国民党当局滥发贬值纸币的《印钞机谣》:"印钞机 / 摇呀摇呀 / 白的进去 / 花的出来。印钞机 / 摇呀摇呀 / 信用进去 / 强盗出来。"这些诗,是圣野儿童诗写作的最初成果。诗评家刘岚山看到《啄木鸟》后,用方元笔名在《夜光杯》上撰写了热情洋溢的推介文章,这是对圣野儿童诗最初的评论文字。后来圣野知道,身为《新民报》副刊"夜光杯"编辑的刘岚山,是大量采用圣野诗文的责任编辑,每每接到诗稿,他就马上送审,负责终审的原来是著名诗人袁水拍先生。

一九四八年三月,圣野先生接着出版了儿童诗味更浓的《小灯笼》,列入"小草丛刊"第二辑,同辑出版的还有鲁兵的童话寓言集《桥的故事》等。圣野的这部儿童诗集,计三十六首,都以"小妹妹"为小主人公。这些诗,展示了更多的童心、童趣、童情,是儿童文学园林中格外亮眼的一束迎春花,既充分展示了圣野儿童诗的写作才华,又显示其亲切、生动、贴切的儿童诗独特写作风格,写出了儿童眼里的大千世界。这册《小灯笼》诗集,得到颇多赞誉,著名九叶诗人唐湜亦在《中国儿童时报》上专门写了诗评。

一九四八年,诗人田地、黄耘在青岛主编"星诗丛",圣野以《列车》为书名,出版了第三本诗集。这时的圣野,因与史坚合作编《天行报》的"原野诗辑",得以结识公刘、田地、徐朔方等一大批诗人,视野更开阔。那时,沙鸥在上海编《新诗歌》,曹辛之编《诗创造》,吴秾在湖南《国民日报》编"诗与木刻",苏金伞在河南编《诗之页》等,圣野与他们取得广泛联系,以十来个不同的笔名,轮换着发表作品,是当时相当活跃的青年诗人。从《列车》的几十首诗作看,圣野的诗创作显然有了突破。他的观察,不再留在表层,而是融入自己更多的思考。他对丑恶现象的揭露,对社会的批判,都有了更大的容量与深意,而又不失儿童诗的意趣。如:"狗咬醒了黄昏 / 黄昏又咬醒了我"(《黄昏》);如:"我穿着衣服 / 像穿着一身荆棘 / 一身的蛇"(《黑夜》)。《列车》亦为六十四开本,正正方方又薄薄的小册子,共十几张纸,三十八页,小巧玲珑,惹人喜爱。现今这样的小册子,出版社是不会感

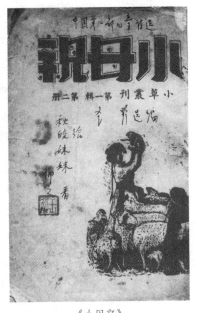

《小母亲》

兴趣印行的。可以说,这册《列车》,是圣野在民国年间创作儿童诗的一个小结。从《啄木鸟》《小灯笼》到《列车》,可清晰地看出,圣野在儿童诗的创作上,一步一步留下由浅渐深的印痕。圣野还在一九四七年编选出版了中国新文学史上第一部儿童诗选《小母亲》。可以说,圣野先生是我国儿童诗写作的力行者与开拓者,起到了至关重要的奠基作用,是至今最为年长的老一辈儿童诗人。

新中国成立后,圣野先生调到少儿出版社任编辑,后又长期主编《小朋友》杂志,先后创作出版了六十多本儿童诗集。然而,没有早期的三本儿童诗集打下扎实的创作基础,就不可能有日后的丰硕实果。

中国儿童诗不知从何起步。在有关现代文学史,甚至新诗发展史的书籍中,常常忽略了儿童诗的存在,然而从早期新文学史料看,冰心的《春水》《繁星》,其儿童诗的韵味已初露端倪,著名教育家陶行知先生,在二十世纪三十年代写下了不少儿童歌谣,他是极力主张用优秀儿童诗来陶冶少年儿童心灵的先行者。熟悉现代文学史料的人都知道,民国时期专写儿童诗的诗人寥寥无几,儿童诗集的出版,亦是凤毛麟角。而圣野在短短的几年中,相继出版了三本儿童诗集,这极为难得。摩挲三册他的童诗旧著,甚觉异常珍贵。当初,正是这些诗集的艰难出版,坚定了圣野毕生为儿童写诗的信念。他的创作起始于此,六十多年来沉浸于童诗世界,亦必将沿着这条寂寞之路继续走下去。当别人将儿童诗看作"小儿科"而不屑一顾时,圣野却已以他累累硕果,为无数少年儿童的心灵成长输送精神食粮,去默默地滋养,真可谓是"润物细无声"啊!

二〇〇六年五月

西湖边住着冀汸

　　每年去风景秀美的杭州，总会去西湖上的苏堤白堤散散步，也必定会到坐落湖畔的浙江医院，去探望"七月派"老诗人冀汸先生，与他随意闲聊。

　　冀老住此，将近十个年头了。每次去，总听他说想早点回家。其实，人入老境，免不了与医院多打交道。医院的护理及医疗条件等，自然方便优越。我如此安慰老人几句，自知未必有效，却是期望他的心绪能得稍安。

　　闲谈中，自然会聊些过去的文事。新中国成立后，冀老虽然长住杭州，但早年对上海却并不陌生。一九二〇年，冀汸出生于印尼爪哇岛。后随祖父母回国，在重庆读完中学，考入抗战中内迁的复旦大学历史系。一九四五年抗战胜利后，又随复旦大学回迁上海。毕业后，即在上海居住，本想找一个固定工作，正巧有朋友找他，便应邀去南京一所小学教书。冀汸的专著，亦大都在上海印行出版。最早的诗集《跃动的夜》，在桂林初版后，一九四七年一月由上海希望社再版印刷。他的第

《有翅膀的》

二本诗集《有翅膀的》，一九五〇年由上海泥土社出版。诗集《喜日》，一九五一年由上海华东新华书店出版，诗集《桥与墙》，一九五二年由上海新文艺出版社出版。第一部长篇小说《走夜路的人们》，一九五〇年由上海作家书屋出版。长篇小说《这里没有冬天》，一九五四年由上海新文艺出版社出版。如此说来，上海慷慨地接纳了他的创作。也可以说，冀汸与上海有缘，并对上海留有许多美好的印象。

继一九四〇年在重庆第一次见到胡风，一九四六年冀汸刚到上海，第一个去看望的，是住在雷米路（今永康路）文安坊的胡风。在上海，冀汸一面继续在复旦大学读《西洋中古史》《心理卫生》最后两门课程，一面写作长篇小说《走夜路的人们》，同时编成了第二部诗集《有翅膀的》，交胡风准备列入"七月诗丛"第二集出版。

这就说到了他的诗歌创作。一九三七年，还是中学生的冀汸，已成为胡风在上海创办的《七月》杂志热心读者。之后，《七月》迁往武汉，他已考入一所师范学校，开始有了创作欲，第一个瞄准的投稿目标，就是《七月》。他尝试着一次次投稿。一天，收到编辑部寄来的大信封，内附一信，称他这位师范学校二年级学生为"先生"，说"诗都读过，选不出可发表的，如有新作，可再寄来"，署名"编者"。这是退稿信，却更多地给了他信心，说明《七月》没有拒绝他，等待他的"新作"。他把退回的诗稿全烧了，欲重振旗鼓。只是把仅有几句话的那封短信留了下来。

一九三九年十一月，冀汸将刚写完的一首三百行长诗《跃动的夜》，即寄给《七月》。很快，有了回信，信中说："可以发表，作了一些增删"，信末署名"胡风"。冀汸一看乐了，这笔迹，与上次署名"编者"是一样的，说明他的作品胡风都认真看过。果然，此诗在一九四〇年一月号的《七月》杂志刊出。经胡风增删后,整首诗明朗、乐观的情调更和谐统一了。诗作首次发表后,冀汸感觉甚好,以为找到了诗歌写作成功的捷径。他按此写下去,一首更长的四百多行的诗歌《两岸》又一挥而就,他自以为比《跃动的夜》写得更好,迫不及待地立马寄给胡风。接着是难熬的等待或者说期盼。然而,他盼来的却是一盆"冷水"。胡风回信说,此诗"是反现实主义的失败之作"。冀汸后又几经修改,仍无济于事。只有一个章节觉得尚显完整,便将其单独抽出,改诗题为《渡》,刊于《诗垦地》第三辑。这次自我模仿的失败,对冀汸来说,不啻是一帖清醒剂。他认识到诗歌的生命在于创新,重复别人或自己都是一条死胡同。

太平洋战争爆发后,胡风从香港回到桂林。在桂林的青年诗人朱谷忠、米军、彭燕郊等正在筹办一家出版社,得到了胡风的支持,定名为南天出版社。胡风应邀为他们挂帅主编的第一种出版物,即"七月诗丛"第一集,共十一种。胡风写信给邹荻帆,让他找绿原和冀汸,各编一本诗集列入这套诗丛出版。冀汸就把手头的四首诗《跃动的夜》《渡》《旷野》《夏日》,整理成薄薄的一叠诗稿寄给胡风。胡风看后回信说:"为什么不多收几首,让诗集厚一些",同时指出《夏日》一诗有小资情绪,他打算改一改。这样,冀汸的第一本诗集《跃动的夜》,于一九四二年十一月由南天出版社初版,作为"七月诗丛"第一集的一种,印了三千册。这套诗丛还有艾青的《向太阳》、胡风的《为祖国而歌》、孙钿的《旗》、田间的《给战斗者》等。那日,冀汸看我取出他的旧版诗集《跃动的夜》请他签名时,精神瞬间焕发,话语多了起来。一册旧著,勾起了他对往昔的追忆。

当年,胡风在《跃动的夜》出版之际,称冀汸的诗"是纯洁的乐观、开朗的心怀以及醉酒一样的战斗气魄。在诗人的面前,一切都现出友爱的笑容,一切都发出亲密的声音,罪恶和污秽都销声匿迹了"。这是胡风第一次对冀汸的处女诗集作出热情而中肯的评价。二十世纪五十年代初,时任清华大学中文系教授的王瑶先生,在大学课堂首次开设现代文学专业,讲课中首次评说《跃动的夜》,说此诗"歌颂劳动和收获的愉快,写出中国在抗战中健壮的生命。诗中有'听 / 鸡声四野 / 已经唱出了黎明',对中国的明天寄予了热望。他的诗艺是声音响亮,句子有力,摄取题材的范围比较广"。这些评论,是权威给出的,也是十分恰切的。

每次给冀老拍照时,我心中就想,冀汸生于印尼,其脸型也有点像东南亚人的模样。另一位"七月派"诗人阿垅早期描述得更为准确、形象:"隆凸的额和深陷的眼睛,突然会射出明亮的光束。"尽管冀汸现在老了,年届九十,饱经岁月的风霜。然而,他给我的印象,仍不失诗人的"单纯与勇壮"。我又想到,我曾看到过几帧冀汸与友人合影于五十年代初的旧照。年轻的冀汸,胸前挎着一架相机,风华正茂,真是帅气。那时,即使在年轻知识分子中,玩相机的也寥寥无几,可见冀汸是个兴趣爱好甚为广泛的活跃分子。

所幸的是,到了暮年,冀汸仍保有对新事物的兴趣。在病房的一角,搁一张小小的写字桌,桌上置一部手提式电脑,他说近十年来,每遇有所思有所感,就在电脑上写写小文,不求功利,聊以解闷。西湖边,有柳浪闻莺,有平湖秋月,而住在湖边灵隐路上的冀汸老人,每日敲打字句,那一串串"嘀答"之声,洒向静静的湖中。冀老映在窗棂上的身影,莫不是西湖边上一道新的风景!

二〇〇九年九月

牛汉：一个血性而粗砺的诗人

在得悉诗人牛汉获得刚颁发的马其顿共和国"文学节杖奖"信息时，我正巧在翻阅他于二十世纪八十年代出版的诗话集《学诗手记》。转眼间，牛汉就飞到上海。而我竟鬼使神差般地坐到了牛汉的对面。

在我的印象中，牛汉的名字是与胡风、艾青、田间、绿原、曾卓等"七月派"连在一起的。牛汉是一个硬朗的诗人，是一个值得敬重的诗人。诗与苦难伴随着他的一生。读他的长诗《鄂尔多斯草原》《梦游》及短诗《汗血马》《悼念一棵枫树》等，心头便会沉郁、凝重起来。诗句在头脑中回旋，久久难忘。

今年刚过八十的牛汉，从一九四○年在《现代评坛》杂志上发表诗作《北中国歌》至今，创作生涯已走过六十多个年头。然而这中间却有一段不短的空白。一九五五年，年仅三十一岁的牛汉被指控为"胡风反革命集团分子"，第一个遭到拘捕，继而开除党籍。以后下放农场养猪，关进牛棚批斗。直到一九八○年，才得以平反，他的《诗三首》才在《诗刊》上首次得以发表。其实，坚强的牛汉，即使在强压之下，也未能失去对诗的信仰，对生活的期待。从一九七○年起，他悄然写下了《鹰的诞生》《半棵树》等脍炙人口的诗作。近年来先后出版了《温泉》《海上蝴蝶》《沉默的悬崖》等诗集。一本近五百页的《牛汉诗选》，则是他诗歌创作的精华，几乎每一首诗都掷地有声，耐读而发人深思。然而，牛汉却谦逊地说："写了一辈子诗，好诗不多。"

话题转到对当前诗坛的看法,牛汉说:"有人认为现在的诗坛比较乱,各打各的旗号。其实,这未必是一桩坏事。比起不正常的年代调子一律、铁板一块的诗坛,显出了活力。确实不能要求年轻人按一个模式去思考去写诗。相信纷乱的局面会逐步得到调节,最后会走向成熟。诗坛的希望在青年身上。"这足以看出老诗人牛汉对青年诗人的信赖与宽容。我知道,牛汉支持青年人的创新与探索精神的态度是一贯的。

　　谈起对上海这座城市的印象,牛汉表示出浓厚的兴致。他说:"现在每次来上海,都有新的感受。我对上海不陌生啊!我曾在这座城市生活和战斗过。"一九四七年夏,为了躲避国民党的追捕,牛汉辗转来到上海,他觉得在上海这个大城市藏身比较隐蔽。而与他一起工作的同志们都撤回了解放区。牛汉由上海学联安排,先后借宿于复旦大学、交通大学的学生会。从一条马路走到另一条马路,从事地下学运工作。尽管过着半饥半饱的生活,晚上他仍趴在学生会二楼的地铺上,写下了一首又一首诗歌,以此投入到反内战反饥饿的斗争中去。这一年,他在上海修改定稿了《悼念鲁迅先生》。他写道:"我该怎样悼念你呢? /站在呜咽的黄浦江边 /站在南方八月阴雨的低沉的密云下 /呵,鲁迅!"牛汉还在上海创作修改了《我的家》《血的流域》等重要诗篇。

　　一九四八年初,按照组织安排,牛汉携家眷离开上海,转赴浙江天台育青中学教书。以后,在进入解放区之前,牛汉将在上海写的三十多首诗托朋友转交给胡风。胡风看完全部诗稿,作了些修改,马上编入由他主编的"七月诗丛"。这部书名为《彩色的生活》的诗集,新中国成立前已在上海发排并打好纸型,但没有一家出版社敢承接。直到新中国成立初的一九五一年,才由上海泥土社出版。他的另一部诗集《祖国》,作为"现实诗丛"第一辑第一种,由出版社于一九五一年一月在沪初版。

交谈中，我特别注意到牛汉那双瘦骨嶙峋、青筋暴突的手。牛汉感慨地说，几十年来，由于劳役，手心有不少硬茧，手上留有深深浅浅的疤痕。这些诗，就是忍着隐隐作痛的这双手，一行一行写成的。难怪牛汉的诗里，总有渗血的痛楚。

牛汉给人一个特别鲜明的形象，那就是他伟岸的高个身材。站到他的旁边，便有矮下一大截的感觉。"我的一米九的个子，像我故乡的一棵高粱。我高大的骨架怜悯我保护我，跟我吃了不少苦，却无所怨悔，仍坚贞地支撑着我的身躯，承担着压在我身上的全部苦难和厄运，使我在人生跋涉中从未倾倒过一回。我要感激我这副高贵的骨架，它使我至今仍正直地站立在人世上。"牛汉如是说。

牛汉的祖先是蒙古族，天生就有那种不可驯服的剽悍性格。有人或许以为，牛汉的诗不够精致与典雅。牛汉曾试着将诗写得轻盈飘逸些，诗稿几经修改仍无法如愿。他无奈地说："我的人和我的诗都不温柔。"是的，牛汉只能写属于牛汉的诗，这是一个真男人的诗，粗犷更是一种难得的风格，而且更适合牛汉的经历与他的秉性。如若不信，请咀嚼他的诗句："我看见了火焰似斑纹／火焰似的眼睛／还有巨大而破碎的／滴血的趾爪！"（《华南虎》）

二〇〇三年八月

《祖国》

化铁：以温暖的血哺育着诗

一九八一年，读刚出版的"七月派"诗选《白色花》，第一次读到化铁的三首诗，我的心灵被震撼了。在介绍作者的一段文字中，说他"一九五五年以后情况不详，传闻逝世"。

二〇一〇年的春天，当我在南京南湖小区一幢极普通的工房内，与化铁前辈促膝而坐，絮语相谈之际，我的脑中下意识地又想到近三十年前那段介绍他的文字。化铁起死回生了吗？眼前这个普通的、活生生的矮小老头，只是朴素得有点寒碜。他的家，是我所见文化老人中最差的一种景况（与上海诗人鲁风家有点相似）。简陋的两居室，他与儿子一家三口同住。他的小间十来平米，搁着两张小床，我想应该是他与孙子的栖身之处了。不足三平米大小的阳台，晾着衣服，亦是他的书房，一头放着一张小书桌，另一头是一排放书的木架。仅此而已。化铁在这里会客。这阳台就具"三合一"的功能。唯一让我感到安慰的是，他的一双眼睛，熠熠有神，闪烁着诗人的睿智。

其实，从看到化铁的名字，我就对他有了几分好感，甚至觉得亲近。因为，在新中国成立前后，他在上海待过多年。这样，我们就有很多共同的话题，从语言到思维，都能够互动。他如数家珍地谈起上海的浦东，或者四川北路等哪条马路，都会引起我的共鸣。

那就从化铁在上海的经历说起。一九四七年，化铁从南京中央气象局调到上海，在上海西南郊龙华机场从事气象工作。此前的一九四三年,他在重庆沙坪坝,考入中央工业专科学校化工科。同时,为了怀念曾有的一段在化铁炉顶上做投料工的经历,他从十六岁开始,以"化铁"为笔名写诗,并在胡风主编的《希望》杂志上发表。胡风说:"他的诗从一开始,就显出自己的风格。"这样,他就独自去找胡风,认识了胡风。抗战胜利后,胡风一家回到上海。化铁得以经常从龙华机场去市区看望胡风,成了文安坊的常客。后来,化铁与欧阳庄合编一本叫《蚂蚁小集》的文艺刊物,共出刊三期。编辑部就设在化铁工作的机场宿舍。每次,欧阳庄混在机场员工中,搭乘机场班车进出,倒十分安全。他俩边看稿边讨论,有时误了班车,就由化铁用自行车送欧阳庄回虹口住处。一次,胡风妻子梅志拿出两件羊毛背心送给他俩。欧阳庄为了及时交给化铁,就不等班车径自步行到机场来了。这天机场戒备森严,因为有一架民航机弃暗投明,飞往石家庄解放区了。欧阳庄正好撞上检查的特务,他的手上有一叠准备编辑的稿件,有胡风的名字。自然,化铁的宿舍遭到了搜查。两人被带往市区上海警备司令部审讯室。特务们问他们胡风在什么地方? 不说就上了酷刑"老虎凳"。后来,在化铁供职的气象台、梅志以及联合国救济总署工作的堂哥陈先生的多方营救下,还找了担保,化铁与欧阳庄才先后出狱。化铁不敢在上海停留,于是去了苏州、杭州,还想去四明山打游击。听说南京解放了,上海的解放也指日可待,化铁立马从杭州返回,以迎接上海解放。

因为,在一九四八年,化铁以诗人的想象,写过一首关于上海解放的长诗,诗题就叫《解放》:"这城市解放了呀 / 他们排着行军的队伍,打从这城市里最热闹的马路中踏过 / 阳光明丽地照耀着这盖满了尘埃的城市的高楼大厦 / 江边的堤岸 / 它的铁栏杆 / 以及从它脚下流过多少年的沉默的黄浦江／人们从各处地方奔跑出来／结集了起来／伸着他们的臂膊，尽情地欢叫。"这首近两百行的诗歌，一泻千里，气势磅礴。这首诗，以及其他在新中国成立前创作的《船夫们》《请让我也来纪念我底母亲》《他们的文化》等八首诗，化铁编为一集，由胡风列入"七月诗丛"第二辑，取名为《暴雷雨岸然轰轰而至》，一九五一年由上海泥土社出版。他在《后记》中写道："作为对某一段时间的一些反映，也不难读出曾经过去了的艰难的岁月来的；也不难读出今日的欢欣，找出过去的影子来的。"这本薄薄诗集，诗人至今未见过，我亦只在网上见到一回，被别人捷足先登买去。以后一直无缘一睹，可见诗集的珍贵。

上海解放后，气象系统由解放军整体接管，列入部队编制。他先担任气象教员，后派往空军组建气象台任台长，随部队参加抗美援朝战斗。回国后在南京空军司令部任气象参谋。一九五○年，化铁曾在上海与梅志、罗洛、罗飞一起编《起点》文学杂志，可惜只出了两期就夭折了。一九五五年，"胡风反革命集团案"从天而降。正在北京参加空军系统的一个气象专业会议的化铁突然被捕，被押回了南京，戴上"胡风骨干分子"帽子。一九五七年，他被开除军籍。于是，化铁在南京城郊一个住着几十家人口的大杂院里栖身，做过拆城墙的砖工、装卸工，钢笔厂的笔坯压制工，浴室里的沙发修理工，菜场里的拖菜工。他到处

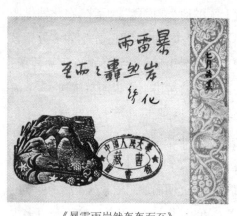

《暴雷雨岸然轰轰而至》

做临时工。一直到一九八一年平反。那时,受胡风牵连的朋友们劫后余生,平反后到处打听"同案难友"的下落。正如诗人彭燕郊先生所说:"时间过去了四分之一世纪,音讯不通,有个朋友出现,就有一个惊喜,到后来,想来想去,还少一个,就是他:化铁。"又说:"化铁的诗,是用自己温暖的血哺育着他的诗,是真诚的声音,他的语言散发朴素的香气,泥土的香气。"

八十年代初,牛汉在编选《白色花》时,因无法联系上化铁,就从旧刊《希望》中选了他的三首诗,又写了一段似是而非的简介。说起这些,牛汉亦颇为感慨:"隔得太久,当时对化铁的状况一无所知。"

一九二五年十月出生于武汉的化铁,原名刘德馨,祖籍四川奉节。一九四一年开始发表作品,到二〇〇〇年,他才出版自己的第二本诗集《生命中不可重复的偶然》,集子分"五十年前"和"五十年后"两部分,基本浓缩了他一生的创作。他在《后记》中说:"五十年前,我曾出版过一本诗集。那时候的我还很稚嫩,不论年龄,还是反映在作品中,也都非常稚嫩。经过了整整半个世纪以后,才又有幸出另一本诗集。"有人说化铁是"写诗不多,但有特色",那就是挺拔刚健,像暴雷雨那样,岸然汹涌。诗人兼诗论家阿垅在一九四七年仅读过他发表在《希望》上的三首诗,就发出感叹:"不容易写,也不轻易写。这就决定了他的产量,也决定了诗中的密度。"不容易写,说明化铁的诗一出手,已达到了一般人无法逾越的高度。不轻易写,更显示出化铁不求数量,惜墨如金的品性,直到感情积淀无法抑止才突然井喷,浓烈而又强劲。

二〇〇一年九月

绿原：从《童话》到《集合》

"七月诗派"的重要诗人绿原，十余年来与我常相联系。在上海在北京亦多有晤谈。话题都集中在他的诗作上。民国年间，绿原先后写作辑成三部诗集，即《童话》《又是一个起点》和《集合》。这是他早年对中国诗坛所作的贡献。

《童话》初版于一九四二年十二月，列入胡风主编的"七月诗丛"第一辑，在桂林由南天出版社出版，一九四七年一月由上海希望社再版印行。初时，绿原还不识胡风。太平洋战争爆发后，胡风由香港回到桂林，筹备出版社，首先推出"七月诗丛"。他给邹荻帆写信约稿，并提到了绿原，说绿原曾向《七月》投过稿，现在的诗成熟了，希望他能编一本加入。邹荻帆将信给绿原过目，绿原想起，一九三九年他曾给《七月》主编胡风寄出一篇诗稿，胡风在退稿信中指出诗作"从概念出发，还没有化成诗"，又予以鼓励："我们永远向新作者伸出手来，期待你写出更成熟的作品。"之后，胡风一直默默关注着绿原的创作。不然他不会让邹荻帆约绿原编诗集。闻此，绿原欣喜之情油然而生。他将当时在邹荻帆主编的《诗垦地》、靳以主编的《国民公报》副刊"文群"、胡危舟主编的《诗创作》等报刊上发表的诗作加以整理后寄给胡风。胡风回信说"按照写作时间先后编次为好"，又针对绿原信中"我担心自己会是一个夭折母胎里的胎儿"的话，表示"只要是生命，就会有成长的可能。要对自己有信

156

心才好"。这部诗集就是《童话》。

几年前,我在沪上旧书肆偶遇《童话》,仅据书名与封面,便望文生义,以为这是绿原的一部童话文集,或儿童诗集,后来知晓,与我有同样误解的不乏其人。其实,《童话》是绿原的第一部新诗集,收入他创作初期的二十首短诗。这些诗有着忧郁的抒情情调,展现了早年美丽的幻想和童话般绚丽的诗意,呈现的是浪漫主义或唯美主义的风格。绿原有着苦难的童年。他三岁丧父,母亲拉扯着他和四个姐姐艰难度日,十二岁时母亲去世,勉强读了几年初中,十六岁便离开故乡到处流浪。然而他的诗,却是他对童年生活的一种反拨,因为他太盼望有个童话般的童年了。他以《童话》作书名,正反映了他的这种心境。几十年后,绿原在回忆《童话》时依然觉得遥远而亲切:"但愿《童话》能使我和它在别后相忆中,体味到难友情谊般罕有的甜蜜。"

通过邹荻帆,绿原结识了另一位"七月派"重要诗人阿垅,他俩常交流诗艺。《童话》的出版,阿垅自然引以为欣。一九四三年,绿原随阿垅到重庆天官府,在这里第一次见到了心目中敬仰的人物胡风先生。天官府是郭沫若领导的国民政府军委会政治部第三厅文化工作委员会所在地,这是在第二次国共合作期间周恩来为国统区进步文化人向国民党当局争取到的一处"文化绿洲"。胡风作为文化工作委员会委员,常在这里办公。那天,他们三人在附近的小茶馆里喝茶聊天。以后绿原与胡风又多次见面,在平淡朴实的交谈中,绿原渐渐明白,做人比写诗更重要。胡风的"丢掉了人生就等于丢掉了艺术自己"等文艺思想,深深烙进了绿原的心头。

此后,绿原的诗风有了根本转变,这从他的第二部诗集《又是一个起点》可以鲜明地看出。这部诗集一九四八年由上海海燕书店出版。主要收作者七首长诗。这时的绿原以勇敢的姿态直面残酷的现实，在这些气势恢宏的长诗中尽情地抒写他的情感与才智，如《复仇的哲学》《你是谁》《给天真的乐观主义者们》等。这些诗陆续在胡风主编的《希望》等杂志上发表。它是历史和人民真实情绪的记录，当然亦是诗人留下的思想与诗艺前行的真实足迹。这些政治抒情诗的完成，使绿原的诗作进入了一个坚实而广阔的艺术天地，具有庄严、厚实、跃动的特点。亦是"七月诗派"的重要诗人牛汉曾谈到，那年冬天，他蛰居上海，一天，从纱厂林立的城西一条弄堂经过，听到一所学校的教室里传出女声朗诵绿原的《终点，又是一个起点》的诗，他伫立窗外，静静听着这因激动而颤抖的声音，感动得默默流出热泪。那时绿原的诗歌创作，正如诗集书名所示："又是一个起点。"

一九五一年一月，上海泥土社出版了绿原的第三部诗集《集合》，为胡风主编的"七月诗丛"第二辑之一种。此时，新中国已然诞生。"收辑在这本小集子里面的，是一九四二年到一九四八年所写的一部分习作。如果读者们从这本小诗集能够隐约看出旧中国性格的沉重负担的一面，和英勇突进的一面，并且愿意帮助我再向前跨进一步，我希望，

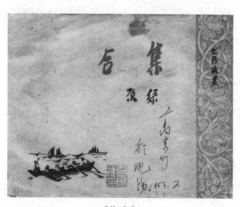

《集合》

158

今后自己能够更实际沉进广大人民的精神海洋,从那庄严的大欢乐里汲取勇气。"(绿原语)由于种种原因,一九四八年准备印行的这部诗集,延迟出版。我仍将这部诗集视作民国年间绿原的创作实绩,它是绿原诗歌创作真正成熟的标志。集中共收短诗七十六首。这些诗的写作年份与《又是一个起点》几乎相同。然而,却以更多的诗篇,多视角地展示了绿原诗的触角。那时的绿原,跳出了《童话》时期的天真与明朗,又克服了一度热衷于过分雕琢和追求朦胧的意象。因为,胡风多次提醒过他,"要注意保持情绪的自然状态,不要故意扭曲。"

还有一段插曲,体现了胡风对绿原的关爱。一九四四年绿原在重庆复旦大学外文系读书期间,得校方征召,为来华参战美军作译员,受训期间被以"有思想问题"为由,调到"中美合作所"。绿原惶恐中向胡风求援,经验丰富的胡风意识到这是一个危险的信号。而同学冀汸从复旦大学章靳以教授处获悉,因绿原未去"中美合作所"报到,通缉令已下达到校方。胡风感到事态严重,绿原在重庆不宜久留,立刻给朋友写信,介绍绿原去一个小县城做教师,使绿原躲过一劫。

正因如此,绿原对胡风心存感念。他的思想日经磨练,显得益加沉稳。他的诗风亦得以健康发展,形成了具有个性的独特风格,相比他的政治抒情长诗,《集合》中的短诗更显精炼、形象、深邃,富有诗的力量与审美情趣。

写作这些诗的时间跨度稍长,即从诗人在重庆复旦大学读书起,到因国民党的政治迫害而流亡川北,再到抗战胜利后得以复员回到家乡武汉,生活的艰辛,视野的开阔,为他的创作提供了扎实的思想容量。诗艺的日趋成熟，奠定了他作为中国现代重要诗人的一席之地。因而，《集合》更令我心向往之，几年来苦苦寻觅。或因《集合》开本与版式形同旧式连环画那样别致，加上印数较少，更增加此书的难觅程度。越难遇到的旧书，越会在一瞬间相遇。这是淘书的一条定律。老天不负苦心人，终让我如愿以偿。我将《集合》寄请绿原前辈题签，他写道："韦泱先生：谢谢你保存了我的这本旧作。"我收藏《集合》，既珍视绿原与胡风经风吹雨打结下的深笃情谊，又留下我与绿原"忘年交"的一段书缘佳话。

二○一一年九月

《复活的土地》

《欢乐颂》

《小灯笼》

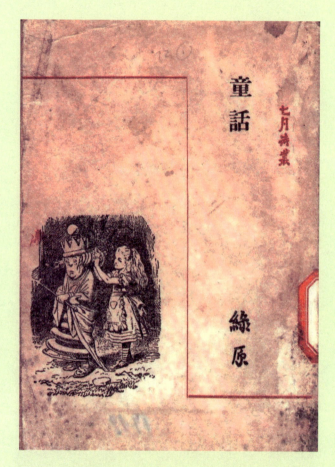

《童话》

周而复的《夜行集》

周而复一九一四年一月生于南京，二〇〇四年以九十高龄仙逝。倏忽间，已届百年诞辰与辞世十周年的纪念日。

现代作家中，写作多面手不乏其人，周而复却是其中更为突出的一位，他写作体裁涉猎小说、散文、诗歌、评论、童话、剧本、报告文学，甚至书法艺术。他一生创作不辍，著作等身，主要以小说名世。然而，他的第一部专著却是诗集《夜行集》。这是他民国年间创作的唯一一部短诗集。

周而复早年就读南京青年会中学，后到上海，在闸北建国中学毕业，一九三三年考入光华大学英国文学系。在校期间，他与田间、马子华等同学，因"大家都爱好文学，以文会友，经常在一起探讨文学上的问题，也写点杂文、诗歌发表，同时也为稻粱谋"（周而复语）。在左翼作家聂绀弩的支持与鼓励下，大家有钱出钱，有力出力，创办了《文学丛报》，刊物得到鲁迅的大

《夜行集》

力支持,迅翁将《白莽作〈孩儿塔〉序》交给他们,刊发在创刊号上。周而复在《文学丛报》上刊登过小说《公具坊》《田全福与二毛子》,并开始创作和发表诗歌。一九三六年六月,他以文学丛报社名义,"花了数十元"自费出版了诗集《夜行集》。一九三三年创作的《吴淞口的夕阳》,是至今能找到的他最早创作的诗歌,诗中写道:"天上着了火/海上闪着耀眼的金波/军舰在金波上蹲着/一万匹白马在她底下/西风卷起的浪花/在两岸打着一千个回转/又昂起头来/向远方灯塔猛闯!"一直到当年五月写的《莲慕乡》,都收入了诗集,最后一首为稍长的《夜行车》,共二十三首诗。诗集编好,周而复誊抄了一份,托友人带给流亡日本东京的郭沫若先生,请求指正。郭沫若不仅为诗稿改了几处差错,还热情作序,开头写道:"周而复兄的《夜行集》,我反复读了两遍。这是在重重的压迫之下压得快要断气的悲抑的呼吸。这儿也活画出了一张忧郁的悲愤的时代相。"由于印数不多,这册小诗集很快售完。时至今日,已难有一睹的机缘。我手头的一册《夜行集》,是以原著为底本,在一九五〇年三月作为"群益文艺丛书"之一,由群益出版社在上海出版,初版印行三千册。目录中的诗歌数量一仍其旧,只是改了封面设计及版式,可称为重印本。此书已时过六十多年,不易得。

在光华大学,周而复参加了"左联"光华大学小组活动。他因写了一篇主张抗日的短文,而上了当局的"黑名单"。这年十二月,周而复及各大学片区的"左联"盟员一百多人,同被逮捕。经父亲周熙培专程从南京到上海,请校长张寿镛出面保释,周而复才于一九三四年九月脱离囹圄。他有《出狱》一诗,记述自己当时的心情:"记忆唤起来时的情境/似是旅客的行李/任人不吝惜地运来运去。"包括《雨》《苦囚悲歌》等反映狱中生活的短诗,都一起选进《夜行集》,留下那段难忘日子的印痕。

对于诗歌创作,周而复曾回忆说,他在南京和开封时,就开始向报纸投稿,但大多是短小的杂文。后读了屈原、李白、杜甫、苏轼以及拜伦、雪莱、惠特曼和马雅可夫斯基等中外诗人作品后,先从翻译惠特曼、马雅可夫斯基的诗开始,并撰文介绍他们的诗歌艺术,然后开始学习创作诗歌。在上海光华大学求学的几年中,是他诗歌写作最旺盛时期,他就将这些诗编成《夜行集》。周而复特别指出,诗集中的压轴诗,一百多行的《夜行车》,曾在《文学丛报》第二期刊载,诗中歌颂列车在漫漫黑夜中奔驰,奔向明天清晨,奔向充满希望的未来,以反映我们对处在国民党统治的黑暗旧社会的怨愤和不满,争取将来的光明。正如郭沫若在序中所说:但诗人揩着他的泪在告诉我们"车头接一连二地开发着了,大家都请揩干眼泪,搭上火车,冲破这黑暗的重围"!晚年的周而复,深情地回忆道:"承蒙郭先生鼓励后辈,私心十分铭感。"

那时,周而复自称为"青年诗人",以上海两家诗歌社团为发起人,联合天津、北平、广州、南京等十四个诗歌团体,于一九三六年九月联合发表"中国诗歌作者协会宣言",在这个宣言上签名的,有田间、王亚平、蒲风、周而复等一百一十二位诗歌作者。十月,该协会创刊《诗歌杂志》,周而复也是刊物的主要作者。

一九三八年,周而复从光华大学毕业,离开已成"孤岛"的上海,辗转长沙、武汉、西安等,奔向延安,投身抗日第一线。以后,周而复创作了中国第一部反映白求恩生平作品《诺尔曼·白求恩》。二十世纪五十年代,创作四卷本长篇小说《上海的早晨》,成为新中国成立十七年我国文学创作的经典之作。八十年代至九十年代，他又创作出版六卷本长篇小说《长城万里图》。这样说来，周而复的小说成就最为显著，令世人瞩目。但是，他早期却是以诗人的身份登上文坛的，有这册短诗集《夜行集》为证哪！

　　然而，让人意想不到的是，六十多年后的一九九七年，年逾八十三岁的周而复"老夫聊发少年狂"，激情洋溢，一鼓作气创作出版四卷本长诗《伟人周恩来》，他从诗歌开始，亦以诗歌来结束自己的创作生涯，足见诗人本色的回归。

二〇一四年一月

曾有一个"民歌社"

　　一日，喜从天降。京城文坛前辈袁鹰先生寄赠一册旧籍，书名为《怎样收集民歌》，系丁英编写，沪江书局一九四七年五月初版。袁鹰在附信中写道："清理书籍资料时忽然发现这本小册子，意外惊喜：它居然还在！我已早就忘却了，你可能有点兴趣。你去看望老丁时，请他看看有兴趣写几句吗？封二给他留着。"老丁即丁英，亦即现代文学史专家，现已九十二岁高龄的丁景唐先生。

　　《怎样收集民歌》是我见到的开本最小，且页码最少的民国旧平装，此书宽九点二厘米，长十二点六厘米，它比六十四开本的连环画还要小，是真正的袖珍书，只有薄薄的三十二页。这本书，其实只是一篇两三千字的文章，谈了收集民歌的两个问题，一是收集些什么，二是怎样收集。继而是一篇《现代民歌书目初稿》，可以算作附录，计有一百多种中外民歌书刊目录，如顾颉刚的《吴歌甲集》、李金髮的《岭东恋歌》、锺敬文的《粤风》等。接着

《怎样收集民歌》

169

是一则《征求各地民歌启事》，落款是民歌社：丁英、吕剑、李凌、沙鸥、袁鹰、廖晓帆、庄稼、刘岚山、魏绍昌、薛汕、苏金伞、马凡陀、端木蕻良等四十一人。这一征集启事，当年曾在各报刊同时刊登过。最后有《编后小记》，文中写道："感谢昌叔帮助我完成蕴藏心底的小小的愿望，整整的二十年间，荫护着一个幼失怙恃的孩子底成长。"丁景唐自幼失去双亲，是叔叔丁继昌将他养育成人，不但供他读书，还出资为他出书。叔叔的恩情，丁先生直到现在仍深铭于心。他又写道："草拟的书目初稿，虽是一篇备忘录的流水账，花的功夫却也不少。曾经有劳赵景深先生及薛汕、庄稼、于鹤年、居滋春诸兄的校正和补充，唯因极大部分书目系间接引自各图书目录或其他书刊，极难见到原书。"最后，"得谢谢代我为这本小书奔走、校对、发行、印刷的模善、江松、淙漱、勉之、袁鹰诸位朋友。"其中淙漱即丁先生当年的女友，后成为终身伴侣的王汉玉老师。袁鹰与丁先生的友情，经半个多世纪的风雨，纯厚绵长，一直延续至今。

袁鹰在封三题跋道："这本小册子引起许多珍贵的记忆。六十多年前在上海，我们几个既无财力物力，又无一个固定的单位作依托，只凭一腔热情的青年，居然成立民歌社，居然向浩渺的民歌海洋发起征集启事，实在是'老虎吃天'，但是总归走出了第一步，对我们自己有限的生命，也仍是值得纪念的。"

丁景唐摩挲着小册子，细阅袁鹰的跋语，沉思片刻，欣然提笔，作如下题签："本书篇幅虽小，但意义却大。此书中附录民歌社征求各地民歌，列名者有相当多数为著名诗人、作家，如马凡陀（袁水拍）、端木蕻良等，大家都有兴趣于征求民歌，并对民歌进行研究。本书装帧设计皆出我一人之手，唯封面中的小方木刻，由袁鹰提供。"这幅木刻作品表现的是延安解放区的主题,头扎白羊肚巾的丈夫,正从妻子手中接过幼儿,画面洋溢着舐犊之情、天伦之乐。木刻的创作风格,具有延安窑洞窗花的那种浓浓的西北韵味。

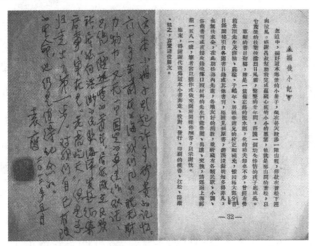

《怎样收集民歌》"编后小记"及题跋

两位前辈在题词中提到的民歌社,是一个自愿组织的民间诗歌社团。一九四六年由丁英、薛汕、袁鹰等发起于上海,目的是为了大力宣传、搜集民歌,推动诗歌创作。民歌社每月集会,讨论相关问题,并开展民歌的创作与理论研究。民歌社的一项主要任务,就是广泛搜集各地、各种民歌。一是直接录自口头的歌谣、曲调、谜谚等,特别是反映现实生活的,如各种职业——渔夫、乞丐、工匠、流浪人等,如农村的破落、贫穷、灾荒、饥寒、兵燹、保甲长的政风、妇女的被压迫以及一切不平和反抗等。二是间接转录自报纸刊物上的各类歌谣,介绍文字或研究论文等。三是全国各省各县各盟各旗各自治区的歌谣均需要,各少数民族如满、蒙、藏、苗、瑶、侗、羌等尤其需要,不论是汉文，还是少数民族文字（最好是请翻译出来），并标明流传的年代、地区。四是各地已经出版的歌谣集，不论何种性质，不论新旧，不论大小。如此看来，民歌社的工作还挺细致的。为了加强与开拓诗的创作道路，民歌社在学习交流和创作研究的基础上，创办"歌谣小丛书"，《怎样收集民歌》就是这套小丛书的第一种，接着还有薛汕的《民歌随谈》等民歌专集。据丁老回忆，民歌社的骨干魏绍昌先生，社交能力特强，充分利用其广泛的人脉关系，找到明星影片公司经理周剑云，免费借得他共舞台（大世界旁）经理接待室，开过多次民歌讨论座谈会，如讨论《马凡陀的山歌》等。室内富丽堂皇，铺着红地毯，四周摆放各色古董。诗友们对如此高档场所很感惊喜和好奇，因他们大多是清贫知识青年，薛汕、沙鸥甚至居无定所，过着近乎流浪一样的生活。只有袁水拍是银行高级职员。到一九四八年，由于国内形势的日趋紧张，民歌社的主要成员工作变动及流动频繁，民歌社坚持活动了约两年时间后，便自行解散了。计划中的"歌谣小丛书"也无法续出。

我曾经写过四十年代后期由上海一些大学生如屠岸、成幼殊、吴宗锡等组成的"野火诗歌会"。新诗的发展与繁荣，很大程度上，依靠来自民间的诗歌力量，如民歌社、野火诗歌社等民间诗歌社团，以及他们自办发行的诗刊、诗集、诗歌理论专著等。唯有如此，根植于民众与生活厚土中的诗歌，才显出更为蓬勃的生机与活力。

二○一二年五月

《野火》春风漾诗意

缘　起

诗坛前辈屠岸先生知道我热心搜集和研究新文学诗歌史料,说起二十世纪四十年代后期,上海一些志同道合的大学生组织过一家"野火诗歌会",并说当年经历者在世的已不多,都八九十岁高龄了,要赶紧抢救这些诗坛史料。他还让上海吴宗锡前辈就近给了我许多帮助。我又先后采访了相关亲历者,遂成此文,以留诗坛旧事之雪泥鸿爪。

创办"野火诗歌会"及诗刊

一九四五年的冬季,上海显得特别寒冷。日寇宣布投降不久,国民党政府却蓄意发动内战。人们并没有因为抗战的胜利,而享受到安宁和幸福。社会依然是民不聊生,人民依然生活在水深火热之中,上海依然被黑暗所笼罩。

在此背景下,来自上海圣约翰大学、震旦大学、交通大学等一批大学生和爱好文艺的进步青年,他们大多为中共地下党员,其中有些已离校,为了抗击社会黑暗,争取光明的前景,出于对诗歌的共同爱好,走到了一起。他们原先是地下党学联负责人丁景唐主持的《时代学生》(半月刊)的业余编辑、作者兼发行。这些大学生中有卢世光(狄蒙、黎牧)、蒋璧厚(屠岸、叔牟、李通由、伍俊、巢令平、张镛)、成幼殊(金沙、成修平、李舒)、吴宗锡(左弦、苗山)、陈鲁直(谢庸)、王殊(林莽、王树平)、章妙英(方谷绣)、何溶(何伯英、何舍里、马松)、周求真(施桅)、陈昌谦(魏明、陈石础)、钱大卫(钱春海、魏淇)、李铖仪(习之),以及潘惠慈、葛克俭、汝栋、奚祖圻、俞慧耕、日子、庄树等二十余人。成幼殊为昆明"一二·一"惨案写的诗歌《安息吧,死难的同学》,发表在《时代学生》和《麦籽》刊物上,还由钱大卫谱成歌曲,唱遍上海的各个角落。这首诗与屠岸的《行列》一诗,还入选一九八三年人民文学出版社出版的《一二·一诗选》。何溶的长诗《骑马的警士们,你们向何处去?》,对血腥镇压学生的国民党发出了强烈抗议。除诗歌以外,他们分别在翻译、散文、绘画、音乐、文论等方面,都有不俗的表现,是大学生中德才兼备的佼佼者。其中屠岸已出版惠特曼诗歌译著《鼓声》,吴宗锡所作民歌体诗《山那边呀好地方》,发表在《时代日报》上,被罗宗镕(当年是上海音专学生,后为著名作曲家)谱成歌曲,广泛传唱。王殊之于散文,何溶之于绘画,钱大卫之于音乐,陈鲁直之于评论,都有所建树。他们在暑假及课余时间中,轮流在各人家中相聚,而在成幼殊家居多。她父亲是民主人士、著名报人成舍我,家住安和寺路(今新华路)的一幢带草坪的小洋楼。大家交流诗艺,朗诵诗作,抒发爱国热情。

一九四六年初,由金沙提议,这些志同道

野火诗歌社合影

合,有着共同爱好与理想的莘莘学子,自发成立了"野火诗歌会",即表明是"在野"的民间诗歌社团,爱国热情如烈火一样在胸中燃烧。他们推选震旦大学学生卢世光为诗歌会主席,因为他在这拨人中最具文艺理论修养,是大家公认的理论家。新中国成立后,他曾任外贸部原副部长徐雪寒的秘书,现仍居北京。诗社如同一面旗帜,具有极大的凝聚力与号召力。在丰富、热烈的诗社活动中,大家感到还应有一个互相交流的园地,通过发表作品,"团结一大批爱好诗歌的青年朋友,使之得到磨练,得到提高,并通过诗歌对当时反动统治下的现实进行搏击和改造"(屠岸语)。年轻人说干就干。当年六月一日,野火诗歌会会刊《野火》诗刊第一期正式创刊。这是十六开的油印刊物,薄薄的二十二页。狄蒙执笔写了《献辞》,亦即创刊辞,文中开宗明义写道:"作为文学最高形式的诗,在第一义上,必须是现实的,必须是人类历史发展过程中最前进的意识形态及其作用的真实的体现",诗"必须做到不但反映现实,而且改造现实",诗人"必须热爱人生,忠实于人生","他的诗应是他自己的感情意识跟这个时代的激湍冲击所迸出的浪花。"这是野火诗歌会亮出的诗的宣言,亦是年轻诗人们共同的人生理想。在上海诗坛,在中国现代诗歌郁郁葱葱的大树上,野火诗歌会是一片闪亮的绿叶,充满着生机和活力。

《野火》获郭沫若好评

众人拾柴《野火》旺。为尽快出版第一期《野火》,大家聚在一起阅稿、改稿,直到定稿。狄蒙是诗社的主心骨,又是多面手,刻字、装帧的活计,他全揽下了,在麦德赫斯特路(今泰兴路)的家里,完成了全部蜡纸刻写任务。继而转战到成幼殊家中，大家帮着一起油印，装订成册，然后分发给各位诗友，分头发行。这样，第一期《野火》诗刊"在诗友们的忙碌和欢笑中，于我家诞生了"（成幼殊语）。

第一期刊出叔牟等九人的诗歌，谢庸写的《也谈大众化》，屠岸的译诗《饥饿》等。刊物末页有《编后》，与首端的《献辞》相呼应，文中有"《野火》这本诗刊终于从种种困难和阻碍之下诞生了"之句，可见办这样一份油印诗刊亦颇为不易。接着写道："我们不得不承认，这些稚弱的作品都是从各种生活的深处发出的诚挚的声音，都是生活在战斗的实践里的年青人的感情意识的真实的表现。《青春之歌》是一部集体创作，除本期刊载的金沙的《爱人的歌》外，已完稿的屠岸的《政治犯的歌》将在下期刊载。"还写道："本刊园地绝对公开，凡是诗歌创作或翻译，以及有关诗歌的理论或诗人、诗集的评介，我们都热烈欢迎。"在版权页的目录下面，印着"中华民国三十五年六月一日出版，编辑——野火诗歌会编辑部，发行——野火诗歌会"。据屠岸回忆，第一期印了三四百册，在一些学校内和社会上销售一空，大受青年读者欢迎。

《野火》第一期出版不久，金沙有机会参加六月六日的一次集会。在那次晚会上，她把刚出版的《野火》诗刊送给郭沫若先生。未料想，郭老第二天就给金沙写了热情洋溢的信，金沙就把此信在诗会成员中

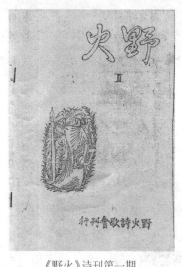

《野火》诗刊第一期

传阅,大家受到了极大的鼓舞。郭老信中说:"我早起来,从头至尾,一字不漏地读了一遍,读后的快感逼着我赶快来写这封信给你。你们的《献辞》和谢庸的《也谈大众化》,意识都很正确。"郭老写道:"叔牟的《初来者》很有气魄","左弦的两首诗都很好,我特别喜欢那首《我写诗》。李通由的《自己不敢说话的时候》,方谷绣的《仙露》,都是好诗。你们的确是值得拥抱的'初来者',我真想把你们当成兄弟姐妹一样,热烈地拥抱。"

郭老提到的《初来者》,诗中写道:"我们是用自己的腿徒步走来的 / 是手牵着手,列成队伍走来的 / 我们是在酷日的毒光下流着汗而来的 / 是在狂虐的北风下战抖着身子而来的 / 我们是越过了湍急的寒流而来的 / 是越过了峻拔的危崖而来的 / 我们是排除了纠葛的荆棘,踏平了崎岖的路径而来的……"这样的诗,当然无愧于"很有气魄"。另一首左弦的《我写诗》:"我写诗 / 在黑暗的地方,那里 / 星星会被当作太阳 / 在寒冷的地方,那里 / 热情已冻成冰霜 / 在闷室的地方,那里 / 咳嗽也在被禁止之列。"这是被压抑过久的潜流,是从心底燃起的诗的野火。

郭沫若是大诗人,他的赞誉,说明《野火》刊出的作品达到相当的艺术水准。诗友们还把《野火》送给诗坛前辈胡风、臧克家等。也许是学生办的无名小刊,所幸他们后来没有像不少无辜者那样,遭受胡风冤案的株连。第二年的六月二十三日,《野火》出刊第二期,页数增至四十页。刊出了《郭沫若先生来信》,以及"读者之声"栏的多篇读者来信。在《编后小记》中写道:"我们由衷的感谢郭沫若和蔡仪两位先生热情的关怀和鼓励","《野火》是预备继续出下去的,困难也许不少,但我们总尽力支持它,让它燃烧下去。"在第二期目录下,有两行小字:"本刊第一期业已售罄,向隅者请来信预约,满二百人时即行再版。"由于第一期很快脱销,为了满足读者的需求,曾有"再版"的打算,未知是否再行加印。相隔四个月,即当年十月十九日,《野火》第三期出版,在《编后》中说:"在这千百万苦难的中国人民,正遭受着前所未有的煎熬,卓越奋勇的战士,为了新时代的诞生,正忍受着一切的痛苦和牺牲的时候,我们更需要我们自己的战士和诗人,我们更需要自己的锐利的武器和丰沛激越的诗章。"可见年轻诗人们的诗情被严峻的时代所激发所点燃。《野火》劲燃,去迎接人民当家作主的春天,一个诗意荡漾的春天。

当时,局势已十分紧张。国统区人民掀起"反饥饿、反内战、反迫害"浪潮,民众的生活更为艰苦,这从《野火》的定价就可见一斑。第一期售国币二百元,过了一年,第二期售国币二千元,又过了仅仅四个月,第三期售国币四千元。物价飞涨,可以看出时局的动荡。由于野火诗歌会的一些主要成员大都先后毕业踏上社会,有的担负着地下党交给的重要工作,有的成员由党组织安排离沪赴香港工作,有的去了苏北新四军根据地。为了适应形势的需要,他们繁忙得无暇聚会,在这种情况下,《野火》诗刊不得不自行停刊。

出版家钟叔河先生曾说:"二十世纪的四十年代,真可以说是一个诗的年代。"上海作为当时中国诗坛的半壁江山,先后诞生过中国诗歌会、"七月诗派""九叶诗派"等,可谓流派纷呈,诗人辈出。而野火诗歌会存在的时间尚短,还未形成诗歌流派,它只是行列社、民歌社等众多群众诗歌团体中的一个。他们出版的三期《野火》诗刊,共刊出诗歌二十五首,译诗十四篇,诗论两篇,外国诗人介绍两篇。其中第三期屠岸所译英国诗人莫里斯的诗《那日子要来了》,被上海《新文丛》月刊转载,并用作该期刊名。《野火》存在仅仅只有两年左右时间,却像夜空中的一道闪电,在中国诗坛上留下了一行鲜明的足迹,留下了野火短暂而永恒的光与热。

生生不息的野火精神

时光过去了六十多年,所幸的是,野火诗歌会至今还有不少健在者,他们中的好几位还是我的"忘年交"。诗人兼翻译家屠岸少年时从常州到上海,曾读交通大学,他与方谷绣因诗而结缘,而成为恩爱夫妻,方谷绣于一九九八年不幸因病辞世。屠岸新中国成立后调北京,先后任《戏剧报》编辑部主任、人民文学出版社总编辑,著译有《屠岸十四行诗》《济慈诗选》等行世。成幼殊肄业于圣约翰大学,后成为外交官,业余坚持笔耕不辍,二○○三年一月出版诗文集《幸存的一粟》,获鲁迅文学奖诗歌奖,与曾任驻外大使的丈夫陈鲁直现居北京。陈鲁直近年来每有评论文章发表,并出版多部专著。王殊后赴苏北参加新四军,新中国成立后任新华社驻外记者,后为驻多国外交大使,曾任外交部副部长,至今仍不时撰文刊发各报刊,与我亦常相联系。吴宗锡现居上海,我俩联络更多了。他在解放前夕按地下党的指示,开始转行到戏曲界,解放后为首任上海评弹团团长,后任上海市文联党组书记、副主席。他深入研究评弹艺术,先后出版《如何欣赏评弹》等多部专著,成为著名评弹艺术理论家,不久前,上海文联还举办了他的学术专著《走进评弹》的研讨会。

这些"野火诗歌会"的文化老人,互称"火友",对缪斯依然情有独钟,充满虔诚。谈起当年的"野火诗歌会"及《野火》诗刊,充满深情和眷恋,那段难以忘怀的日子,将永远留在他们的记忆深处。

而且，薪火相传，在京的屠岸、卢世光、成幼殊、陈鲁直等，九十年代以来几乎每年都因诗而聚会。屠岸家还创设"晨笛家庭诗会"，儿孙辈都踊跃加入。二〇一〇年四月，大家又在成幼殊家里举行了"成幼殊诗歌朗诵会"，成说这是加盟"晨笛家庭诗会"。同年六月，上海图书馆举行了"屠岸手稿捐赠仪式暨诗文吟诵欣赏会"，年轻爱诗者激情朗诵屠岸的诗作，屠岸自己则以常州吟诵调（用常州方言）吟诵了中国古典诗文，又用英语朗诵济慈的《夜莺颂》等。其实，朗诵也是屠岸的爱好。成幼殊曾在回忆中说："在'野火'的聚会上，屠岸的诗朗诵最令人难忘。惠特曼的*Drum Taps*《鼓点》点点敲在人心。柯勒律治的代表作*Kubla Khan*《忽必烈汗》高昂又低回。中国'七月派'诗人绿原的《给天真的乐观主义者》，还曾由屠岸在《时代学生》的联欢会上朗诵。"

半个多世纪过去了，野火生生不息，迎来了春风，其生命其精神得以延续并发扬光大。正如屠岸先生所说："几十年沧桑，我们已经垂垂老矣，但是我相信，我们的诗心将永远是年轻的。"

二〇一一年三月

略说"七月诗派"

今年五六月间不到一个月时间中,"七月诗派"两位重量级诗人徐放、孙钿相继离去,令人不胜唏嘘。徐放一九二一年出生于辽宁辽阳。抗战后期毕业于东北大学中文系。曾赴延安任教。新中国成立后任《人民日报》副刊编辑。二十世纪三十年代开始写抗日题材的新诗。一九四二年出版了第一本诗集《南城草》,形成了他创作生涯中第一个活跃而充实的高潮。一九四五年,他出版了第二部诗集《启程的人》。徐放在新中国成立初与严辰一起主编了"现实诗丛",这是新中国第一部诗歌丛书,其中有他本人的《野狼湾》。六十年来,他先后出版诗集《赶路记》《情和爱之歌》《徐放诗选》《风雨沧桑集》等。

孙钿本名郁钟瑞,一九一七年出生于上海老城厢。尽管从五十年代起,他移居宁波,却仍是一口上海话。他早年就读上海大同大学,后因受到迫害流亡日本,进早稻田大学文学部。抗战爆发,孙钿回到祖国。上海沦陷后,孙钿与好友刘岘毅然放弃城市生活,投奔了新四军。他在大别山的行军途中吟诗,他把诗寄给胡风主编的《七月》杂志。《迎着初夏》《我们在前进》等陆续在《七月》上刊出。早年有列入"七月诗丛"的《旗》《望远镜》等个人诗集问世。

依然记得,二十世纪八十年代初,第一次读到《白色花》时的那份惊奇、激动与不安。这种情结一直延续至今。此书是由绿原、牛汉编的二十人诗歌合集,也即为人们通常所认为的"七月诗派"主要诗人的作品。这些开始于抗战烽火及解放战争之中的诗歌,这些成长于民族危亡之时的年轻诗人,终究没被历史湮没,《白色花》的出版,标志着"七月"这一诗歌流派的归来,并引起人们的关注。

"五四"以降,我国新诗崛起,流派纷呈,从早期的新月、湖畔一路到稍后的中国诗歌会、九叶诗派,都在中国现代诗歌的发展进程中,丰富和推动了诗歌作为独立文学样式的多元性。而"七月诗派"的异军突起,为中国新诗划出了一个崭新的时代,标志着我国现代新诗的日趋成熟。虽然这个流派没有创立的纲领或宣言,但诗人们自觉地团结在民族解放与人民革命的旗帜下,并为之真诚地歌唱与战斗。在创作上,诗人们继承中国新诗的优良传统,在现实主义的道路上进行诗美的探求,显示出他们敏锐的思想与凝重的诗情。"七月诗派"的诗人以浓郁的抒情性反映现实社会,贴近时代,讴歌人民,这些难能可贵的诗人品质,是值得今天的诗人们学习与借鉴的。

《白色花》

"七月诗派"自然是因胡风创办的《七月》杂志而得名。用这一流派的重要诗人绿原先生的一段话来予以概括:"就是从神圣的抗日战争爆发到划时代的一九四九年这段艰苦岁月以内,环绕胡风先生主编的《七月》《希望》这两个美学立场坚定、创作性格鲜明的大型刊物而形成的一个诗人群体。"胡风除了办《七月》《希望》杂志以外,还主编过"七月诗丛""七月文丛"。这些刊物与丛书上的作者众多,他们并不都属于这个流派,这也是可以理解的。作为文学史上称为流派的创作群体,他们的创作应当具有两个方面的同一性:一个是思想倾向的同一性,一个是艺术倾向的同一性。我也发现在《白色花》这个集子的作者中,有的并未在胡风所编的《七月》及其他书刊上刊发过作品,但他们有的在思想倾向与艺术倾向上有同一性,也应该视为"七月诗派"这一文学流派的诗人了。

后来,读到绿原的《关于〈白色花〉及其序》,使我对《白色花》有更深了解。他在文中说:《白色花》"这本合集诚然带有平反的性质,并不能从艺术倾向上完全代表这个流派"。"把这二十位作者约到一起来,本来显而易见,只有一条理由:他们都是'同案人';直白地说,这本合集带有平反的性质,并非如一般读者所理解,它是一个流派的选集,证据就是,这里既没有这个流派前期的一些人所共知的代表人物,同时又收进了一些主客观上都不认为属于这个流派的诗人。不过,即使从平反的角度来看,这个合集也是有缺点的,还有一些同样受过牵连的作者没有请进来,最值得一提的是当时曾经为'七月诗丛'尽过力而今已经去世的伍禾同志,此外还有今天仍对诗有追求的罗飞同志、林希同志等。"

《白色花》中的诗人,现大半已先后谢世。活着的诗人中,很难用"健在"两字表述他们,他们大多"在"而不"健",年龄最大的是九十一岁,现居浙江的冀汸先生,最小的化铁也已八十六岁了。其中还有现居北京的牛汉、鲁煤,四川的杜谷,湖南的朱健等,他们都已进入高龄。遥祝他们健康长寿,晚年快乐。

二〇〇六年八月

"诗联"·《人民诗歌》及其他

现很少有人知晓,在新中国成立前后两年左右时间中,曾存有一个诗歌团体,它的全称为"上海诗歌工作者联谊会"(简称"诗联")。为了不致这一文学社团湮没在时间深处,经搜集相关资料,请教硕果仅存的当年参与者,试图还原这一历史,理出一条粗略的脉络。

"诗联"筹备及主要成员

二十世纪三四十年代,上海已成为中国诗歌发展中心,诗歌创作活跃,诗人云集,社团纷呈,诗刊众多,一派繁荣景象。其中,有的在党的领导下,用诗歌进行革命斗争,强调诗的人民性、战斗性作用;有的借鉴外国现代主义手法,进行诗歌艺术的探索。但大多是各自为政的同人性质。诗歌流派较有影响的有中国诗歌会、诗创造社、行列社、民歌社等,也刊行诸多诗刊,如《新诗歌》《诗创造》《中国新诗》等。现实主义仍是创作主流,诗歌主动贴近现实,反映民众呼声。

一九四九年五月上海解放后,诗人们投入新的生活,迫切希望改变过去"一盘散沙"的状况,团结在一个组织内,形成合力,发挥诗歌更大的作用,以有效地推动诗歌的发展。这样,七月份组建了"上海诗歌工作者协会"(简称"诗协")筹备会,并开展有关工作。后因全国文联要求各地文联成立文学工作者协会(简称"文协")。而"诗协"与"文协"似乎成了两个并列的协会,不甚妥当,于是,"诗协"于十一月经全体会员同意,更名为"上海诗歌工作者联谊会"筹备会。又经近半年的筹建,于一九五〇年四月十六日,在虹口区一所小学教室,召开"诗联"正式成立大会。到会会员八十余人,选出劳辛、柳倩、吴越、沙金、吴视、张白山、任钧、屠岸、紫墟、陈伯吹、牧野等十一人为常务委员,并推选劳辛任主席,柳倩任副主席。各部门负责人如下:秘书长吴越;副秘书长张白山;组织部紫墟、劳辛(兼);创作部任钧、柳倩(兼);研究部屠岸、吴视、沙金(兼);编辑出版部张白山(兼)、陈伯吹;秘书处沙金;诗歌顾问委员会牧野。

劳辛,原名劳家顺,壮族,中共党员。一九一四年生,广西合浦人,一九四〇年毕业于广州中山国立大学哲学系。一九三五年开始发表作品,一九三七年参加革命工作,一九四六年到上海,供职于一家银行,并从事中共地下运动。四十年代在上海和重庆的报刊发表过许多新诗理论批评文章。上海解放后,任中国作协上海分会第一届理事兼诗歌组组长。后任中国驻瑞士、加拿大等国大使馆文化专员。回国后任中共中央直属机关局长等。出版评论集《诗的理论与批评》,与屈楚合作出版诗集《狂欢的节日》。关于劳辛的资料甚少,六卷本的《中国文学家辞典》及《中国近现代人物名号大辞典》都失收,有关上海现代文学史专著中,也未作介绍。

柳倩,生于一九一一年,中国诗歌会的主要成员,"九一八"事变后到上海从事文艺工作,出版过《生命的微痕》《自己的歌》《无花的春天》等诗集。一九四九年底,在上海市军管会文艺处工作,一九五三年调北京戏曲研究所,长期从事戏曲改革工作。著有历史京剧《吕后篡国》等。工书法,后成为著名书法家。

吴越,江苏泗阳人,生于一九一〇年,曾留学日本,回国后参加新四军,在皖南事变中被俘,后越狱成功。从福建两度到上海,从事《少年文库》的编辑及文学创作活动,任教育才中学,一九四七年出版诗集《最后的星》。上海解放后,在军管会文艺处工作,任"诗联"朗诵团团长。五十年代后期调黑龙江工作。

张白山,生于一九一二年,福建福安人。早年在上海参加抗日救亡运动,后到四川任教及参加民主运动,一九四七年加入中国共产党,因组织被破坏,再度到上海,一边做《新民报》副刊编辑,一边从事创作与翻译。上海解放后,任军管会文艺处文学室主任,后任《解放日报》文艺副刊编辑。一九五五年调中国作协工作。

紫墟,原名宋元,生于一九一七年,湖南湘阴人,抗战中参加中华全国文艺界抗敌协会。后到上海,参加"上海文艺妇女工作者联谊会",先后在北京、上海、江苏文化系统工作,出版诗集《三八颂》《誓言》《一场喜事》等。

任钧,生于一九〇九年,广东梅县人。一九二九年到上海复旦大学学习,留学日本。曾是太阳社成员,是中国诗歌会主要发起人,后参加中国文艺家协会,先后出版诗集《战歌》《冷与热》《后方小唱》《为胜利而歌》等。上海解放后,任上海音乐学院、上海师范学院教授。

屠岸,诗人兼翻译家,一九二三年出生,江苏常州人,就读上海交通大学铁道管理系,与几所大学学生组成野火诗歌社,一边创作新诗,一边翻译惠特曼诗歌《鼓声》及《莎士比亚十四行诗集》。上海解放后,在军管会文艺处剧艺室从事戏曲改革工作,任《戏曲报》编辑。一九五三年调北京,后任《戏剧报》常务编委兼编辑部主任。新时期后任人民文学出版社党委书记、总编辑。

沙金,原名刘稚德,四川重庆人,一九一二年出生,抗战胜利后到上海,以写杂文及诗歌为主。上海解放后,在文化局艺术处工作,任作协上海分会诗歌组副组长,作协第三届理事。参与《上海新民歌》编选工作。五六十年代,沙金写作了大量上海题材诗歌,如《黄浦江颂》《海港黎明》《上海港湾》等。

牧野,原名厉歌天,河南通许人。中共党员,曾任飞行教官,参与对日空战,获抗战勋章,任中华全国文艺界抗敌协会会刊《笔阵》主编。新中国成立后任北京、西安等地电影厂编剧。

简述"诗联"主要成员的概况,可以看出,首先他们都是三四十年代从事诗歌创作的重要诗人,且具有相当的人生经历与创作经验。其次,这些诗人大多参加重要诗歌组织,尤其是柳倩、任钧、紫墟等是中国诗歌会、中华全国文艺界抗敌协会主要骨干,这就决定了"诗联"的宗旨是革命的,正如劳辛在《十个月来工作总结》一文中所说:诗联"以后在内容方面尽量做到大众化的地步,在诗的理论与批评方面加强它的斗争性"。再次,这些"诗联"重要成员不少是中共党员,新中国成立后又在军管会文艺处等重要部门工作,如劳辛、柳倩、吴越、屠岸等,他们正是代表了新中国诗人的精神面貌,也与时代的气氛与要求相适宜。

据老诗人辛笛先生回忆,他在一九四九年七月去北平参加第一届全国文代会,诗人们聚在一起,曾筹划组织一个全国性的诗歌工作者联谊会,已有一个理事会,田间、辛笛等选为候补理事。后因有了中国作家协会,诗歌工作者联谊会还没来得及宣布就夭折了。后来上海成立了"诗联",同时期北京、南京、长春等全国许多城市先后成立"诗联",这对活跃和推动当地的诗歌发展起到了积极作用。

一九五一年七月,上海召开第一届文代会,成立文联,下属有文学工作者协会,设小说、散文、诗歌各组,诗歌列为"文协"的专门机构,上海诗人大多转入这一组织,"诗联"逐渐停止活动,自动解散。

《人民诗歌》月刊的创办

《人民诗歌》创办于一九五〇年一月十五日,封面上"人民诗歌"刊名为套红宋体,居中竖排,十分醒目,又与剪纸图案组合,颇有民族特色,还有"上海诗歌工作者联谊会主编,中华书局印行"字样。封面由画家翁逸之设计,他生于一九二一年,早年师从张充仁习西画,后在新四军从事抗日绘画。新中国成立后,在上海人民美术出版社主要从事宣传画创作,作品构图新颖,富有装饰美,一九九五年去世。在内版权页上,标示"创刊特大号",刊址为上海天潼路288号四楼406室。新中国成立前,这里原是沙鸥、沙金开设的一家实业公司所在地,沙鸥与薛汕、李凌在此编辑《新诗歌》。上海解放后,沙鸥去北京,后协助王亚平编《大众诗歌》。这里作为沙金的家,也成了《人民诗歌》编辑部。除了编刊,还是诗人们交流诗艺的场所。

《人民诗歌》创刊号

创办《人民诗歌》是"诗联"在筹备过程中的一件主要工作。通过"诗刊来团结更多的诗歌工作者,但主要是希望,借诗刊的发行,在工厂和学校里进行组织群众的文教活动工作"（劳辛语）。诗刊没有专职编辑，吴越、屠岸、沙金等都是业余为诗刊编稿，分文不取。诗刊上发表的诗文，由出版方给付稿费。

《人民诗歌》在创刊号上，有"创作"一栏，以王亚平的《迎春曲》打头，其他作者有吴越、柳倩、沙金、沙鸥、陈雨门、任钧、吴视、冯至。还有"工人诗选""战士诗选""新春联集锦"栏目，最后是"理论与介绍"专栏，有劳辛的《写什么与怎样写》、紫墟的《写朗诵诗与诗底朗诵》、刘岚山的《第一座里程碑》、屠岸的《伟大的人民诗人：巴勃罗·聂鲁达》。创刊号上没有"创刊词"，在版权页下面，有一"稿约"，共七点，第一点表明刊物的归属："本刊为诗歌工作者联谊会会刊，每月十五日出版。"第二点阐明了刊物的宗旨："凡为人民服务，启发人民的政治觉悟，鼓励人民的劳动热情的创作，并一切有关新诗歌理论建设的理论、批评、介绍及各地诗歌运动报道的投稿均所欢迎。尤其是希望直接参加劳动的或战斗的同志踊跃投稿"，这就是《人民诗歌》的"人民"含义。后五点是对来稿的例行要求。

《人民诗歌》从第一卷第一期到第六期，基本栏目没有大的变化，只是根据形势需要，增加了两个专辑，如第三期增加"反轰炸特辑"，第四期增加"华东农村生产救灾的诗歌选辑"。第五期有一"编后"，提出："来稿多是长诗，因为篇幅有限，无法容纳，希望多写些短诗来，同时更欢迎多反映各地诗歌运动的报道文字，还有上海音乐界目前需大量的歌词，也希望写诗的朋友在这方面大批制作，只要内容能符合当前政治的要求，如克服生产上的困难，救济失业工人，鼓励生产，宣扬国际主义等等。"而在同一版面上，有一篇刘北汜的短文《跨向前去》，在回顾上海一年来的诗歌成绩后说："在蓬勃的诗歌运动中间,仍然存在着一些需要处理澄清的问题。譬如,有些诗歌工作者为了赶任务,配合政策,在表现手法上不免草率,在内容的思想性上显得肤浅,不深刻,看到的只是新社会事物的表面现象,这自然是要克服改进的。"刘文与"编后"的文字似乎不甚协调。第三期有"本志重要启事:本社为减轻读者负担计,特自本期起,缩减篇幅,同时将行数字数增加,以期内容丰富,零售每册减售基价一元四角"(原价为三元)。页码从四十页减至十六页,但字体变小,行距紧凑了。第六期有三个变化,一是印上了本期印数五千册(以后各期印数一直稳定在四千册左右);二是版权页上增加了"代表人劳辛、吴越"一栏;三是在"编后"中写道:"本期是第一卷最后一期,我们将过去的编辑工作检讨一下,发现缺点太多,很不满意,现在只好希望从第二卷起尽量设法加以改善。读者有什么意见也希望告诉我们,让大家共同把这个刊物办得更好些。从第二卷起将由自己发行,另出'人民诗歌丛刊',仍由中华书局发行。"不知何故,后来的"人民诗歌丛刊"并未交中华书局发行。而同期"编后"后面,有一中华书局"启事":本局因业务关系,本志自下期起,编辑及发行概由"上海诗歌工作者联谊会"负责,今后读者有事接洽,请直函该会。至于本志未满期定户,拟定退款办法三

《人民诗歌》复刊号

项……"在刊物发行上,"诗联"与书局方面可能未达成一致,导致《人民诗歌》暂停八个月。

一九五一年三月一日,《人民诗歌》以二卷一期复刊号的新面貌出现。刊物版式变了,封面设计也不一样,"人民诗歌"刊名改以书法行书题写,上印"上海诗歌工作者联谊会、南京诗歌工作者联谊会合编,华东人民出版社出版"。复刊后的《人民诗歌》不设栏目,"目录"下就是诗文标题,复刊号上诗歌作者有陈雨门、赵瑞蕻、孙望、沙金、任钧、丁力、丁耶、白夜、方殷等,译诗有屠岸、黄药眠等。复刊号亦没有"复刊词",有着类似的"编后",写道:"因为某些问题,停刊了半年(实际是八个月)。现在为了加强我们的力量,办好一个诗歌刊物,决定把南京诗联原拟出版的《诗红旗》和上海诗联的《人民诗歌》合并,经过大家的讨论,仍用《人民诗歌》。这个诗刊,虽是由南京及上海诗联编辑,但它是大家的园地,诚挚地希望各地诗歌联谊会同志大力支持我们,使它能够办成一个为大众所需要的诗刊。毫无疑问的,我们这刊物的方向是工农大众的方向。在这原则下,我们主观愿望是多发表有现实内容、有大众思想与情感的创作。同时,为了想促进诗歌创作热情与提高作品的水准,我们也打算挪出相当多的篇幅来登载一切有建设性的理论与批评文字。为了交流各地的诗歌运动经验及写作上发生的问题,也极欢迎一些有意义的报道与通讯。"这里,复刊号再次强调了刊物的办刊宗旨。当年,南京"诗联"由副总干事赵瑞蕻(总干事为陈山)与上海"诗联"进行联系。

从第二卷第三期起,《人民诗歌》又恢复了第一卷的栏目形式,如该期辟有"工人诗选",第四期有"镇压反革命特辑""评诗特辑"两个专辑,第五期有"创作"栏目及"上海红五月工人文学创作竞赛得奖作品"专辑,第六期有"战士诗选"等,并针对第五期"本刊征求通讯员"启事,在"代邮"中写道:"到目前为止,我们已收到应征通讯员的信件达一百余封,包括工人、农民、战士、学生、机关工作者以及其他各界人民。我们正在处理和研究,希望来应征通讯员的同志多多供给诗歌通讯的稿件。我们在最近将把处理和决定的结果告诉你们,在此,并感谢大家对本刊的爱护和支持。"这些,都表明刊物运转一切正常。不料,一九五一年八月一日出版的第二卷第六期《人民诗歌》,竟是最后一期了。几乎没有迹象表明这是终刊号。然而,它确确实实结束了。屠岸说,当时中央对各地文化部门有整顿期刊要求,停办了不少刊物,《人民诗歌》也未能幸免。

《人民诗歌》刊载的作品,多是颂扬领袖、歌唱祖国、赞美劳动等内容,以及配合形势之作。这是一个时代的声音。除诗歌作品外,重要文章有雪峰的《对于新诗的意见》,劳辛的《把诗创作提高一步》,以及由屠岸执笔撰写,劳辛、张白山、柳倩、屠岸、洛雨、沙金、林宏、任钧、史卫斯、田地集体署名的文章《对于诗歌表现形式问题的初步意见》等。从创刊号起,它还常有一个补白性的"诗讯"栏,刊载上海及全国各地诗歌界的动态,如一卷一期刊:"马凡陀到京后,于中央政府成立大狂欢日,乘飞机鸟瞰国都,并有诗纪其事,现在《人民日报》编'人民文艺'副刊。"二卷一期刊:"为配合春节活动,上海诗歌工作者集体创作了长篇朗诵诗《歌唱祖国的春天》,由华东人民电台朗诵。"这些诗讯,虽是花絮,却给诗坛留下了珍贵史料。

《人民诗歌》以半年六期为一卷,共出刊二卷十二期。它是新中国成立后出版的第一本诗歌刊物。创刊于一九五〇年一月一日的北京《大众诗歌》,比《人民诗歌》早十五天,它连续出刊到当年十二月,也是到二卷共十二期终刊。这是当时最有影响的南北两种诗刊。而中国作家协会主办的全国性《诗刊》,则迟于一九五七年一月二十五日创刊。

"诗联"开展的其他工作

"诗联"从筹备到成立后,除主办会刊《人民诗歌》外,还做了大量诗歌普及与宣传工作。

一是编辑"人民诗丛"与"人民诗歌丛刊"。

一九五〇年一月至十一月,"诗联"以"人民诗丛社"名义,编辑出齐了"人民诗丛"第一辑,共有六种专集,诗歌集有任钧的《新中国万岁》、王采的《他们来的时候》、沙金的《人民铁骑队》、紫墟的《一场喜事》、廖晓帆的《运军粮》,以及劳辛的诗歌评论集《诗的理论与批评》,由正风出版社出版,每一种印数均为两千册。这是新中国成立后我国编辑出版的第一套诗歌丛书。第二年,才有胡风主编的"七月诗丛"第二辑,徐放、严辰主编的"现实诗丛"第一辑问世。

这辑诗丛有个总序,在说明诗丛"以诗艺术形态来负担起时代的政治任务"的宗旨后,指出"本诗丛的作品比较粗犷,没有

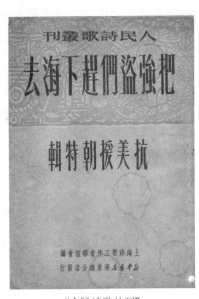

"人民诗歌丛刊"
第一辑《把强盗们赶下海去》

刻意雕琢的形式,因为现实存在是在大的改革过程中,时代的旋律是高亢而雄伟的,所以反映到诗作品来也是一种粗犷的情感。无可否认,里面好些作品还未达到应有的艺术水平,但是一般说都能很强烈地表现这时代的主题。这些作品,还残存着知识分子的情感与气派,甚至语言与结构都未能做到完全大众化的地步。这一点我们是了解的,所以正抓紧了'大众方向'勇敢突进,往后自然会有较好的作品。"

接着,"诗联"又编辑了两辑"人民诗歌丛刊",第一辑刊名为《把强盗们赶下海去》,为"抗美援朝特辑",这是一种三十二开的小型丛刊,由钱君匋设计封面,于一九五〇年十二月由新华书店华东总分店发行,印数一万册。由于会刊《人民诗歌》暂停了,这本不定期的丛刊起到拾遗补缺作用。第一辑中的"编后记",对此作了交代:"像风暴一样,卷起了太平洋上'抗美援朝保家卫国'的澎湃波涛。在这历史性的伟大运动中,我们正积极努力恢复诗联的机关刊物——《人民诗歌》,打算在文艺岗位上,以诗歌的艺术武器来负起'抗美援朝保家卫国'的任务。但因一时还有些困难,同时又由于客观形势的需要,故决定另出这丛刊。它是诗、歌、画的综合刊物。我们理想中不独它的读者是广大的工农群众,就是作品的作者也热切地希望是工农大众。"这辑中,沈同衡、顾炳鑫、罗盘、陈叔亮、沈柔坚、可扬等画家,都为诗配了画,还刊出了四首歌曲,文图并茂,形式活泼,短小精悍是它的特点。在"稿约"中,列出八条:"一、凡反映人民大众现实生活,表现他们在革命斗争和生产建设中的业绩的诗、歌、画,本刊均所欢迎。二、本刊篇幅有限,长诗不拟刊用,大型歌曲及长篇连环画亦不拟刊用。"后六条是投稿的一般注意事项。

第二辑刊名为《冰山里的洪流》,于一九五一年二月改由华东人民出版社出版,印数四千册。虽然第二辑不是"抗美援朝特辑",但仍有不少篇幅表现了这一主题,扉页上有章西厓的一幅年画,题目就是《抗美援朝保家卫国》,接着开篇即是上海诗歌工作者致中国志愿部队全体指战员的《慰劳信》,信中赞扬了志愿军的国际主义精神,并说:"我们也写了不少诗篇表示我们对于你们的敬意,也尽了不少力量用诗的形式来写下你们的伟大而崇高的英雄形象,但我们的艺术表现力太差,笔力太弱,而且材料也仅仅是从报纸上采来的,那能描绘你们真实性格与行动于万一? 今后我们仍要继续歌颂你们,使全世界人民都景仰你们,崇拜你们。"落款是"上海诗歌工作者",署名列出二十一人:劳辛、沙金、屠岸、杨里岗、炼虹、林宏、陶馥萍、柳倩、洛雨、张白山、屈楚、王辛笛、陈伯吹、丁芒、任钧、史卫斯、吴视、彭玲、朱绛、廖晓帆、沈明。其中尚健在者,有北京的屠岸、南京的丁芒、上海的廖晓帆等。

第二辑《冰山里的洪流》最后一页,有《记诗联的"诗歌画创作座谈会"》一文,对丛刊第一辑《把强盗们赶下海去》出版后召开的座谈会情况作了报道,出席者有方令孺、赵景深、周煦良、章枚等四十余人,其中丽砂、屠岸、丁芒等诗人还健在。这是一次读者、作者、编者在文联大礼堂举行的座谈会。大家畅所欲言,各抒己见。

丛刊第二辑出版后的第二个月,即一九五一年三月一日,《人民诗歌》月刊复刊,"人民诗歌丛刊"便不再出版。

二是开展诗歌朗诵、辅导等活动

"人们感到群众运动高涨的时期,要特别强调诗歌朗诵的斗争性和群众性,诗歌要想做到是真正的群众的艺术,做到真正为人民服务的话,必需在群众的场合当中进行朗诵演出。”这是“诗联”对诗歌朗诵工作的认识。在“诗联”组织机构中,有一个诗歌朗诵部,后成立“诗歌朗诵工作委员会”,下设诗歌朗诵工作团,把诗歌朗诵作为工作之一。黄宗英、廖晓帆等“诗联”会员,作为朗诵队的辅导老师,经常到学校、工厂和各种群众性的集会中进行朗诵与辅导。“诗联”通过举办诗歌朗诵观摩演出晚会等活动,来普及诗歌,提高朗诵艺术水平。据不完全统计,在不到一年时间中,组织各种朗诵演出有五六十次之多,听众超过十万人次。在“诗联”的积极倡导与大力支持下,凡在群众集会中,诗朗诵成为一项固定节目,加上广播电台朗诵组、市歌联朗诵队等广泛参与,上海群众性诗歌朗诵活动开展得热火朝天。如“诗联”在上海电力工会成立大会上,派出诗歌朗诵队,演出效果非常好,据当时记载,“万人会场鸦雀无声,真有点像老残游记里所说的静得连掉了一根针也听得见。”一九五一年七月,“诗联”与市文化局、人民电台合办诗歌朗诵班,地点在刚迁入北京东路的人民电台大厅。学员有一百五十余人,劳辛、柳倩等亲任讲课老师。此外,“诗联”的诗人还创作传单诗,在各演出场所发放。为配合游行集会,“诗联”还编辑过油印诗刊,以及创作不少口号诗和粉笔诗(所谓粉笔诗,就是用粉笔,在马路上或墙头上写的即时诗,立即反映一件具体事件的短诗),比如以“反封锁”等六大任务为主题,创作累积了两万余行诗。同时,“诗联”派诗人下基层,辅导工厂业余作者进行诗歌创作,并在《人民诗歌》月刊上专门辟出版面,发表他们的诗作,并配以点评,从而加强对工农作者的培养。

二〇一〇年一月

大个子诗人徐放

初见徐放，第一印象就是一个典型的东北汉子，魁梧、高大、憨厚。

诗人，写诗当然就是他的第一要务和兴趣所在。然而，徐放给我的记忆，首先还不是他的诗。当然，与诗也不是没有关联，毕竟是诗人嘛。

我一册册翻阅着手中的一叠诗集。这是一套诗丛，名曰"现实诗丛"。从一九五一年一月十日出版第一集之一牛汉的《祖国》，到一九五二年一月出版的第一集之二十鲁煤的《扑火者》，十二册诗集正好用了整整一年时间出齐。中间依次有《野狼湾》（徐放）、《笑》（贺敬之）、《再会了，美国》（贺祥麟）、《哈喽，胡子！》（公木）、《别延安》（戈壁舟）、《将军和他的战马》（张志民）、《十月》（白原）、《劳动花》（杨坪）、《奶子山的春天》（丁耶）、《北大荒的故事》（鲁琪）。每种印数两千至三千册。定价从四千元至九千五百元不等（旧币一万元相

《野狼湾》

197

当于一元）。这些集子中的诗歌，大多写于新中国成立之前。编者意在通过诗丛的编印，将战争年代里没有机会出版诗集的诗人提供一个"亮相"的机会，其中如贺敬之、贺祥麟、戈壁舟、白原、杨坪、鲁煤等，当年都是第一次出版诗集的青年诗人。通过向新中国读者介绍这些特殊年代的诗歌，以扩大新诗的影响。诗丛出版者为五十年代出版社，标示地址有北京、上海、香港，其实是以上海为大本营，版权页上印"发行人金长佑"，即出版社老板，他是徐放的亲戚，凭借这样一层特殊关系，诗丛才得以在上海顺利出版。

徐放为主编之一，在选编这套诗丛前，已给自己明确规定了编辑方针，那就是尽量扩大诗歌作者面，尽量体现各种风格和流派。因此，"现实诗丛"在组稿中，有"七月"诗人的作品，如牛汉、贺敬之、徐放、鲁煤，也有像贺祥麟这样一位刚从美国归来的青年诗人，以及名不见经传的杨坪、鲁琪等。诗歌形式也较丰富，除抒情短诗外，还有长篇抒情诗如《再会了，美国！》，长篇叙事诗如《奶子山的春天》，一首长诗即是一部诗集。从诗的形式看，是自由体、民歌体、格律体并存。如牛汉的诗，是奔放自由的句式，贺敬之的诗有歌词的晓畅，戈壁舟的诗具有浓厚的陕北民歌味。

"现实诗丛"的出版，得到了胡风先生的支持，封面右上端的"现实诗丛"四字，就是胡风题签的。胡风在一篇写徐放的文章中说道："在解放初期，他争取到了一点条件，热忱地编印了一套'现实诗丛'，向新中国的青年读者送去了虽然不厚但却是诚恳的礼品。"

这套诗丛由徐放与严辰合编。严辰生于一九一四年，参加中华全国抗敌协会，曾去延安。新中国成立后任作协黑龙江分会副主席，

《人民文学》副主编。出版过《唱给延河》《生命的春天》等十多部诗集。后任《诗刊》总编。二〇〇三年去世。"现实诗丛"是新中国诞生后出版的重要诗歌丛书，我格外看重，不惜掷下银子从旧书商手中购下。这套诗丛的出版，当年引起了诗歌界同行们的热切关注，对推动新诗的发展起到了积极作用。

只是，"现实诗丛"出版第一集十二册初版后，再也没有重印过，更没有出版过第二集。这套诗丛，至今已近六十个年头，留存完整的全套诗丛可谓弥足珍贵。

作为诗人，徐放对于我国古代诗歌的研究所取得的成果，却鲜为人知。一九五五年，徐放因"胡风案"的牵连，被逮捕入狱，后又转至秦城监狱。在狱中，他失去了创作的自由，无法用诗歌来抒发胸臆。一九五七年七月，《诗刊》创刊，发表了毛泽东同志的《旧体诗词十八首》及《关于诗的一封信》。毛泽东提出"要在中国古典诗歌和民歌的基础上发展新诗"的意见，对中国诗坛产生重大影响。徐放想，不让创作新诗，倒可以读读古诗啊！这样，他开始系统而全面地研读、注释和翻译我国古典诗词。他人在狱中，仍心系诗歌，思考着中国新诗的民族形式问题，亦借此消解囚徒生活带来的屈辱与单调，使自己的精神有所寄托。花了七八年时间埋头于古典诗词，以至忘记了今夕何夕，忘记了身陷囹圄的困顿。一九六五年，坐了十年监牢，终于可以刑满释放了。他带着"堕入胡风反革命集团"的结论，和一厚叠古诗译稿出狱了。当然，"文革"中徐放免不了受二茬罪，再次投进监狱。

一九八〇年，胡风案件得以平反，徐放恢复了自由。他一头扎进新的工作中，无暇顾及被搁置在一旁的这些古诗译稿。直到被一些同事老友看到，鼓励他整理出来，公诸同好。于是，在基本保持原貌的基础上，稍作修改整理，从一九八四年起，相继出版了《唐诗今译》《杜甫诗今译》《宋诗今译》《陆游诗今译》《唐诗绝句选译》《宋诗绝句选译》等六部古诗今译专著。著名古典文学专家萧涤非在读了《杜甫诗今译》后说：徐放是一位新诗人，他是以诗译诗，以新诗译杜诗，敢于突破原来的"句"和"韵"的限制和拘束。他的今译，是下过一番读杜、学杜的苦功的。

他有对古典诗词的深入探究的钻劲，又有创作新诗的实践经验，这使他在翻译古诗中，有着精深的理解与生动的体现。他发现，五、七言绝句及律诗，虽外在形式整齐，但其每行诗的内容和内在节奏并不整齐。他从这种认识出发，决定冲破固定行数的限制而"自由发挥"，遂把古诗词译成了自由诗，这也可算是前无古人的创造呢！日积月累，颇成规模。比如译杜诗，往往有他独到的体会。杜甫的七律《进艇》，读者往往只注意第三、四两句："昼引老妻乘小艇，晴看稚子浴清江"，而忽略了第一、二两句："南京久客耕南亩，北望伤神坐北窗。"徐放却不放过，他把第二句译作："每每北望中原／便不禁感到伤神／但又偏偏喜坐北窗。"他抓住最容易被人滑过的"坐"字，就抓住了杜甫诗中的深情和个性，也抓住了诗人的形象。

说了徐放编"现实诗丛"，亦说了他的古诗今译，该回到他的诗人本色上来了。他一九二一年出生于辽宁辽阳。抗战后期毕业于东北大学中文系。曾赴延安任教。新中国成立后任《人民日报》副刊编辑。他从小跟家乡的私塾老师学唱本和民歌小调。然而，他没有成为歌手而走上了诗人之路。三十年代开始写抗日题材的新诗。一九四二年出版了第一本诗集《南城草》。此前，在东北大学读书期间，是他"充满着少年风怀和青春情调的黄金时代"，是他创作生涯中第一个活跃而充实的高潮。他组织过"黑土地社"，不分昼夜地写诗。他曾把这些作品编成一册题为《明天的旅程》的诗集，可在送审时，却被国民党当局扣压没收了，诗稿再也不可复得。一九四五年，他出版了第二部诗集《启程的人》。一九四六年，徐放从重庆的《新华日报》干到南京的《新华日报》。由于和谈破裂，他随报社的部分同志第一批回到延安。其间打过游击，参加过土改，还当过新华社太行分社的特派记者。"现实诗丛"第一集之二的《野狼湾》，大多是他这段时期生活的记录。这些诗中，他没有采用当时流行的民歌形式，而是完全自由诗形式的乡土风格。他认为不必过分强调划一的民歌体，写诗，是运用生活中活的语言，无拘无束地表达活的思想感情，是靠诗的内在生命去感染读者。正如胡风当年所说：徐放"热切地却谨慎地追随着历史步伐的前进而前进。但他在繁忙的劳动和组织性的工作中间，始终不能忘情的，是诗，是在诗形式里抒写他的爱憎和他的悲欢。为迎接新中国灿烂的新生阳光而歌唱"。六十年来，徐放先后出版诗集《赶路记》《情和爱之歌》《徐放诗选》《风雨沧桑集》等。他释放出来的，就是一个东北汉子的能量。

二〇一〇年七月

鲁煤："拥抱火"的诗人

评说一个诗人，主要依据是他的作品。然而，"七月诗派"诗人鲁煤，却是一个不易找到其作品的诗人。今年，偶然见到他的诗歌旧著《扑火者》，让我欣喜不已。

《扑火者》系"七月诗派"诗人徐放先生与另一诗人严辰主编的"现实诗丛"第一集之十二。这是新中国建立后出版的第一套诗歌丛书之一种，其他还有"七月诗派"诗人牛汉的《祖国》、徐放的《野狼湾》、贺敬之的《笑》、公木的《哈喽，胡子！》、戈壁舟的《别延安》以及张志民的《将军和他的战马》等。《扑火者》于一九五二年一月由五十年代出版社在沪初版。"诗丛"开本也较别致，三十二开，呈正方形略长一点。《扑火者》共分三辑，收诗四十二首。第一辑以《牢狱篇》开首，收诗十六首，第二辑收诗二十四首，第三辑收诗两首。

鲁煤，原名王夫如，一九二三年生于河北望都县一个农民家。在抗战中流亡到重庆，考入国立艺术专科学校。通过同学介绍，结识东北大学学生徐放，他们都是诗歌爱好者。一九四五年，徐放提议诗歌创作可向胡风请教。因为徐放有一亲戚叫金长佑，是五十年代出版社社长，该社曾出版胡风主编的《希望》杂志。这样，他们很快见到了胡风先生，这成了鲁煤一生中的一件大事。胡风在鲁煤抄录诗歌的笔记本中选了三首诗，即《牢狱篇》组诗（包括《火的想望》《大地》《我愿越过墙去》），认为"这是表现人生现实感受的小诗"，表示了欣赏之意。从胡风这一次对诗歌取舍的标准，鲁煤明白了诗歌创作应该坚持什么和回避什么的问题。而针对其他一些诗作，胡风明确说："太理念化了。"这年，胡风主编的《希望》第一集第三期在头条位置发表了鲁煤以牧青为笔名的《牢狱篇》组诗。这是他在报刊上发表的处女诗作。胡风在《编后记》中评价道：这些诗"踩着生活里的荆棘开拓道路"。鲁煤由此得到了平生第一笔稿费，高兴得在大街上饱吃了一顿大饼，付了回校渡江的船费，剩余的全寄给远在陕西读书的二哥了。此后，鲁煤有了写诗的自信，开始在蔡仪主编的《青年知识》，骆宾基、徐放主编的《东北文化》上发表诗作。

　　一边写诗，一边研读胡风的诗论，并遵循胡风所要求的那样"第一是人生上的战士，其次才是艺术上的诗人"，鲁煤"在人生搏斗中进行着诗的创作"。可以说，是胡风发现了鲁煤，胡风是鲁煤走向诗坛的引路人。五年后的一九五〇年，两人在闲谈中回忆起重庆的初次相识，胡风说："第一次见面，我就觉得你是一个小天才呢。"以至胡风在身陷囹圄时，仍吟出《怀鲁煤》旧体诗十首，第一首就有"初逢胜旧亲""求诗辩假真"等诗句。而鲁煤更是难忘恩师之情，撰写了《我与胡风：恩怨实录》长篇回忆录，在文坛产生较大反响。

　　对鲁煤创作产生重要影响的另一位"七月诗派"诗人是艾青。当年华北联大让新到解放区的青年填表，在"对你思想起很大作用的有哪几个人"一栏，不少人填了艾青，鲁煤即是其中的一个。一九四六年六月，鲁煤与几个进步同学从国统区重庆到晋察冀解放区。在初到时住招行所的二十余天里，他写出了《我看见新的兵士》《戎冠秀和钟》等几首诗，便兴奋地去找心中早已崇拜却未曾谋面的诗人艾青请教。艾青把第一首诗推荐给《晋察冀日报》发表了。此后,鲁煤常常带着新写的诗歌去找艾青。鲁煤入华北联大政治班学习,而艾青时任华北联大文学院副院长。当鲁煤将一首《当我刚刚回来》让艾青过目后,艾青批评说:"这是在写自己。"过去,鲁煤从胡风那里知道,他一贯主张抒情诗写诗人自己。而艾青是走在为工农兵写诗最前列的诗人。这样,鲁煤的创作由过去从个人视角转向了广大工农兵大众。艾青是鲁煤入党介绍人,他说鲁煤后来创作的"诗写得真诚、朴实。长诗《我看见新的兵士》表现了对刚刚看到的新世界、新事物的惊喜与激情"。一九七五年,艾青回到北京,从残存不多的旧书里发现了《扑火者》,惊喜难抑,庆幸这是经过历次政治运动幸存下来的书。"现实诗丛"的封面由胡风题签,他说鲁煤的《扑火者》与"现实诗丛"中的一些诗集均是"七月诗派"的。胡风还亲手为鲁煤选编,经过严格筛选后,他把《五月忙》《天下红》两首诗剔除了。可鲁煤却私下偏爱,在付印时又悄悄地插了进去。当鲁煤对我讲述当年这些细节时,还得意地笑开了。

《扑火者》中四十二首早期诗歌,大部分写于新中国成立前,只有两首写于建国初期的一九五〇年,即《中朝人民战歌》《祖国啊,假如敌人侵犯你》。诗集中唯一的一首五百行长诗《轰炸》,以诗人的切身体验,歌颂了解放区人民的革命英雄主义,据说这是解放战争年代表现这一题材和时代精神的唯一诗篇。人们谈论鲁煤新中国成立前后那个时期创作的诗歌时,他自谦地说:"我不是'现代'的诗人。"相对现在时态来说,鲁煤的诗有着特殊年代的印痕,亦体现了他与"七月诗派"诗人关注苦难中国现实的诗风相一致。以首篇《牢狱篇》为例,写作时抗战正在残酷进行,而整个国统区,已成为镇压迫害民主人士的大监狱,作者作为具有民主精神的青年,身处如此恶劣的环境,激愤地写出《牢狱篇》组诗三首。作者曾回忆到,时值冬季,人民像在冰天雪地的北方过冬一样痛苦难捱。他渴望火,渴望火的温热,也渴望火种,来把这座坟墓似的监狱烧毁。然而国民党内战的枪声,使渴望化为失望。于是,作者从内心发出强烈的呼喊:"我要越过墙去!"诗作采用排比的句式,体现出呐喊的语调,如诗中写道:"子弹 / 从枪膛跳出来 / 声音 / 飞向山外。"(《大地》)又如:"小河 / 奔突、冲撞、搏击 / 追求海 / 你 / 奔突、冲撞、搏击 / 拥抱火……"(《默悼几支捕火者的死》)只有煤是"拥抱火"的,只有具有鲁迅战斗精神的诗人才敢于"扑向火"。我想,他之所以取笔名"鲁煤",含义深焉。

一九四七年,鲁煤深入刚解放的石家庄大兴纱厂体验生活,写出了我国话剧史上第一部以反映工人阶级新的生活为题材的剧本《红旗歌》,在新中国成立前后演遍全国,引起连锁反响。之后,他转到了戏剧工作岗位,他的诗名渐渐被剧名所掩盖了。

《扑火者》出版后的五十多年中,诗人因胡风而受到牵连,被错定为"胡风分子",开除党籍,行政降三级,剥夺创作权利。新时期以来,他又放喉歌唱。然而,他却一直无暇编选出版自己的诗集,广大诗歌爱好者、诗歌评论家、现代文学研究者,常常向这位"七月诗派"诗人索取诗歌资料,而他手头只有一册劫余幸存的《扑火者》,于是这似乎"孤本"的诗集,被借去复印、抄摘,再寄还作者本人。直到二〇〇六年,鲁煤正式开始出版自己的五卷本文集,其第一卷就是诗歌卷《在前沿》。这样,他才有了一本收罗完备的诗歌专集,也给研究者提供了一个相对完整可供研读的诗歌文本。

二〇一〇年一月

"九叶"一枝话郑敏

人们爱把美好的音色比喻为天籁之声,常为之倾听而着迷。无论是与"九叶"诗人郑敏先生促膝晤谈,还是在电话中絮语交流,我总会惊异地暗生好奇:郑老的嗓音明亮、清澈,富有金属般磁性。听声音,不能想象她已届八十八岁米寿高龄。

后来才知道,郑敏年轻时除了诗歌,还喜欢音乐,借此她展开了抒发情感的两翼。在重庆读南渝中学(天津南开中学战时迁到重庆的校名)时,就参加学校举办的歌咏比赛。在上大学二年级时,她一度想改学音乐,可一场肠胃炎,耽搁了她的考试,音乐就一直成为她主要的业余爱好。郑敏说她唱的是意大利发声法,一九四八年到美国纽约后专攻英国文学,课余时间曾从一位具有世界声誉的朱丽雅特音乐学院的声乐教授泰乐先生学了两年多声乐,一个小时就是十块美金呢!如此我终获释然,难怪郑敏的声音那么动听。听她娓娓而谈,不啻是一种感官享受。

最初知晓郑敏,自然是那部《诗集:一九四二——一九四七》,列入巴金主编的"文学丛刊"第十辑,于一九四九年四月出版。几年前,我在旧书肆有幸淘得此书初版本,即请郑敏题签。她在扉页上给我题写了一首短诗《祈祷》:"诗神,你的美 / 让愚昧的傲慢与无知 / 自私与贪婪随风而去 / 惟有对自然长怀虔诚感恩 / 人类方能在这星球上长存。"《诗集》选了她早期写下的六十二首诗作。这是她的

第一部诗歌专著。集子尚未问世,她已远走高飞,坐进美国布朗大学读研究生了。书出版后,引起国内读者颇多关注。当在大洋彼岸的郑敏收到一封函件,才知她的诗集已顺利出版。而她不知晓的是,国内另一位后来亦被称作"九叶"诗人的唐湜捧读她的《诗集》后,激赏不已,热情撰写了《郑敏的静夜里的祈祷》长文。文中指出,在昆明西南联大的"三杰"中,"杜运燮比较清俊,穆旦比较雄健,而郑敏最浑厚,也最丰富。她仿佛是朵开放在暴风雨前历史性的宁静里的时间之花,时时在微笑里倾听那在她心头流过的思想的音乐,时时任自己的生命化入一幅画面,一个雕像,或一个意象,让思想之流里涌现出一个个图案,一种默思的象征,一种观念的辩证法,丰富、跳荡,却又显现了一种玄秘的凝静。"半个多世纪的光阴逝去,如今我重温《诗集》中的一首首诗作,深感唐湜对郑敏的评说是那么贴切、准确。

一九五五年学成归国的郑敏,随身带回了她的《诗集》,因为她异常珍视这部处女作。然而在"文革"中,写诗成了诗人的罪状。在一阵阵口号喧嚣的白天过后,她独自在自己的斗室,借着降临的夜幕,悄悄地将手头唯一庋藏的一部《诗集》付之一炬。她悲哀地想,此生再也不可能写诗了,中国再也不需要诗歌了。那个年代,华夏大地有多少稀有善本、文物、古建筑,都在顷刻间化为灰烬。往事不堪回首。眼下当她亲睹睽违多年的旧著,提笔为我签名时,真可谓感慨系之啊!

郑敏生于一九二〇年,祖父王又典是前清颇有名气的碧栖词人,母亲读过私塾,聪慧好学,有文学的天赋,常坐着给她念古词。或是因基因的遗传,郑敏从小学到中学一直爱好文学。中学毕业,她考上西南联大。在决定读何种专业的最后一分钟,她毅然填写了"哲学系"。她认为,文学可以自学,但哲学无处不在。中学时读《世界文库》,读到尼采的作品,有许多哲学思想就深蕴其中,不易解读,懂哲学就能掌握这样一把开锁的钥匙。在西南联大,她听冯友兰讲中国哲学,听郑昕讲康德,听汤用彤讲魏晋玄学。当然,文学课是不能不听的,西南联大是北大、清华、南开三所大学文学精华的汇聚处。她听闻一多讲楚辞,听冯至讲德国文学,还听沈从文讲中国小说史。她挺欣赏沈从文乡土小说中那浓郁的湘西气息,却因他乡土口音太重,收获不多。郑敏记得,她回国后,还见过沈从文。一次西南联大的校友、诗人袁可嘉请她去家里吃饭,巧遇沈从文。席间,沈从文当着郑敏的面发问,你们记得有个写诗的郑敏现在到哪里去了?郑敏心中窃笑,沈从文只记得在他主编的《大公报·文艺副刊》上频频发表诗歌的郑敏,却不记得郑敏还当过他的学生哪。

因为有了西南联大哲学兼文学的熏陶,在四十年代的诗人中,郑敏的诗显然别出机杼,她是一个思考型诗人,她将哲学的思辨与感性的诗情水乳交融,形成了她诗歌创作的独特风格。

我在写作《从〈诗创造〉到"九叶诗派"》一文时,就感觉到,郑敏作为这个新诗流派的一员,却对此甚为低调。郑敏说,当初没有这个流派,国统区的几位诗人如辛笛、曹辛之、唐祈、唐湜、陈敬容在上海新编一本诗刊《中国新诗》,又邀时在北平(抗战胜利后西南联大完成历史使命,学生返回北平的北大、清华,天津的南开大学)的袁可嘉、杜运燮、穆旦、郑敏一起加盟,其实远隔千山万水,也只是投稿关系,彼此并不都认识。只是到了七十年代的末年,由辛之发出邀请,昔日的九位诗友才得以在京华相聚相识。辛之希望每人各选一组四十年代的诗作，出一本合集，以使今天的读者了解那段艰难岁月里中国新诗的面貌。这本诗集叫什么书名呢？那时文艺园地还未复苏，大家自卑地认为，这是在旧时代中留下的旧作，不是"社会主义的花"，辛笛便说："那就算作陪衬社会主义新诗之花的九片叶子吧。"这样，书名就定作《九叶集》。《九叶集》作品的艺术取向大多具有现代派诗风，抒写的却是当时国统区人民的苦难、抗争和对光明的渴望。以后，诗歌理论研究者就把这些诗人称为"九叶诗派"。《九叶集》于八十年代初出版，成为我国新诗觉醒的先声，其时以北岛、舒婷为代表的诗坛新秀冲破传统藩篱，推动诗歌挣脱了强加给它的工具身份的枷锁，诗歌以崭新的容姿，独立的品格登上中国新时期文坛，成为改革开放三十年中率先发出的春天的呼唤。

那天九诗人聚会的当晚，郑敏在回家的路上，在拥挤的公共汽车车厢内，按捺不住内心的兴奋，她心中压抑已久的诗情被点燃了，她默默构思，且以腹稿的形式写下了搁笔四十年后第一首诗《诗啊，我又找到你》。此后便一发不可收，几年中相继写出二百多首新作，出版了《郑敏诗集》《心象》《寻觅集》《早晨，我在雨里采花》《美国当代诗选》等十余部诗集与理论专著，形成了她人生中第二个诗歌创作与理论的高峰。

诗坛前辈辛笛先生在世时，常向我提及郑敏，言谈中赞誉有加。一次在拜见老诗人兼翻译家屠岸先生时，他也情不自禁地说郑敏年龄愈大思维愈活跃，真是奇迹。说郑敏还曾是他女儿章燕的博士生导师呢！郑敏不但得到同辈的认同和称道，更得到年轻人的敬重，一些颇有成绩的新诗人惊呼：我们苦苦探求的现代诗，郑敏早在四十年代已写了那么多啊。近年来，郑敏总是不忘自己的哲学科班出身,不停地阅读和思考,她对新诗的不景气、边缘化颇为担忧,认为长此下去,诗歌对读者的美育作用会被弱化。除了诗,她还思考诸多社会问题,以及人类生存环境等。她说她时间不够用,来日无多,要将"一分钟掰成二分用",抓紧有限的人生,多做点有益的事情。老诗人的赤诚情怀,怎不使人感慨。

一次,在北京清华园郑敏的寓所,见她书房兼卧室家具上全挂着写满诗句的纸条。见我好奇,郑敏欣喜地说,这些都是新写的。她说要录赠一首新作给我。一首短短的《咏史》,她抬头看看,埋头写写,又抬头看看,一边抄一边笑着调侃说:"真是糟糕,好像在抄别人诗句似的。"这让我想起,郑敏曾经说过,她这个人记忆力不好,从来背不下东西来。从这细节中我确信,郑敏是一个不会硬背而会思考的率性诗人。

是啊,"九叶"诗人中,除袁可嘉移居海外,在国内的八位诗人中,近年大都一叶叶折枝凋零,健在者唯存郑敏一人。今天,"九叶诗派"这一在中国新诗发展史上影响颇大的流派,真正是硕果仅存,令人不胜唏嘘。而我每每念及郑敏,依然从内心由衷祈祷:"九叶"一枝亦争春,绿意年年绽新韵。

二〇〇八年七月

大哉彭燕郊

一个写作者，不被环境左右，始终按自己的意愿来驾驭文字，抒写心灵，其实他已经自觉地选择了一种难度写作。他或许会被主流磁场疏离，甚至进入寂寥的边缘状态。年近九旬的老诗人彭燕郊先生，就是这样一个真诗人、大诗人。

当我摩挲四大册，被另一位湖南老诗人朱健称为"厚砖"的《彭燕郊诗文集》，内心的虔诚与敬重，便油然而生。我率先一首首读着一九三八年至一九四九年的诗人早期诗作，我惊讶于诗人在十余年时间中，完成了他从初期探索到成长，及至成熟阶段的艰难跨越。

彭燕郊在福建漳州龙溪师范学校就读时，因与同学宣传抗日思想，受到学校责难。于是，他们得一老师相助，在一个月黑风高的夜晚，毅然结伴投奔新四军。正巧部队《抗敌报》创刊，给爱好写作的彭燕郊提供了舞台，该报刊用了他的《春耕山歌》，这是他第一次公开发表的诗歌。之后，胡风主编的《七月》杂志上，发表了他的组诗《战斗的江南季节》等。在新四军队伍里，他的创作得到了聂绀弩、黄源、东平、辛劳等人的关注与扶持。四十年代，聂绀弩曾在彭燕郊的诗集《第一次爱》序言中写道："他参与了战争，战争给了他的生命、意志的才能，给予他的嘹亮的歌喉和歌唱的情绪与欲望。于是他成了战争之子。"是的，彭燕郊是在战争中成长起来的诗人，他的人和他的诗，都呈现出一种斑驳的硬朗，苍劲的诗意。

然而，在五十年代中期，彭燕郊因"胡风反革命集团"一案的株连而入狱，继而定为"胡风分子"被开除公职。他的不少诗只能以手抄方式悄悄流传。直到七十年代末始获人生自由。一九七九年九月，止息了二十五年歌喉的彭燕郊，在《诗刊》发表了复出后的第一首诗《画仙人掌》。依然秉承他汹涌、奔突的诗风，并开始了新的诗美追求，即他在步入老境之后的"衰年变法"。他时时有一种类似"决堤"的冲动。在他所有诗作中，短诗不短，长诗更是汪洋恣肆，纵横捭阖。似乎他天生就是为长诗写作而生。从作于一九三八年的《船夫与船》，到九十年代末写就的《生生：多位一体》，诗情跌宕，绵延不绝。这既说明他积累的丰厚，也展示他非凡的才华。同时，他在不断探索散文诗的创作。继承鲁迅《野草》对自由的皈依，将散文诗的写作带出了狭义的泥淖，恢复了《野草》富有现代意识的优良传统。诗人以长篇散文诗《混沌初开》，颠覆了散文诗只能表现小花小草之小感觉的惯性思维，被公认是中国最具现代意识的散文诗巨篇。胡风当年常常引用别林斯基所言"诗之为诗，首先的要求是诗"这一美学原则，亦被彭燕郊视为诗歌创作准则予以践行。为了一首诗，他会牵肠挂肚几年，甚至几十年，一遍两遍，乃至几十遍地修改，像打磨一件稀有珍品。他在给我信中谈及创作时说："学写诗已六十多年，愧无成就。诗道至尊，诗学几神，诗艺无

《混沌初开》

止境，有生之年，到底能学到一点不，实不敢说，但性癖所在，仍于此不疲，只能说命该如此了。"可见彭燕郊的谦和淡泊，而又自我要求甚高。过了若干年，在另一封信中，他说："近几个月都在整理自己的习作，偶然兴至，编印了其中二十余首，有点'民间诗集'的味道，非正式出版物，只为交流、求教，奉上请笑正，但有一些已经发表，虽经修订（我诗往往一改再改），盼勿代投稿为感。"

我知道，其时彭燕郊正整理他的诗全编。他自知不会再活八十年，他要对自己的一生写作来个小结。八部长诗是重头戏，还有散文诗集、诗论集等。他深知出书之难，又不愿求人。当有记者采访他，了解到他想每月储蓄五百元，积少成多，自费出书时，不禁哑然失笑：这样一年才六千，要积到何年何月啊？由此可见彭燕郊的天真与可爱。

在八十年代，随着"朦胧诗"的崛起，各种现代主义诗歌流派旗帜林立，山头众多。一直走在诗艺探索前沿的彭燕郊，却没有去凑这个热闹，他从来不自封流派。如说流派，他早就是四十年代颇负盛名的"七月诗派"一员骁将。这一流派的诗人，以血泪写下了历史凝重的诗篇与人的尊严。在中国现代诗歌发展中，他们是饱经沧桑，遭受苦难最深的诗人；亦是特立独行，骨头最硬的诗人。在"七月派"诗人中，我每与牛汉、绿原、孙钿、冀汸、鲁煤等晤谈，深觉受益匪浅。彭燕郊愈到晚年，他的艺术创造力愈敏锐。创新求变，延长了他的艺术生命，这在老一辈的诗人中实为罕见。然直到今日，彭燕郊仍是一个"边缘诗人"，而他的诗所渗透出的探索性与拓展性，更博得众多年轻先锋诗人的激赏，不由得发出"认识彭燕郊"的呼吁。人们在谈论他的诗，继而归结出一个新诗史上的独有词语，即"彭燕郊现象"。

记得，"朦胧诗"初起，我与许多诗歌爱好者一样，开始迷恋现代派，却苦于资料匮乏，难入门径。所幸得以阅读彭燕郊连载于报章的长篇诗论《关于现代派》，洋洋数万言，从外国现代派诗人波特莱尔、魏尔仑、马拉美、艾略特等，到中国诗歌史上第一个具有现代意识的诗人龚定庵，再到鲁迅的《野草》写作，及艾青、田间等人诗作，条分缕析且鞭辟入里，读后若饮醇醪，余味无尽。他的这些文章后来结集为《和亮亮谈诗》一书。八十年代，彭燕郊一边进行颇具规模的"诗苑译林"丛书的策划组稿工作，主编"国际诗坛"丛刊、"现代散文诗译丛"等，一边一如既往地耕作在他的诗歌实验田里。

　　我试图引用彭燕郊的若干诗句，以佐证我对他创作风格的总体印象。然而，我是徒劳的。在他几百首诗中逡巡一番后，不得不无功而返。我终于顿悟，彭燕郊的诗，无论长构短制，都是一个整体，是无法割裂开来的统一体。以他早期诗作《山国》为例，在这首一百几十行的诗中，恢宏，雄健，沉着，一泻千里又浑然一体。从时间上推算，那是二十世纪三十年代后期，十七岁的彭燕郊正从少年向青年转型。抗战的烽火，不仅照亮了诗人的思想，亦使诗人从山民的苦难中磨砺着诗的触角。《山国》开首写道："像一队慌乱的避难者之群／在死亡的威胁下挤聚在一块／像一叠叠被飓风吹刮在一起的波浪／匆忙地急遽地合拢成汹涌的一堆／这些高矗入云的火山呵。"冷峻的诗句，向我们展示出山的鲜明形象，亦是在民族危难时刻的中华民族形象。彭燕郊出手不凡，在较高的起点上，不落俗套地步入诗坛。时光漫过七十载，彭燕郊的诗，犹如一部史诗，记载了一个中国诗人，一个中国知识分子的心路历程。

二〇〇七年六月

蔡其矫：一生成了真正的诗

多年前，经诗人宁宇老师牵线，得以相识远在福州的老诗人蔡其矫。初以鸿雁往返。我将一组诗歌习作寄与诗人求教，不日，便接蔡老大札，已将我那蓬头垢面的习作逐行作了精心梳理，拖沓的诗句经他刀砍斧削，显得精炼多了。他在信中说："我喜欢文字简洁，不自觉地咬文嚼字，动手把触目处抚平，仅作参考。"

这是我们交往的初始。第一次结识这么一位认真、直率、诲人不倦的诗坛前辈，令我心仪而折服。以后，我将斋藏的《回声集》《福建集》等寄请诗人签名，以为留念。一次，在书架中检视，见上海文艺出版社出版的《双虹》诗集，我不经意间竟淘得两册，便寄赠一册给诗人。未料，即得诗人回函："晋江市政府要我在家乡故居办诗歌馆，就得展览我的著作。可是我从来都不储存诗集，连我老伴为我存一套也被我拆散送人。你送我一本《双虹》，我立即捐赠诗歌馆。"不多日，诗人又驰一函，说："得知你肯为诗歌馆在上海收集我的旧著，真是喜出望外。其中有两本最难得，一、一九七九年香港出版社出版的《蔡其矫选集》，包括几篇散文，该书是中国现代六十本选集之一。二、一九九三年香港现代出版社委托深圳代理人李建国（深圳作协副秘书长）在北京印刷的小本精装《蔡其矫抒情诗》，只印一千本。此外，任何你能搜寻到的都热烈欢迎。也不求多，不怕破损者。将来我也想向好友征求支援。"

记得，以后我又寄去过一两册蔡老的诗集，以为他的诗歌陈列馆尽绵薄之力而宽心。由此，我们加深了友情。虽未曾谋面，我对诗人的了解却逐渐得以深入。福建学者曾阅先生将蔡老作为一个课题作专门研究，集十年之功，于二〇〇二年出版《诗人蔡其矫》一书，知我喜欢蔡老的诗歌，便寄赠一册。每每把读，使我获益匪浅。

蔡其矫一九一八年出生在福建晋江市园坂村。八岁时，为避战乱，他随全家漂海远渡，成了印尼华侨。三年后，他独自一人回国，入鼓浪屿福民小学读书。一九三四年，十七岁的蔡其矫见上海泉漳中学来泉州招生，便与十余位同学到上海报考，他以第二名的成绩入榜，并获奖学金，得以到杭州旅行。由此使他对旅行产生浓厚兴趣，一生乐此不疲。当年冬天，他又带原同班同学司马文森（后为作家）到上海。第二年，蔡其矫转入暨南大学附中读书，受全民族抗日激情的感召，他与爱国同学在地下党组织下，成立"自动救国会"，参加了上海各界联合救国会发起的一系列抗日救亡运动，如占领上海北站，冲击租界的铁门，纪念"一·二八"沪淞抗战大游行，以及到工人居住区宣传抗日，参加曹家渡暴动等。当年的《东方杂志》《新中华》都有图片报道。一九三六年十月，文学巨匠鲁迅逝世，蔡其矫与同学们闻讯后，自发到万国殡仪馆参加吊唁，并向鲁迅先生的遗体告别。此后，因"七君子"被捕，按党组织的指示，蔡其矫转而与同学们组织文学研究会，办《激流》壁报，用笔作宣传工具，积极报道学生抗日救亡运动。一九三七年暑期，蔡其矫回到晋江老家度假。其间，闻悉上海"八一三"燃起抗战烽火，准备返回上海，却因开往上海的轮船停航，最后不得不遵父之命，重回印尼。短短的三年中学青春年华，蔡其矫是在上海度过的。上海给了他最初的人生磨练与文学熏陶。次年,蔡其矫瞒过家人,将自己的行李放在同学的大箱子里,以送同学为名,一起登上开往祖国的海轮。之后,一路辗转来到延安,入鲁迅艺术学院文学系学习,听徐懋庸讲《文艺与政治》,听周扬讲《艺术论》,听陈荒煤讲《创作方法》,并开始了文学创作。一九四一年,他在晋察冀边区创作《乡土》,尝试以民歌体和惠特曼诗风相结合的写作形式,得解放区"鲁迅奖"诗歌第一名。一九四二年写出成名诗作《肉搏》。新中国成立后于五十年代中期,他在上海新文艺出版社出版诗集《涛声集》,到八十年代出版《双虹》,蔡其矫两度结缘上海,可见他与上海的情分不浅。一九七九年,大地刚刚回春,蔡其矫参加由艾青任团长的海港访问团,从沿海港口城市一路走进上海,他写下《黄浦江上》:"阳光从晨雾的空隙漏下来 / 把外滩的高楼染成金色。"在他眼中,这已不是他三十年代见过的上海了。美丽的上海引他讴歌赞美。

二〇〇六年七月下旬,我因公干到华东诸地。二十八日甫到福州,第一个念头,就是去拜访仰慕已久的诗人蔡其矫。那天晚上,在南方潮湿而闷热的气息中,我按通讯地址找到位于凤凰池的省文联文学院,一看竟是座文联宿舍大院,我顿时傻眼,没有门牌室号,到哪间屋去找蔡老啊!在门房打听,门卫也是初来乍到,不甚清楚。不过他十分热情地说,我帮你去打听,一定能找到。这样,我跟着他,听他以闽南话与楼下两个知识妇女模样的人一嘀咕,就领我直奔左边门洞二楼,隔着铁门,我大喊一通,终于有一个老头出来,我说"找蔡其矫先生",他答"我就是",令我心花怒放。回头谢一声门卫,就跟老头进了屋。屋里有些凌乱。蔡老穿着汗衫短裤,似乎热得吃不消。进屋才想到,我应该自报家门,蔡老听后,笑着说联系好多年了,上海是很熟悉的。接着,他像老朋友一样,将自己的近况一一说来。最后他说:"我的一套诗集你有吗?"我说:"知道出版消息,但上海的书店一直未见。"这是由海峡文艺出版社出版的"蔡其矫诗歌回廊",共八册,由诗人亲自选定,诗论家刘登翰主编。蔡老接着说:"诗集已不全,你喜欢哪种?"我脱口答说:"我喜欢您的爱情诗,它是您情感与生命的结晶。我亦想更多了解您对写诗的回顾,对诗坛的看法。"他走进卧室,不一会便取出两本集子,一为《风中玫瑰》("蔡其矫诗歌回廊之五·情感系列"),一为《诗的双轨》("蔡其矫诗歌回廊之八·论诗系列")。正中我下怀,只得抑制住内心的喜悦,静待诗人握笔一一签名。我得陇望蜀,请蔡老赠言,他即刻在我的笺纸与笔记本上分别写下"相知不在远近"和"文化使人高尚,艺术造就品格"两句,并钤两枚鲜艳的大印章,气派非凡。这赠书,这赠言,便是我华东之行莫大的收获。趁他题签之际,我端起相机拍了几张照。他说他一个人住,这样就没法与他合影了,这便终成遗憾。末了,他告诉我,他明天就要启程去北京,那里比福州凉快些。我庆幸自己来巧了,似乎是一种命定的缘分。我知道蔡老如同候鸟,北方南方两头来往。果不其然,八月份就接到诗人寄自北京东堂子胡同的来信。他看了我的文章《唐湜与〈意度集〉》,指出:"所引的资料都很珍贵,但行文似乎不简练,看来你对文言文生疏,以致浪费文字。"这对我不啻又是一阵猛击,催我醒悟。我的文与诗都有同样的毛病。所幸,我遇到了一位真正的诗坛良医与恩师。

九月七日,蔡老又从北京驰来一函,说:"福建作协寄来作代会选票,让我选,我就选年轻一代。"我知道,福建有三位老作家,诗人郭风近年身体不佳,长居当地,蔡老京闽两头轮流住,另有散文家何为在上海老屋安度晚年。蔡老还写道:"今年北京的初秋非常凉爽,而福建却在三十五度以上,庆幸我已来京。"接着,蔡老谈到:"我现时都在写历史(海洋和地方纪实),都在百行左右。诗的好处就在简约。国外现代派认为,诗就是有意味的形式,达到这目的的手段,就是压缩、跳跃、短小。散文,也和平常谈话有别。书面用语也应该精炼。文章以短为佳,啰嗦,冗长为大忌。"可谓真知灼见的经验之谈!

二〇〇七年一月

唐湜与《意度集》

"九叶诗人"之一唐湜前辈早有耳闻，只是在他生前未有机会拜识。我知道他长住温州。上海至温州，相距并不远，而我一再错失前趋亲聆教益的机会，这成了我一种无法弥补的遗憾。

在我有限的阅读范围内，知道唐湜是"九叶诗人"，且是"九叶诗人"中撰写评论文章最多，被公认的诗评家。二十世纪四十年代中叶，几乎与写诗的同时，唐湜开始诗歌评论的写作，并将这些写于四十年代的文章结集，于一九五〇年三月，出版了新中国成立后的第一部诗论集《意度集》，这在现代诗歌发展史上具有重要意义。

亦是巧遇。那天在开张不久的上海福德旧书市场闲逛，不经意中见到一本很不起眼的册子，心想这是什么书呢？就势捡起翻看，这不是唐湜的《意度集》吗？貌不惊人的书面，黄糙纸外糊着一层薄薄的

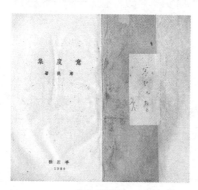

《意度集》

白纸，书名是贴上去的，内封亦贴着一张小方纸，一看，又令我一喜，上写"寒超兄教正 唐湜"。这是唐湜的签名本啊！寒超即骆寒超先生。此书流至旧书摊，想来是一种偶然。骆寒超一九五七年在南京大学因写《艾青论》作毕业论文，与艾青一样被打成"右派"，发配老家温州，

去乡间教书。后获平反，复以《艾青论》专著一举成名，成为著名诗评家。他是唐湜的同乡、挚友，我在唐湜的文章中，多次见到骆的名字。我印象深刻的是，有一篇文章中唐湜讲到，六十年代初，他写了长诗《划手周鹿之歌》初稿，给骆寒超过目，骆只说了一句话：缺乏神秘感。这对唐湜不啻是一个震动和警醒。我手上《意度集》的唐湜签名手迹，没有署日期，不知唐湜是哪一年赠予寒超的。此书扉页上印着几行字："纪念我的弟弟唐文荣（王平），抗战时期，他离家到陕北去学习，抗战胜利时，他曾从湖北宣化店来信，以后就没有了消息。"可见唐湜对他的同胞兄弟感情之深厚。《前记》之后有"目次"，计十篇论文。唐湜在《前记》中说：前年十月编成了这个集子，感谢那时的几个朋友，答应我由森林出版社出版，这事虽没有成为事实，这个集子可就这样编成了，当时还包括一些现已散失了的篇章，如《骆宾基的〈混沌〉》《刘北汜的〈山谷〉》《何其芳与惠特曼》，与一篇被删了的《佩弦先生的〈新诗杂话〉》，只没有去年早夏才写成的两篇，《郑敏的〈静夜里的祈祷〉》与《莫洛的〈生命树上的果实〉》。这就清晰地写出了这本书的增删与出版经过。

　　唐湜的这些评论文章，起初在李健吾主编的《文艺复兴》、胡风主编的《希望》上刊登。臧克家、杭约赫在上海创办《诗创造》时，唐湜为该刊编了一期诗论专号《严肃的星辰们》，发表了《辛笛的〈手掌集〉》，在《中国新诗》上发表了《穆旦论》，在沈寂主编的《春秋》上发表了《沉思者冯至》等，《意度集》便在此基础上汇编成书，最终由平原社出版。此书系繁体字竖排，为油印本，印刷装帧均极其简陋，纸张是薄薄的半透明的油光纸，字小而密，且字迹模糊不清，阅读甚感吃力。这恰恰是此书的可贵处，既说明此书印数不会太多，估计至多也就几百册，又说明当年印刷条件是多么匮乏。淘得此书，且为唐湜的签名本,亦算是我与唐湜先生一段难得的书缘。

通过阅读,我感到唐湜的评论水准不在诗歌之下。他的评论,当时就得钱锺书先生的高度评价:能继刘西渭(李健吾)的《咀华》而起,而有"青出于蓝"之慨。九叶派的另一诗人杭约赫也说:"他的论文尤有极优美完熟的风格。他不仅是一位有独特见地而自觉心极强的批评者,而且也是一位极虚心极敏感的欣赏者。"诗人、翻译家屠岸则说:"唐湜在诗歌评论方面的贡献,与他在诗歌创作方面的贡献不相上下。"我以为,这样的评价是准确而中肯的。

唐湜的评论写作,是从杭州龙泉山下的浙江大学外文系读书时开始的。那时,他给比他低一年级的圣野的儿童诗集《啄木鸟》《小灯笼》,以《可爱的童心》为题写诗评,刊发在《中国儿童时报》上,这大概是他最初的诗论。他与圣野虽差一个年级,但都活跃在课余的文艺组织"戏剧班"里,圣野还编着一份班刊,常约唐湜写点诗文。半个世纪后,唐湜回忆这些往事,仍津津乐道。而今仍健在的圣野先生,更是经常予我以热情的教诲,补充他与唐湜之间往昔的交谊与史料。

唐湜评诗的一个显著特点,是通过对一首诗的具体分析,来引领读者进入诗人的创作思路与艺术表现领域,有时他只是列举几行诗句,略作点评与阐述,并结合综合分析,便将诗的整体风格与内涵和盘托出。他对于辛笛、郑敏、穆旦的评论,就是如此。在《辛笛的〈手掌集〉》一文中,他写道:"最后那首《赠别》,是为送诗人卞之琳出国而写的,也许是手掌篇中最好,最自然的诗,即使偶尔有一些凸出的感喟,如'你走过香港新加坡印度和古波斯 / 你会自然地悲天悯人'。也还坦直、率真,较少斧斤的痕迹,而诗的组织也比较开展些,风格也比较明朗些。"唐湜评论得极是。此诗辛笛先生本人亦颇喜爱,在卞诗人仙逝之际,辛笛先生与我晤谈,并手书此诗赠我留念,足见他与卞诗人有着怎样深笃的情谊。

在《郑敏的〈静夜里的祈祷〉》一文中,唐湜写道:"例如《金黄的稻束》,金黄的稻束站在/割过的秋天的田里……这真是秋天的静穆,一种成熟的气象,恰如她自己的诗。稻束给比喻成母亲,'肩荷着那伟大的疲劳',在伸向远远的一片秋天的田里低头沉思,真像是米勒的画。"这里寥寥数语,唐湜便把郑敏诗的凝重、沉郁的油画味给凸显了出来。

唐湜自己曾谈到:"当时我写的评论比诗的比重大,给人一些新鲜的感觉。在四十年代由于深受现代主义影响,写作了一些现代风的习作,更作为一个流派的评论代表,抒写了较多鼓吹现代主义的评论。这集子以抒情散文的风格来抒写评论,在当时严肃的评论王国里就显得较为亲切、自然,有点独创意味。"

诗人写评论,的确韵味非同一般。我们可以看出,唐湜的评论,就是一幅好画,一篇好散文,或一篇有蓬勃的力量的搏求的心理戏剧。只要它是真挚的,切实的,也就总是一致的,完整的,兀自独立着的,恰如一座山(它的崇高),一片水(它的渊深),或一片阳光(它的闪烁的浑朴)。这是唐湜对自己诗论写作的美学追求。

时至八十年代,唐湜复出,在原《意度集》的基础上,又增加了若干篇什,编成《新意度集》,于一九九〇年出版。

我极少写未曾见过面的诗人,而对于唐湜前辈,却是个例外。一直想写,写写这册甚为珍贵的《意度集》。最近收到唐湜女儿寄赠的上下册《唐湜诗卷》,篇篇诗章凝聚着唐湜一生的心血,摩挲良久,更令人怀念去世不久的唐湜先生,并以此文寄托一个后学的敬仰之情。

二〇〇九年十月

诗坛圣徒数屠岸

春节期间，中央电视台播放"新年新诗会"，屏幕上倏然醒目地跳出一行字"二〇〇九年度诗歌人物屠岸"，接着是一组屠岸的特写镜头。见之，我顿觉欣喜不已，深深感叹道：这是众望所归啊！

诗人屠岸已年届八十六岁高龄。十多年前第一次相见，看他的名片，头衔是"诗爱者 诗作者 诗译者"，让我肃然起敬。这些年，屠岸几乎每年都来上海，使我常获请益机会。交往愈多，对诗人的了解亦愈深。有一时期，我较多读他的汉语十四行诗。这种诗体，有着较为严谨的格律，有着英国式的精致与优雅。若没有深厚的学养，绝不易做到。难怪诗人牛汉称他为"学者型诗人"。

其实，屠岸的诗歌创作，最初是从现代新诗入手的。我有机会陆续读到他写于二十世纪四十年代初的一些新诗，生出颇多感悟。他的创作起点高，字字珠玑，几乎没有粗糙之作。

屠岸是江苏常州人，那是诞生过黄仲则、赵翼、瞿秋白等不少著名文人诗家的地方。父亲是一位建筑工程师，曾公费留学日本。母亲知书达礼，是新型知识女性，也是屠岸诗歌的启蒙老师。她一边干活，一边吟诗教子。耳濡目染，屠岸幼时能背许多古诗名篇，以及日后半个多世纪圣徒般朝拜在诗坛之路，与母亲的诗教分不开。十四岁时，他瞒着家人写出第一首旧体诗，原以为会遭母亲责备，不意却得到了母亲的鼓励，还帮他作了修改。至今屠岸默吟其中"秋老悲红树,乡心感棹歌"两句诗时,那战乱时背井离乡的逃难情景,仍使他双眼噙泪。

　　爱诗的屠岸,于一九三六年告别故乡,考进了当时的江南名校江苏省立上海中学。之后,遵从父命,考取上海交通大学铁道管理专业。四十年代初,十九岁的屠岸到哥哥的同学沈大哥家度暑假,一个多月沉浸在吕城乡村大自然的怀抱中,诗情勃发,连续创作了六十多首抒情短诗。这是他新诗创作的发轫之始。有时通宵达旦,写到情深处,不禁泪湿稿纸。一次,他边写边情不自禁高声朗诵起来,当读到"天地坛起火了",高亢的声音惊醒了睡在隔壁的沈大哥,他真以为乡间的"天地坛"小庙着火了,未及穿戴整齐,就急忙奔来问个究竟。当弄清真相时,两人对视大笑。沈大哥说他写诗如此入迷,直呼他"诗呆子"。

　　在上海交大读书期间,屠岸联络震旦大学、圣约翰大学等爱好诗歌的一些学生,组成"野火诗歌会",自编三期油印诗刊《野火》。会员中有成幼殊(金沙),系老报人成舍我之女,后成为外交官,至今创作不辍,前有诗集《幸存的一粟》问世。吴宗锡(左弦)一直生活在上海,曾任市文联副主席,长期从事评弹艺术研究,著作颇丰,是极具权威的评弹艺术理论家。还有章妙英(方谷绣),她与屠岸以诗为媒,志同道合,结为诗坛伉俪。两人一起写诗译诗,如同勃朗宁夫妇那样美丽动人的爱情故事。他俩合译出版了斯蒂文森诗集《一个孩子的诗园》。十年前妻子因病去世,诗人很长时间无法走出悲痛的阴影。他将妻子的遗诗整理成册分赠亲友,以慰思念。当年郭沫若先生看到《野火》诗刊,提笔致信祝贺,信中特意赞扬屠岸的《初来者》《自己不能说话的时候》,章妙英的《仙露》,对他们的诗歌创作不啻是极大的鼓舞。

抗战胜利后，屠岸重燃写诗热情。他将诗作《生命没有终结》《我相信》投给《文汇报》，很快就先后刊出了。时任"笔会"第一任主编唐弢先生，对他的来稿甚为重视，常写信鼓励。可以说，屠岸是健在文学前辈中最早结缘《文汇报》的诗人，他与"笔会"有着六十多年的情份。一九四七年《文汇报》被查封后，屠岸向《大公报》副刊"文艺"投稿，主编靳以先生继唐弢之后，成为屠岸第二位恩师。正如诗评家和读者所说，诗人作于四十年代的这些诗作，没有概念化，没有拼凑痕迹，犹如一幅清淡、自然的水彩画，既受到中国古典诗词的影响，又有着外国诗歌的浸染，节奏鲜明，音韵有致。诗人自己亦感到，这样清纯的诗，现在恐怕也未必能写出。"淡红的发结／缎带扣住童年的乌丝。"（《发结》）"一望无际／阳光在碧浪上移过。"（《稻的波》）"钉靴在雪地上踏过／手里提着一双布鞋。"（《残雪》）这样的诗句，隽永而耐读，不会过时。

当时，屠岸将他创作于四十年代的几百首诗，抄录在四十多本小册子上。其哥哥与未婚妻见到，为之欣喜，准备出资给他出版一本诗集。在物价飞涨的一九四八年，他们已悄悄把印刷诗集的纸张都提前买好了。那时，屠岸已加入党组织，投身到地下党领导的学生运动和文化斗争中。他把诗作给诗友翻阅，大家觉得写得不错。但当时，人民解放军三大战役陆续开打，百万雄师正摩拳擦掌，准备"打过长江去，解放全中国"。朋友们担心屠岸诗中抒发的是属个人情感的小资情调，可能与即将到来的伟大时代格格不入。这样，原本用来印新诗集的纸张，就改印他的第一本译著《鼓声》。在中国现代诗歌的长廊，由此少了屠岸的一本有特色的诗集。更可惜的是，他的四十多本手抄诗册,在"文革"中大部分丧失。这是屠岸本人也是中国诗坛的损失。

所幸的是,诗人的内弟,曾任《人民日报》高级记者的章世鸿先生,在整理旧箧时,意外发现他早年的一册日记本上,竟抄录着屠岸三十多首旧作。获此音讯,诗人大喜过望。几年前,他将这些诗歌分别辑入《哑歌人的自白》《深秋有如初春》两部诗集中。否则,不仅是他本人,我们也都读不到他写于那个年代的这些新诗了。

新中国成立后,屠岸在上海市军管会文艺处工作,后参与编辑建国后上海第一份诗刊《人民诗歌》。巧的是,五十多年后,诗评家孙绍振遇见屠岸,回忆一九四九年读初一时,国文老师印发给每个学生一首诗,要求熟读背诵,题目叫《光辉的一页》,作者就是屠岸。

《夜灯红处课儿诗》

屠岸遂想起,为迎接新中国诞生,他确实在当年九月二十五日的《解放日报》上发表过这首诗。孙绍振默诵道:"你长途奔波的/历史老人啊/请停下你的脚步/你看一看,然后/赞叹吧……"是诗歌让他俩沉浸在往昔的忆述之中。这是弥足珍贵的诗坛佳话。一九五三年诗人调往北京,依依不舍离开了学习和工作过十七年的上海。先后任职于《剧本》《戏剧报》及剧协等单位。粉碎"四人帮"后,出任人民文学出版社总编辑。然而,他始终没有放下过手中的诗笔,即使在政治运动高压下的二十余年,亦在心里默念,喃喃自吟。近年先后出版了《萱荫阁诗抄》《屠岸十四行诗》《屠岸短诗选》《夜灯红处课儿诗》,以及《济慈诗选》《英国历代诗歌选》等三十多部诗歌著译。

屠岸有一子二女,大女儿生的一对双胞胎女儿也已二十多岁。大家庭人丁兴旺,其乐融融。他们组织了一个"晨笛家庭诗会",每周或隔周举办一次,各人自出节目,或朗诵或吟咏古今中外名诗,以及自己创作的诗歌,还进行讨论、品评。在屠岸的影响下,家庭诗会堪称诗坛创举。

面对时下一言难尽的诗坛,作为一个新诗后学者,我已懒得谈诗。但我不能不谈屠岸先生的诗。他的那些写于上海的早期新诗,清澈明丽,精短情绵,经过半个多世纪时光的沉淀,读来依然亲切,令人着迷。

二〇〇三年九月

《扑火者》

《诗集》

《回声集》

《鼓声》

丽砂：淡忘或者淡泊

也许，丽砂老人被时代淡忘了。也许，因他的淡泊而渐渐淡出诗坛。只是，人们不会忘记这位上海诗坛仍健在的老诗人。

丽砂现居上海南汇惠南古镇，在一幢普通民宅的两楼，与老伴江澜安享晚年。其实暮年已至，总有病魔缠身，断不了要往返医院。每年，桃花盛开的季节，我在观赏"满树桃花相映红"之时，亦不忘去看望如陈年醇酒一样的诗坛老人，与丽砂有一搭无一搭地闲聊，甚为惬意。

丽砂原名周平野，一九一六年生，四川江津县人。他出生在一个贫寒农民家里，父母含辛茹苦，以微薄之力，勉强供他上学。在江津就读聚奎小学和江津中学。穷人的孩子早懂事。丽砂知道上学的机会来之不易，读书异常用功，课外还阅读了大量古典文学名著，以及"五四"新文学作品，并试着学习写作。一九三四年，还在读初中时，他就将旧体诗习作寄到重庆的报社，居然登了出来。第二年，他考入万县师范学校，便开始了新诗与小说的创作。

一九三八年，丽砂从师范毕业，一边从事教师工作，一边投入抗日救亡运动，以他的笔为抗战鼓与呼。一九四二年七月九日，他正式以"丽砂"为笔名，在重庆靳以主编的《国民公报·文群》第四三二期上发表散文诗《表》。之后，形成了他创作上的第一个高峰，先后在上海的《文艺复兴》，重庆的《诗焦点》《蜀道》《西南日报·星期文艺》，北平的《骆驼文艺》《诗垒》《雪风》，桂林的《诗创作》《人世间》《力报·诗垦地》等发表大量诗歌。一九四六年，长诗《迎——任天民归来的时候》，刊于重庆《西南日报·星期文艺》的"诗人节特刊"上，产生了较大的影响。一九四四年，他与炼虹、李岳南等编辑《诗焦点》，又与钟辛合编《渝北日报·诗生活》副刊。

我现在能阅读到丽砂最早的诗作，是一九四二年，他写于四川璧山的散文诗《铃》(组诗)，由《雨铃》《驼铃》《鸽铃》三首组成，诗句空灵而富哲理："窗外，檐边的雨铃又若断若续地低唱着一只凄迷的曲子，声音是那么地近而又远，清而又浊(《雨铃》)"；"驼铃是用旅人的声音和旅人的眼睛铸成的，听它的调子竟那么深深地感动着旅人(《驼铃》)"；"我也想变成一只银鸽呢，而且是一只满腿满翅膀都挂着银铃的(《鸽子》)"。

这是丽砂写作散文诗的起始。以后他又写了一组组《冬的故事》《春天的散曲》《力的执着》等散文诗。《中国散文诗》杂志曾刊评论，说他的散文诗"以热情敏感见长，在散文诗的短小形式和系列结构上，在格言体散文诗的创造上，作出了自己的努力"。在他的散文诗中，处处使人感受到"时代的跳动和春天的信息"，所以，他曾被誉为"春天诗人"。诗句中洋溢着春天的蓬勃气息与活力。

一九四四年，丽砂考入苏州国立社会教育学院社会事业系。可是，在国难当头的岁月，不可能有安静的书斋生活。一九四七年五月，血气方刚的丽砂作为学生代表，徒步从苏州来到南京，参加京、沪、苏、杭四地区大专院校"反饥饿、反内战、反迫害"的"五二〇"学生运动。学生的爱国热情，却遭到国民党政府的残酷镇压，丽砂的名字上了"黑名单"。课堂再也跨不进去了,未等毕业,他被迫含愤离开学校。之后,他流亡到上海,在宝山罗店一带,以兼课为掩护,从事党的地下工作。直到上海解放,他转入宝山县委担任教育行政管理工作。后到松江、南汇等地从事教育工作。一九五六年起,他受"左"的伤害长达二十多年,身心受挫。他不愿回首那段令他伤心的岁月。春回大地,一九八二年他的错案得到平反,获准离休。

自二十世纪三十年代起,一直到五十年代中期,丽砂从未放下过手中的笔。上海解放初,他参加了"上海诗歌工作者联谊会",与方令孺、赵景深、周煦良、屠岸等出席"诗联"召开的创作座谈会,活跃在上海诗坛。他除了写诗,更多地写作了大量散文诗,相继发表在《人民文学》《长江》《雨花》《星火》等文学刊物上,还一再被选入《六十年散文诗选》《现代散文诗选》《中外散文诗鉴赏大观》《中国四十年代诗选》《中国新文学大系》等专集。

一九八四年,花城出版社出版了丽砂的第一部散文诗集《冬的故事》,一九九六年,他的第二部散文诗集《早晨的街》欣然问世。

这些年来,丽砂蛰居上海南汇,有时参加当地民间诗社的一些活动,写写旧体诗词以丰富晚年生活。近一两年来,因年迈手抖,才真正封笔,颐养天年。然而,谈起诗坛往事,他依然思维清晰,不绝如缕。

在我国现代文学史上,散文诗人以鲁迅先生为旗帜,以《野草》为借鉴,锲而不舍辛勤耕耘,积累了丰硕成果。丽砂无疑是散文诗长廊中一位先行者。五六十年代后,郭风、柯蓝、刘再复等承前启后,形成颇具实力的散文诗创作群体。正如丽砂老人谦虚之言:"我摸索着写了半个多世纪的散文诗,成绩实在太小。……我写雪花、野火把冬天点燃,写石头、雷电在春天歌唱,……请推开我书页上的窗口吧:有没有几帧美丽的图画?有没有几片纯的馨香?有没有一个声音在响:我们不能遗忘过去,我们更要创造理想!"

九十四岁的丽砂老人,是我国硕果仅存的三十年代诗人。沪上健在的诗人中,他可称年龄最大、资历最深的诗坛前辈了。他见证了诗坛的风风雨雨,话语中却依然保持诗人的纯真,对生活寄予美好的希望。他是众多诗人们值得夸耀与赞美的骄傲,他给予诗坛的,是永远值得珍视的品格。

二〇〇九年三月

杜运燮与“朦胧诗”

　　从二十世纪八十年代初我国文学理论界开始的对于“朦胧诗”之争,已经历了三十年。经过那场争论,人们认识了一批年轻有为的“朦胧诗”代表诗人北岛、舒婷、顾城等。但是,引燃这场争论的导火线,却是一位老诗人的一首抒情短诗。

　　这位老诗人是杜运燮,他的诗题为《秋》。一九八〇年第一期《诗刊》发表这首诗后,如同一石激起千层浪,引来诗坛一片哗然。有人以《令人气闷的“朦胧”》为题,对这首诗提出质疑。文中说:“连鸽哨也发出成熟的音调”,开头一句就叫人捉摸不透,鸽哨是一种发声的器具,它的音调很难有什么成熟与不成熟之分。“现在,平易的天空没有浮云”,天空用“平易”来形容,是很稀奇的。“紊乱的气流经过发酵/在山谷里酿成透明的好酒。”说气流发酵,不知道是不是用以比喻气流膨胀,但膨胀的气流酿出“透明的好酒”又是什么意思呢? 批评者一连串的质问,得出的结论是这诗写得晦涩、怪癖,并冠之以“朦胧诗”。此后,从《诗刊》开始,全国诸多报刊及诗歌理论界掀起了多年对“朦胧诗”的讨论。诗作者杜运燮在同年《诗刊》第九期上,发表《我心目中的一个秋天》,算是解疑释惑,对批评者的一个反馈。随着“朦胧诗”讨论的深入,以至直到今天,如诗人唐湜所指出的:“这引起了年轻人的一个朦胧诗运动,很多年轻诗人因而成名,大红特红起来,反把现代派的老将,九叶之一的奥登门徒运燮忘在一边，似乎不屑一提，我真有点不服气。"

唐湜的"不服气"是有道理的，他与杜运燮同是"九叶派"诗人，作为一个同时代的诗人兼诗论家，他比别人更了解杜运燮。

杜运燮是福建古田人，却于一九一八年三月出生于马来西亚的一个华侨家庭。在那里，他念完小学和初中。一九三四年回国，在福州读高中，后考入厦门大学生物系，因诗人林庚教授的介绍，转学到西南联大外语系，同时开始了诗歌创作，在昆明《文聚》及香港《大公报》等报刊发表。大学期间曾应召参加中国远征军，担任美国空军志愿大队翻译，随军到过缅甸、印度等。大学毕业后任重庆和香港《大公报》编辑，以及在新加坡南洋女子中学和华侨中学担任教员。后与友人一起编辑出版新加坡《学生周报》，其间，向上海的《文艺复兴》《诗创造》《中国新诗》等刊物投寄诗稿并发表。新中国成立后，他回国在新华社国际部工作，曾两度随同国家领导人出访德国等。一九八二年，杜运燮在北京去世。

杜运燮的处女诗集《诗四十首》，与方敬的诗集《行吟的歌》一起，编入巴金先生主编的"文学丛刊"第八集。其时，杜运燮并不认识巴金，因为杜与萧珊是西南联大外语系的同学，凭着这层关系，他把诗稿交给萧珊，算是"拜佛找对了庙门"，走了一条牢靠的捷径。而萧珊属热情相助之人，她与巴金热恋八年，于一九四四年五月结婚。诗稿很快就转到了巴金手上，由文化生活出版社于一九四六年十月初版。而更早的时候，杜运燮写过一首长诗《滇缅公路》，题材是非常现实的，筑路的农民们冒着饥寒与疟蚊的袭击，衣不遮体，营养不良，挣扎在死亡的边缘，却用生命修筑了这条抗战生命线。表现手法却是意象丰富的现代主义，他写公路"风一样有力""蛇一样轻灵",将之诗意化了,唐湜称此诗是"抗战时期最好的史诗之一"。这首诗被闻一多收入《现代诗抄》。但可能因篇幅过长,杜运燮没有将它收入《诗四十首》。而在这部诗集中,诗作的风格与《滇缅公路》却是一脉相承的,第一首《草鞋兵》,以奥登似的嘲讽风格,尖锐地揭示历史运动的内在本质:"一只巨物苏醒 / 一串锁链粉碎。"黎明快要来到了,广大的人民由灰色的草鞋兵来解放! 其他如《山》,抒写了自己的内心和知识分子高傲的心灵:"来自平原 / 却只好放弃平原 / 植根于地球 / 却更想植根于云汉。"还有《井》,抒写了知识分子的孤独与自我满足:"我是静默 / 几片草叶 / 小小的天空飘几朵浮云 / 便是完整和谐的世界。"

杜运燮的诗,是现实主义与现代主义结合得较为完美的典型。一直到三十多年后,诗人写出《秋》,也一样满纸烟云,一片意象。当人们静心思考,便能明白,这首诗写作与发表之际,我国改革开放的浪潮刚刚掀起,经过十年"文革"的"喧闹",连鸽哨的音调也似乎深沉、成熟了,狂热过后的天空不再"闷热","山川明净"了,是"智慧,感情都成熟的季节呵"。熟悉杜运燮诗风的人,对秋的寓意自然会有更多的领悟和启迪。

所以,有评论家说,所谓"朦胧诗",早在二十世纪三四十年代,就有辛笛、穆旦、杜运燮、郑敏、唐湜等"九叶派"诗人写过许多成功之作。只是,在极"左"思潮的影响下,诗歌长期成为图解政治的传声筒,只讲人人懂,不求艺术性。三十年前的那场"朦胧诗"运动,是一种诗歌本体与属性的回归。

二〇一二年一月

又见李瑛

又见李瑛，已是相隔整整二十年的时间了。

在现代诗人中，我读得最早且最多的诗歌作品，当是李瑛先生的创作。二十世纪七十年代中期，我开始涂鸦诗行，曾模仿过李瑛诗的句式。可见我那时已是李瑛的铁杆"粉丝"了。从他的诗中，我感受到意境之美，语言之美。

那年，李瑛刚访日归来。初次见面，他赠我刚出版的珍贵诗集《日本之旅》。而我，带去的只是对诗人的景仰之情，还有受上海文友佩君兄所托，转交赠予李瑛的两方印章。《日本之旅》是日本友人为李瑛特别印制并在日出版的一部抒情诗集，全部二十六首诗，表现的都是访日题材，其中不乏如《访东山魁夷先生》《呼唤——献给井上靖先生》等佳作。其实，从五十年代起，李瑛先后出访过十多个国家，写下为数众多的国际题材诗歌，这些作品均结集出版，展现了中国诗人的世界视野。那时致力于此的，还有艾青、朱子奇、顾子欣等一批优秀诗人。《日本之旅》印刷日期为一九九〇年七月三十日，小开本的软精装，墨绿色封面，装帧别致，很惹人喜欢。李瑛说："这本诗集印数不多，是中日人民友情与文化交流的象征。"我格外珍惜。回到上海，我即写李瑛访谈小文，刊于《文学报》上。二十年过去了，《日本之旅》一直珍藏在我的签名本书架中，新若未触。

今年，初秋的京城，已显凉爽舒适。在安德里总政住宅区的李瑛寓所，我们不仅叙谈二十年，更把时间推至更早更前。

李瑛说："我的第一本诗集，是一九五一年在上海出版的。"是的，这本叫《野战诗集》的书，由上海杂志出版社出版。这次，李瑛赠我他最新出版的诗集《北窗集》，共选诗一百十三首，都为诗人近年来的新作。我欣喜地看到，这是二〇〇九年十二月由上海文艺出版社出版的，与《野战诗集》相比，前后时间跨度六十余年光阴，可见李瑛与上海缘分的绵长而深笃。其实，在《野战诗集》之前，李瑛还出版过《石城底青苗》（五人合集）和《枪》，但《枪》刚刚问世，即被反动当局查封销毁。所以说，《野战诗集》是他个人正式出版的第一本诗集，李瑛将其作为自己的处女诗集。

一九二六年十二月，李瑛出生在东北锦州。父亲是铁路职员，终日奔忙在天津到沈阳的铁道线上。幼年的李瑛，从小就和家人随着父亲工作的变换，不停地迁移到一个个"四等小站"。小学也由几处学校前后拼接，从老家河北丰润县，读到唐山市，高中未毕业，即以思想激进为由，被校方无理开除，被迫流浪天津。

一九四五年，李瑛以优异成绩考入北京大学中文系。大学期间，他有条件阅读到更多中外优秀文学作品。然而，他在中学时就培养了阅读的习惯，并开始用笔记下生活中的点滴感受。我现在能见到他最早的诗歌作品，是他中学时期才十六岁写下的《播谷鸟的故事》，诗中写道："夏将老去／螟虫在飞／蝗虫也在飞／我的枕畔／铺一个饥荒的梦……"少年早慧，生活让他过早地品尝着苦涩的诗意。之后，由于北大的文学熏陶和滋养，他真正走上了创作之路。

有人说，李瑛写了一辈子诗。写诗过程中，他时有对诗的感悟，发而为文，就有了一些诗论，曾出版诗论集《对诗的思考》和《诗美的追寻》。但是，李瑛最初写作的形式，则不仅仅是诗歌，有散文也有小说。我曾在旧书肆淘得一九四七年旧刊《新路》，意外读到李瑛的两篇散文《菜市》和《一个小都市的南角》，欣喜不已，复印后赶紧寄给李瑛，他大喜过望，即刻回信写道："这两篇文章是我在北大读大三大四时，在西斋宿舍写就，内容都是我所经历的我的故乡河北唐山，在大时代背景下挣扎着生活的一些基层草民，我熟悉他们的命运和生活。那时我才二十一二岁。"李瑛说他正在整理早年旧作，好多剪报在历次劫难中都散失了，无法找到。北大读书，是他一生难得的好时光。他亲聆沈从文、冯至、朱光潜、杨振声等教授教诲，常为他们所主编的报刊文艺副刊写稿。在《益世报》《大公报》《文学杂志》等报刊发表了不少作品，有的也发表在同学们自办的《诗号角》《锤炼》等文艺刊物上。那时他一边读书，一边打工，还一边创作，一边投入学生运动。大学期间，他悄悄加入了中国共产党。在"反饥饿，反内战，反迫害"的热潮中，与反动势力作针锋相对的斗争。他的笔，随着他思想的成熟，更加犀利有力，"那时的精力旺盛，写作热情之高，真是难以想象，光诗歌就写下一二百首之多。"李瑛说。一九四九年一月，北平解放了。李瑛抑制不住报效祖国的热情，迫不及待地不等大学毕业证书到手，就参军南下，作随军记者，他紧跟战斗部队，伴着一阵阵"打过长江去，解放全中国"的响亮口号，从北方一直打到南方的广东、广西，准备渡海解放海南岛。一路上，李瑛在写下大量战地通讯的同时，也写下了一首首激情洋溢的诗歌。《野战诗集》就是这段难忘岁月的印记。

人民解放战争以摧枯拉朽之势，很快取得全面胜利。然而，新中国诞生不久，战火又燃到鸭绿江边。一九五〇年冬，刚调到解放军总部工作的李瑛,又奉命随部队开赴朝鲜战场。之后,又两度入朝,边工作边深入生活,进行创作。他对志愿军战士的真挚感情,浓缩成一行行战地诗句。一九五二年,上海杂志出版社又出版了他的第二本诗集《战场上的节日》。

从那时到现在,李瑛共出版了五十六部诗集和诗论集,几乎平均以每年一部的速度,与时间赛跑。二十世纪六十年代,他写的《红柳集》也是我喜欢的一部诗集。能拥有这样一部旧版本的诗集,对于我来说是一种十分惬意的精神享受。在中国现代诗人的长廊中,几乎没有一个诗人达到过如此丰瞻的创作成果。多年前,曾读到诗评家谢冕先生所写的《战斗前沿的红花》《一个士兵的歌唱》等多篇评介李瑛诗作的文章,在《他的诗由波涛和钻石组成》一文中,他对李瑛的诗歌作出过精辟的论述:"以华彩写粗放,以精致写豪迈,在李瑛的手里,仿佛有一柄锐利而灵巧的雕刀,读李瑛的每一首诗,总感到他在精心镌刻一件艺术品。"这就说出了李瑛诗的风格,他的诗是内敛的,细腻的,是有自己独特的艺术个性的。

六十年来,李瑛的足迹,踏遍了祖国的山山水水,从《北疆红似火》到《南海》,从《寄自海防前线的诗》到《多梦的西高原》,每一部诗集,都留下鲜明的地域特色,留下他对生活和大自然的爱,对社会和人生的感悟。

"五四"以来的中国新诗人类型中,有狂飙突进似的诗人,也有涓涓细流般的诗人。而难能可贵的是,李瑛如一名长跑运动员,始终保持着创作的潜力与耐力,不断突破与创新,探索与尝试。一直到今天八十四岁高龄,与二十年前相比,李瑛的思考与谈吐,依然保持着诗人的睿智与敏锐。虽然他的身影已显苍老,步履也有些迟缓,但却诗情不减，这在当今诗坛上，似乎还不多见。任《诗刊》常务副主编的诗人李小雨跟我说，父亲的听力近年衰退得厉害。她还告诉我，二〇〇八年六月母亲去世，给父亲的打击很大。李瑛在"无限悲痛中匆匆写下"长诗《等待》，诗中倾诉着对"相濡以沫共同生活六十年的至亲的老伴"的真切情愫。而更多的时光中，李瑛没有沉浸在孤寂与悲凄之中，仍然关注世界，关注人类。仅今年就在《人民文学》《光明日报》《文汇报》《诗潮》等多家报刊上发表了大型组诗《爱的抒情诗》《爱的记忆》《海螺及其他》《在湘西》等几十首诗。为了减少父亲的寂寞，小雨常来陪伴、照料父亲。女儿在身边，作为父亲的李瑛，自然十分欣慰。他赠我新书，欲取印章及红泥时，听他轻轻地唤了一声"雨"，在我看来，只一个字，却饱含着多少慈父的爱啊！

二〇一〇年十月

吴宗锡：弦歌在诗与评弹间

在我交往的文化老人中，只要听说他从前是写过诗歌的，我的神经就会异常兴奋，会去追根究底，探听他写诗的经历与有关史料。

年逾八旬的吴宗锡先生，就是一个从民国年间开始写诗歌的诗人。原先我只是知道，宗锡先生是我国为数不多的评弹艺术理论家，新中国成立后即任上海评弹团团长，后任上海曲艺家协会主席，市文联副主席、党组书记。但却未知他曾经那么钟情于"缪斯之神"。

那年，我无意间在旧书店淘得吴宗锡的一本旧著，书名为《旧艺人翻身记》，新华书店华东总分店出版，一九五一年一月初版。薄薄的小册子，纸已泛黄。然繁体字竖排式，及素朴的封面装帧，十分惹人喜欢。作者署名左弦，看着就觉得有点眼熟，此人似乎写过诗歌，经拐弯抹角地打听，才知左弦为吴宗锡先生的笔名。于是，带着这册旧著，我登门造访，想要多了解宗锡先生的创作经历。

一见面，吴宗锡就直言相告："是啊，左弦是我最初写诗时用的笔名。"这样，我们就让时光倒转。他带我回到"左弦"时代，回到曾经热衷于诗歌创作的美好时光。二十世纪四十年代中期，时在圣约翰大学读经济系的吴宗锡，与同样热衷于诗歌写作的十几个同学，组织了一个名为"野火诗歌社"的文学社团，成员有本校的，亦有来自震旦、交通等大学的学生，如屠岸、金沙、王殊、方谷绣等，他们大都是中共地下党和进步青年。诗歌会定期相聚，开展诗歌朗诵、创作观摩、诗艺探讨等活动。一九四六年六月,诗歌会所编《野火》诗刊第一期创刊,目录页上,左弦的名字出现了两次,即《无题》及《我写诗》,均是为生活在社会底层的贫苦大众而倾诉的激愤之作。创刊号出版后,在上海青年学生中产生了广泛影响,亦得到了文学前辈的关注和重视,郭沫若当即来信说:"读后的快感逼着我赶快来写这封信","左弦的两首诗都很好,我特别喜欢那首《我写诗》。"《野火》诗刊共出了三期,至一九四七年冬,客观上由于形势更加险峻,诗友们先后投身到革命洪流中,诗歌会的活动难以正常进行,《野火》诗刊随即不得不终刊。我在一帧野火诗歌会的合影中,看到那时的左弦身着西装,发丝朝后,斜依在门柱旁,显得青春年华、潇洒倜傥。

在诗歌创作的同时,吴宗锡还大量阅读外国诗人的作品,向国内读者译介了奥顿、桑德堡、裴多菲的作品。一九四七年,他创作的民歌体诗歌《山那边呀好地方》,获得了极大成功。诗中写道:"山那边呀好地方 / 一片稻田黄又黄 / 大家唱歌来耕田哟 / 万担谷子装满仓 / 大鲤鱼呀满池塘 / 织青布做衣裳 / 山那边呀好地方 / 穷人富人一个样。"该诗讴歌了解放区人民的生活,对比国统区人民处于水深火热中的悲苦,更激发人们对解放区的憧憬与向往。此诗后谱成曲子,广泛传唱,又入选电影《为了和平》的插曲。

谈起吴宗锡先生的笔名,他解释说,弦就是我国古典文学中的"弦咏",在国外,亦是缪斯女神手中的"七弦琴",都是诗歌的象征。左,指的是左翼革命。在那个非凡年代,为了用文学投入推翻黑暗统治的斗争,就含有做一个"革命诗人"的意味。那时,吴宗锡一边创作,一边还担任着《时代学生》《新文丛》的编辑工作,活跃地投身于学生文化运动。

一九四九年春,受地下党委托,袁鹰同志(后成为著名散文家)约吴宗锡在一个僻静处碰头,告诉他,上海很快就要解放了。并说,旧的说唱文艺良莠不齐,党要加强对曲艺系统的领导,组织决定让他转到戏曲战线上工作。而当时,吴宗锡毫无思想准备。他热爱诗歌创作,认为评弹是小市民的低级趣味玩意,颇不屑一顾。但是,既然是党组织的决定,吴宗锡只能暂时压下自己的个人兴趣爱好,开始接触和熟悉评弹。

毕竟是诗人。吴宗锡一踏入戏曲圈,就以诗人的敏锐,耳闻目睹一些老艺人的悲惨身世,以及新社会的建立,给他们的思想和生活带来的巨大变化。他满怀诗人的激情,秉笔直书,写出报告文学《旧艺人翻身记》,此书写的是民间艺人秋云芳的传奇故事。文字笼着一层绵绵的诗意,如结尾处:"初春晴朗的天空,是蔚蓝又带着苹果绿的,上面有五六只红绿纸鸢,像蝌蚪一样自由地翻飞……"

《旧艺人翻身记》

以后,吴宗锡先生一边担任上海评弹团与曲艺界的领导工作,一边写下了大量弹词开篇,如《芦苇青青》《王孝和》《晴雯》等,这些弹词开篇,他当作诗歌去写,赋予了诗的意境,文字亦富有诗意:"江南二月杏花天／春雨正连绵／池塘一片新涨水／茅屋檐前挂水帘。"这是诗化的弹词,是诗人的心声。在写弹词外,宗锡还撰写了大量评弹理论文章，先后结集出版了《怎样欣赏评弹》《评弹散论》《听书论艺集》等，对普及评弹知识、推动评弹艺术改革与创作起到了积极的作用。

五十年代，吴宗锡曾多次亲聆周恩来、叶剑英、陈毅等老一辈革命家对评弹艺术的亲切教诲。尤其是陈云同志，不仅是长期热心的听众，更是精通评弹的行家，在四十多年的交往中，宗锡有幸常常听到陈云对评弹工作提出的许多真知灼见，如多次提出"要研究评弹理论"等。今年，正值陈云同志诞辰一百周年，宗锡先生以专著《评弹谈综》的问世，作为对陈云同志最好的纪念。此书是一部评弹艺术的通论，从评弹的结构、叙事、语言、表演、趣味、曲调等十余个方面，对评弹进行全面的艺术阐释与分析，这在国内尚属首次。难能可贵的是，他总结分析了评弹艺术的创作规律，对评弹艺术的学术性作了深层次的理论探索。

直到现在，吴宗锡先生仍诗心未泯，摆脱不了诗歌情结。从八十年代起，常有诗作《含鄱口》《三叠泉》等在《诗刊》《人民日报》《文汇月刊》上发表。在作家协会会员名录上，仍执意把自己编入诗歌会员之列。

这可佐证，宗锡的心弦，总叩动在诗与评弹之间。诗，滋润着他的评弹，评弹拓宽了他的诗路。因为有诗的素养垫底，无论是弹词创作，还是撰写理论文章，总是文字精到优美，荡漾着诗情画意。

二〇〇五年五月

钧陶师和他的诗

在我相识的前辈诗人中，吴钧陶老师无疑属于个案，用时髦话说，当是十分的"另类"。

被称作诗人的，而又有翻译家头衔的，时下已越来越稀有了，而这两个荣誉都被吴钧陶兼而得之。他能写很自由抒情的新诗，也能写格律严谨的旧体诗。他能将中国的唐诗三百首，以及杜甫、鲁迅的诗作译成英语让洋人去读，也能把狄更生、奥登、庞得的现代诗翻译介绍给中国读者。而且，他能将产生于英国的十四行诗体，以汉语的形式诠释，并运用得炉火纯青。正如著名诗人屠岸所评价的：他的十四行诗内在形式上与中国诗文所讲究的"起承转合"发展程序相吻合，体现了诗人的匠心。

我知道，已届九十高龄的吴钧陶，诗龄已有七十多年。他在青少年时代就爱上了诗神缪斯。此后，他的人生并不平坦，可谓命运多舛，这都是诗歌惹的祸。二十世纪五十年代，因为在报纸副刊上发表了三四首小诗，便被扣上了"反党反社会主义"的帽子，受到错误的批判，打成了"右派"分子。一直到"文革"都未能幸免。被抄家，下"五七"干校"接受锻炼"，去化工厂"改造思想"，他怕再因诗惹祸，忍痛将多年的诗稿付之一炬，只有极少部分得以幸存。然而，他心底的诗心不灭。时来运转，春光明媚。吴钧陶不但没有对诗有半点怨言，弃诗而去，反而依然痴心不改，真是一条胡同走到底，撞到南山也不肯回头啊！其对诗的虔诚执着,令后生晚辈觉得汗颜。有时为了一首诗,我觉得已相当完整,近乎完美了,他还逐字逐句地修改,不肯马虎一个字。他如牛犊般默默耕耘,春华秋实,终于在一九八六年出版他平生第一部诗集《剪影》,时年已届六十岁,他戏称自己是诗坛"花甲新秀"。

今天,吴钧陶老师将他的诗歌汇编一集,成了大致的诗全编,这就是映入我眼帘的《人影》。手抚这部诗歌创作合集,觉得它是那么厚实,那么沉甸甸的。这里包含着钧陶师一片心血,他像杜鹃啼血那样,一声声,熬着生命的血液,为诗消得人憔悴。《人影》让我能较为全面地了解钧陶诗歌创作的题材和形式的多样化。我觉得,他的创作平实内敛、富有哲理。表面看,有的近乎大实话,越经咀嚼,越能体味一个饱经沧桑老人的肺腑之言,以及诗作锻字炼意的娴熟。在《明天会更美好》的一诗中,他写道:"孩子/时间是看不见的流水/时间在走自己的路/从三百亿年前开始一直流向未来/它并不理睬我们/而是在时间的河流中/我们不断地变化/让我带你跨过那看不见的时间门槛/你一步步前进/一步步延长/而我将带着白发/渐渐地/悄悄地/隐没在那时间的黑洞之中。"全诗流露出一个老人对年轻的新世纪主人的一种殷切期望,韵味是那么醇厚。他的一百一十八首无标题《冥想录》,短小精悍,充满哲思。因

《剪影》诗

幼时患下的骨结核病,给他带来诸多不便,但身心的折磨,没有摧垮他对诗的信仰,反而养成他"敏于思"的习惯,每有所得即捕捉成诗:"在时间的风雨里／黑发渐渐褪色／为了抚慰这一点白雪／夕阳把它染成金色。"而从形式上说,吴老师继承了中国古典诗歌的优秀传统,又借鉴西方现代诗歌的表现方法,有韵律、有相对整齐的格律。可以说,他在尝试和创新一种格律化的新诗形式,以更符合当代人的阅读趣味。

之前,吴老师出版过《剪影》《幻影》《心影》三部诗集,另有散文集《留影》(海外版)《云影》,按编稿顺序下来,这《人影》是他"影"字辈的第六本专著,前后跨越了三十年时间。在《人影》中,共分五辑,其中第五辑为"改造留痕",是以前没有发表过、也没有编入各集子中的诗歌,以留存那个特殊年代的印迹。也因为,所有的诗,都是由人而起,因人而叹,是对人性的探求,也是对人生的感悟和总结,故定书名为《人影》。

从《剪影》到《人影》,这剑磨得自然是火焠铁锻,铮铮作响。这样的诗,不但是我学诗途中的样板和标杆,而钧陶师本人,更是我难得的"忘年交"。诗品之外的人品,更令我心悦诚服。老诗人的赤诚与坦荡,每每传为佳话。那年,老翻译家孙大雨的译著因印数不足而搁浅,吴钧陶为其呼吁奔走,引起了社会的反响,终于促成了《孙大雨诗文集》的出版。钧陶师翻译了《圣诞欢歌》《爱丽丝奇境历险记》等外国名著,更把一批资深翻译家集结而来,主编翻译的《马克·吐温十九卷集》正式出版。他的乐于助人,他的翻译成就,都已超出了我这篇短文的写作中心。

二〇一六年七月

廖晓帆欢歌唱心声

每次拜望上海老诗人廖晓帆后,我的脑际总会涌出纷繁如万花筒般的想法,很难用一句话来概括廖诗人是怎样一个诗人,只能说:他很"另类"。

说他是诗人,可他学的专业及一生从事的工作都与诗没有多少瓜葛。一九二三年,廖晓帆出生于四川重庆,至今仍是一口川音未改,写诗与朗诵,亦透出一股火辣辣的滋味。一九四二年,他中学毕业,以优秀成绩考入抗战中内迁四川宜宾李庄的同济大学土木工程系。抗战胜利后的一九四六年,廖晓帆随同济大学一同回到上海,第二年毕业,经五年的艰苦学习,他已打下了扎实的土木专业基础。他分配进市政工务局,从此,他的一生与土木建筑紧密相连。从一个小小的技术员做起,一直与"路、沟、桥"打交道。他熟悉上海的马路,一条条排水沟,每座大大小小的桥梁,就像熟悉自己的掌纹一样如数家珍。在工地上摸爬滚打,日复一日,他成为一名桥梁方面的高级工程师。

时至二十世纪七十年代后期,廖晓帆参与了位于松江的上海第一座试验斜拉桥设计。后担纲国家建设部"城市道路立交和高架道路研究"课题,又主持了上海延安路外滩第一座人行天桥的设计。南京路等不少城市天桥,都是他与同伴们的杰作。他结合工程设计实践,撰写了《城市立交形式的选择》等大量论文,出版了《人行天桥的设计与施工》《混凝土配合设计新法》《桥梁橡胶支座》等专著。又翻译出版了《斜拉桥的影响线》《曲线梁的计算公式》等。作为一个桥梁专家，他在其专业领域，取得的成就已十分令人仰慕。

然而，隔行如隔山。他的这些成绩，在专业之外却鲜为人知。他热爱桥梁专业，几十年来，他在城市空间，默默地书写着一行行立体的诗。

这样说来，廖晓帆这一辈子，始终是一位不在文化岗位上的业余诗人。既为一名诗人，当然是写诗的人。而廖晓帆在写诗之前，首先爱上的却是音乐。在同济大学，德语是其第一外语，入学第一年首先学德语，这让他可以直接读到原版本的德国文艺作品。这样，他接触到海涅、歌德等大量德国诗人的作品，很多已被音乐家舒柏特谱上了曲调。于是，他就开始翻译这些德文歌曲。一九四五年，他先后翻译出版了《还乡曲》《抒情插曲》两部歌曲集，以及海涅诗集《新的诗章》。一九四七年参加工作后，利用业余时间他撰写了七十余篇《世界名曲随想》的文章，先后发表在当时的《新民报》，获得读者好评。一九四八年，上海音乐公司出版了他翻译的《舒倍尔脱(今译舒伯特)独唱曲集》第一集，第二集《美丽的磨坊姑娘》也于一九五八年由人民音乐出版社出版。半个多世纪以来，廖晓帆翻译了三百多首外国歌曲。在翻译过程中，他熟读了外国优秀诗人的诗歌作品，认识到一首语言精练的诗，其实是可以通过谱曲传唱，产生更为广泛影响的。廖晓帆也按照这个要求，来写作自己的诗歌。他的不少诗作，被马思聪、司徒汉、吕其明、马可等著名作曲家谱上曲，飞进了千家万户。他翻译和创作的歌曲编入几十种音乐教材和歌集中，二十多首进入了 DVD、CD 等碟片、点歌机中。如此说来，廖晓帆是一位音乐诗人。

其实,廖晓帆早在一九四六年,就与袁鹰、薛汕、沙鸥、吕剑、庄稼等四十多人,参加了由丁景唐主持的诗歌社团"民歌社",开始了民歌体诗歌的创作。这一年,他的第一首诗《老妇人》刊登于重庆的《民主报》副刊。之后,他写了《卖儿谣》《这种日子真难挨》等许多民歌体短诗,刊发在重庆《新华日报》、上海《联合晚报》和《新民报》上。如《春思曲》中写道:"正月的冻冰二月里消／二月的鱼儿水面上飘",清新而形象。当年主持《新民报》"夜光杯"副刊的是诗人袁水拍,笔名马凡陀,他白天在银行工作,晚上兼任报社文艺版编辑,写作出版了影响深远的《马凡陀山歌》。他对廖晓帆的诗歌倍加称赞,鼓励他继续沿着这条创作道路走下去。这样,廖晓帆创作目标更明确,写诗热情更高昂了。一九五〇年二月,廖晓帆的第一本民歌体诗集《运军粮》由上海正风出版社出版。一九五一年又由通俗文化出版社出版了他的第二本诗集《土改山歌》。棠棣出版社接着出版了他的第三部诗集《我们的工厂》。作为上海诗歌工作者联谊会成员,他还与黄宗英等作为"诗联"与上海人民广播电台合办的诗歌朗诵班的指导老师,为诗歌的普及与传播做了大量工作。由此可

《土改山歌》

说,作为一个诗人,廖晓帆已显示出与众不同的特点。他的诗,主要是从民歌中汲取养料,以精练、通俗、朗朗上口的语言,反映现实生活,抒发独特的感受。其意境开阔,格调清新,节奏鲜明,韵律优美,具有音乐性强的特点。可以说,廖晓帆是一个典型的民歌诗人,坚持走着一条源自民间的诗歌大众化的创作之路。

二〇〇九年,廖晓帆出版了他的诗歌新著,取名《欢唱》。这书名,与他的诗歌风格实在是太贴切吻合了。他的诗,是乘着歌声的翅膀而来。从一些诗的题目来看,如《凯歌进行曲》《筏工歌》《周末圆舞曲》《外滩小夜曲》《南浦琴声》《观光隧道小唱》等,诗句如"满天的星斗我们的歌/奔腾的黄河我们的琴",又如"车厢啊小巧玲珑晶莹剔透/我们的心儿呀像春花绽放"等,这样的句子,捧读朗诵是清新抒情的诗,谱曲吟唱就是优美动听的歌。他将诗与歌,从意蕴到形式,倾力打通。这就是廖晓帆的诗歌。他是桥梁专家,善于在这两者之间沟通连接,架起通衢大道。

桥与诗,伴随着廖晓帆的一生。在年逾八十七岁的老诗人心中,两者是密不可分、融为一体的。正如他所说:"大桥是一首歌颂大地恢宏的长诗,诗歌是一座架设在人民心上的桥梁。"诚哉斯言!

二〇〇九年十二月

255

三叹公刘

在我心里，一直为诗人公刘坎坷的命运与创作深感叹惜。近日从旧书店欣然淘得《边地短歌》，这是公刘的第一本诗集。摩挲良久，这样的感觉更为强烈。

公刘曾名刘耿直，一九二七年三月出生于江西南昌一个平民家庭。尽管一九四〇年他在《新赣南报》发表了第一首新诗《悼张明》，但一般都将他以"公刘"为笔名，写于一九四五年末的诗歌《自画像》，作为其创作的起步之始。他在诗中写道："看眼睛知道你失眠／从失眠测定你构想的诗篇／修眉是不甘收敛的翅膀／有什么样的痛苦将它灼伤？／但铁颚依旧紧咬着决心／而决心又始终紧咬着敌人。"诗人出手不凡，一落笔，就显示出敢于直面现实的锐气。之后的几年中，他在南昌的《中国新报》副刊"文林"，香港的《华商报》《大公报》等发表二十余首新诗，四十多首散文诗。

然而，从二十世纪四十年代中期开始，曾经流派纷呈的中国诗坛，大都已偃旗息鼓，即使颇具影响的"九叶派"，也是后人给归纳命名的，当年并没有这个叫法。如此说来，公刘的诗，算不得任何流派。而且，他那时的诗作没能结集出版，直到二十世纪八十年代中期，这些旧作才以书名《夜梦抄》问世。这样，从现代诗歌史的角度而言，他的诗就难以进入新诗研究者的视野，这是令人惋惜的。

公刘在南昌中正大学读书期间，由于热衷于进步的学生运动，上了国民党的黑名单，他不得不远走高飞，按全国学联的指示，先到杭州，得到浙江大学学生、诗人圣野的帮助，转到上海。这是他第一次踏进这座城市，一面做学运工作，一面等待时机。因交通阻碍，他无法进入渴望去的苏北新四军根据地。后在全国学联和上海学联安排下，转至香港，担任全国学联办在香港的"中国学生"丛刊编辑，同时还编着《学运资料》等刊物。一九四九年秋，公刘离港到穗。不久广州解放，他被批准参军入伍。经长途行军，始入云南昆明，参与艰苦卓绝的剿匪战斗。戎马倥偬，忙中偷闲，公刘依然以饱满的热情，写下了一首首新诗。这些诗结集为《边地短歌》，于一九五四年三月，由中南人民文学艺术出版社出版，初版印数四千零七十五册，诗集共选诗三十五首。公刘写有仅一百三十余字的《后记》，他说："如果我今后还能写诗，我仍要用整个心去歌唱亲爱的边疆和亲爱的战友，和他们一同进入战斗，一同走向胜利。但愿将来我能拿出更成熟的作品来。"可见诗人那时的热忱与单纯。

平心而论，这部诗集中的作品，是政治热情多于艺术提炼。除《和平》等少数几首诗，或某些灵光一闪的诗句外，大多平庸无奇。与四十年代后期的新诗，尤其是语言犀利、意境深邃的散文诗相比，判若两人。只要看看《边地短歌》中的诗题，就可知一斑：《守望在祖国的边疆》《西南解放纪念章》《永远准备着》等，甚至有一些诗意索然的题目。

其时，中国文艺创作逐渐转变成"大一统"的格局。从延安开始确立的文艺"为工农兵服务"方向后，到新中国建立，文艺以歌颂为主流的创作宗旨，不断得到强化。在"左"倾思潮的强势统领下，公刘无法超越时代的局限。新中国的诞生，没能为文艺创作者提供更多的创作自由。我只能说，公刘"生不逢时"，他的才华没有得到应有的发挥，这第一部诗集《边地短歌》，成为他诗歌创作道路上的第一块警示牌，包括第二年出版的《神圣的岗位》，亦未能脱离极"左""窠臼"，诗艺更为糟糕，令人为之再次叹惜。

然而，公刘毕竟是公刘。他及时省悟到，以宣传、歌颂为写诗的任务，是一条走不通的死胡同。一九五三年，公刘调入冯牧主持的昆明军区文化部任创作员，相继写出《阿佤山组诗》《西双版纳组诗》，著名诗人艾青读后，情不自禁地以《公刘的诗》为题，欣喜地称其诗"带着难以捉摸的旭日的光彩"。

一九五六年秋天，继参与整理民间长篇叙事诗《阿诗玛》后，公刘为上海电影制片厂准备摄制该片而改编电影剧本，有过短暂的上海之行，却有意外收获。他在上海写下了著名的诗篇《上海夜歌》："上海关。钟楼。时针和分针 / 像一把巨剪 / 一圈又一圈 / 铰碎了白天。/ 夜色从二十四层高楼上挂下来 / 如同一幅垂帘 / 上海立刻打开她的百宝箱 / 到处珠光闪闪。"有多少诗人写过上海，唯公刘高人一筹，把上海写活写绝了，成为脍炙人口的名篇。

接着，黑云压城。公刘被粗暴地打成"右派"，过了二十多年的非人生活。直到一九七五年底，公刘悲愤的心情再也无法

《边地短歌》

258

压抑,预言"人民的心要爆炸",以腹稿的形式开始投入新的创作。一九七八年公刘重返诗坛,五十多岁开始,他的诗进入了成熟期,诗中多了独立的思考,多了历史的凝重感,诗风亦更为深沉、洗练。他写下了一系列优秀诗篇,如《沉思》《红花·白花》《哎,大森林》等。一九八三年,诗集《仙人掌》获全国第一届优秀诗集一等奖。接着,他相继出版了十余部诗集,五部诗论集,还写小说、剧本,以及无以计数的杂文。然而,二〇〇三年一月,才七十六岁的公刘,因病去世。他过量地透支了健康,加上之前二十多年所受的身心磨难,真可谓天不假人。倘若他人生的后期,把全部精力投入诗歌创作,还会为诗坛贡献更多的优秀之作。公刘、李瑛、白桦、邵燕祥、流沙河、周良沛等与共和国一起成长的诗人,组成了当代中国诗坛灿烂的星空。对公刘的过早去世,对诗歌界由此而受到无法估量的损失,不能不再一次感到叹惜。

公刘离开我们八年了。为中国诗坛,他燃尽了最后一点光热。诚如他在一份《自传》中所说:"人活在世上,怎样来证明他的存在呢? 一种是腐烂,另一种是燃烧。我希望的是燃烧,痛痛快快的燃烧,让自己和别人都得到一点光和热。"

二〇一一年一月

高原古城访昌耀

位于青藏高原东北部的西宁市,有着二千多年的历史,也有着二千多米高的海拔。不曾想到,我竟能在这座素有"高原古城"之称的城市,拜见心中仰慕的诗人昌耀。

只是,见面的地点让人感到心情沉重和压抑。媒体早有披露,昌耀因患癌症,正在接受治疗。

晌午。青海省人民医院干部病房显得十分静穆。进得病房,我怎么都不敢相信自己的眼睛:坐在门口椅子上的正是昌耀。这与我过去在照片上见到的西部汉子般的昌耀判若两人。

昌耀被病魔折磨得只剩下一副骨架了,真是"骨瘦如柴"呵。然而,诗人的头脑依然清晰。当他得知我从上海来,带去上海诗人对他的问候和牵挂时,他连连说谢谢。当我递上他的诗集请他签名时,他说湖南有个诗人未央,抗美援朝我们在一个部队。我说是的,他写过《祖国,我回来了》等许多好诗。

据陪伴昌耀的亲友介绍,春节前后,昌耀的病情较为稳定,年三十晚还吃了十个水饺,睡觉还行,脸色也有了生气。省委领导、朋友们都来向他拜年。近日却反复无常,趋于恶化,明显加大了药剂量。此刻,昌耀端着一碗药汤,欲喝未喝的样子。

人们对昌耀的了解太迟了。在他获得首届"中国诗人奖"之前,他很少有诗名,这与他不属于主流诗人,不属于任何流派群体有关。

昌耀就是昌耀。十四岁到朝鲜战场当文艺兵。负伤回国后,毅然选择了西部青海。因诗罹祸后于高原度过二十年的囚徒生涯。然而,他的创作高度,犹如峻险的青藏高原,令人难以抵达。昌耀曾写过具有长诗规模的《大山的囚徒》《慈航》《山旅》,都是以青藏高原为基点,对社会对历史对生命作出的反思,并于此建筑自己高原般的诗歌框架。他的语言艰涩、浓稠、古奥、浩瀚,又荡气回肠。以此对西部高原作着隐隐约约的还原,体现出了生命的初始和原创,对诗歌疆域的不断开掘。昌耀曾因禁于大山,呕心歌颂过大山,如今大山依旧,他却在孤寂中日见苍老。

过多说话会消耗昌耀所剩无几的精力,我想该告辞了。昌耀说感谢上海诗人对他的关心。我原来带了个相机,想给昌耀拍张照,看他化疗后头发已全部脱去,鼻子上插着根输氧管,我理智地取消了这一念头。

握着昌耀枯槁干燥的手,我想到了"风烛残年"这个成语,我仿佛看到一支摇曳暗淡的蜡烛。可他才六十出头啊。人生道路的坎坷,高原生存环境的窘迫,写作的倾心和玩命,使昌耀的生命过早地透支了。诗,耗尽了他的血液,他的全部热能。无论他病情的结局如何,对于他所挚爱的诗歌来说,他是自豪的,他无愧于"中国诗人奖"的荣誉。他为中国的诗歌贡献了毕生。

二〇〇〇年四月

韦泱先生存正

昌耀 二〇〇〇年三月十三日

于青海省医院 病榻

《一个挑战的旅行者步行在上帝的沙盘》扉页上昌耀签名

261

听白桦谈早期诗集

下午三点光景，白桦刚午休醒来，保姆为他穿戴衣裤。我站在卧室门外，待他走出，随他一起慢慢拐进旁边书房兼会客室。白桦家是很普通的小三居室，显得有些拥挤、凌乱。

坐定后，我说您的诗创作主要分两个时期，五十年代早期及八十年代以后。前者您自己很少谈及，也不见别人谈起。我写一小文，谈了您早期在云南的短诗创作。我文中谈到，短诗集《金沙江的怀念》，是中国青年出版社出版的，那书上怎么会印"解放军文艺丛书编辑部"编的呢？白桦一边看着打印稿，一边与我聊开了。他说，在云南写的第一篇作品是小说《竹哨》，首先寄给《解放军文艺》，可他们退稿不用。再寄《人民文学》，在该刊一九五二年六月号上头条刊登。这点小事，被总政文化部长陈沂知道了，对出版处长马寒冰大光其火：我们军队作者的作品，怎么不在自己的刊物上发表呢？因当时军队系统还无出版社，总政将此后部队作者的书，不论哪个地方出版，大都冠以"解放军文艺丛书编辑部"的名义。

我在文中写道，一九五三年，白桦从西南军区的贺龙身边回到云南，进入昆明军区文化部创作组，开始了专业创作。创作组成员有公刘、周良沛、徐怀中。白桦说，还有现在不大为人知晓的林予、郭国甫、蓝芒、赵季康。我查知，林予曾任《解放军文艺》编辑，后转业到黑龙江参加北大荒建设，创作出版过长篇小说《塞上烽火》《雁飞塞北》等。郭国甫著有反映云南少数民族的长篇小说《在昂美纳部落里》《梦回南国》等。蓝芒是马来西亚华侨,曾任昆明军区《文艺生活》编辑,与人合著有长篇小说《滇云黄花》,长诗《行进在祖国边疆》等。赵季康是女作家,曾任昆明军区《国防战斗报》编辑,先后创作电影剧本《摩雅傣》《五朵金花》,八十年代旅居美国。说起这些同龄军旅作家,白桦充满怀念之情,多少年过去了,昔日战友天各一方,生死两茫茫。

接着白桦说道,短诗《滇池小诗》,由四首小诗组成,每首四句,是抒情优美的纯诗。当年得以发表,可算是冒天下之大不韪。发表后,受到军队作家徐怀中的批评。

关于《热芭人的歌》,封面作画的作者黄胄,白桦说,他原是新疆军区搞美术的,一九五五年调到总政文化部,那时文学创作、美术创作,都在文化部下,这样,他俩成了战友,相处得挺好。

谈到长诗《孔雀》的写作,白桦说,是继长诗《鹰群》后,继续体验生活的成果。所谓体验生活,与现在不一样,就是住在百姓家,同吃同住同劳动。那时傣族懂汉语的极少,与汉族语言不通,难得交流。偶然遇到一位懂汉语的傣族姑娘,她有一册傣语手抄本,每晚就跟白桦讲本子上的故事,这就是《孔雀》原始故事的来源。诗评家谢冕曾说:五六十年代许多作品遭到批判,《孔雀》却成了漏网之鱼。因为《孔雀》的出版,使白桦声名鹊起。一次,为购买紧俏的轮船票,售票处预留了一张给白桦的票,票背上写着:"给《孔雀》作者白才桦。"多了一个"才"字,也许是一种障眼法。

不为人知的是,《孔雀》之后,白桦还写过第三部长诗,题目叫《弩》,是在高黎贡山上写的。随着反胡风、反"右派"的形势日益吃紧,他主动把长诗手稿付之一炬。白桦说,不烧就是祸害。

谈起《孔雀》的插图,我说真是难得,图画全彩印刷,用这样的插图来装帧诗集,真是相得益彰。白桦说,此诗在《长江文艺》发表后,影响甚大。出版社准备出单行本,并想物色一位有傣族生活体验的画家来配插图,找了黄永玉,他一时抽不出时间作画。一九五五年春季的一天,在车水马龙、尘土飞扬的滇缅公路边一家小店铺前,白桦见一张条凳上坐着一个仿佛江浙一带来的旅人,手中抱着画夹,就好奇地询问,才知道是上海画家程十发,他随全国美协访问团来云南,刚从滇西傣族地区写生回来,准备搭车回上海。听后,白桦窃喜,当即向程十发和盘托出请他作插画的心中愿望,没想到画家满口应允。两人谈得投机,直到有人喊程十发上车,才戛然而止。后来,画家收到《孔雀》文字稿。不多时,十几幅彩色插图就寄到了诗人手中。《孔雀》出版后,出版社将插图退还给白桦,白桦问程十发:是否寄还给你,画家爽快地说:不要寄,那些原作都送给你了。只是在"文革"中,白桦的所有书籍,连同这些原画,都被抄去,至今未知下落。然而,画家的这份贵重而慷慨的情义,白桦一直珍藏着。程十发在新时期出版第一本画册时,执意请白桦为之作序,可见友谊至深。

谈得差不多了,白桦抬头看看窗外,说阳光真好。我说陪您出去散散步,他说有阿姨呢。他每天与夫人王蓓一起,到小区晒晒太阳,说这是增加钙质的好方法。

钙质?我心里咯噔一下。老人缺钙,是生理现象。但在精神世界里,在普遍缺乏钙质的年代,白桦可从不缺钙。

二〇一四年九月

《早晨的街》

《诗四十首》

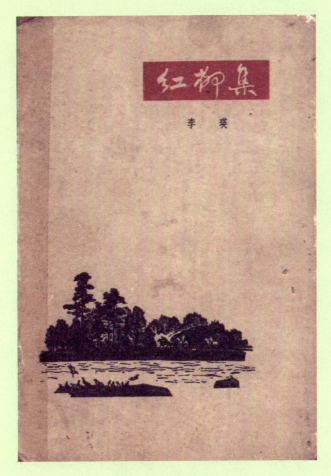

《红柳集》

《孔雀》

流沙河："小孩脚印"

二十世纪五十年代中期,流沙河先生先后出版两种诗集,即《农村夜曲》和《告别火星》,这是他最初的诗歌创作成果,也给他带来最初的荣誉和欢欣。

《农村夜曲》是流沙河的处女诗集,由重庆人民出版社出版于一九五六年七月,印数一万四千册。诗集中连三个组诗在内,共收诗二十九首。最早的一首诗,写于"一九四九年,成都解放前夕",诗题为《江岸送别》,首段写道:"江岸／黑暗的边沿／渡口／光明的起点……"似乎,流沙河在以诗的形式,来迎接一座古老城市的新生。

在诗集的《后记》中,作者开头写道:"苏联诗人苏尔科夫说过:'根据我们的经验和观察,一个人在十六岁到十八岁的时候,都爱写诗。'这本诗集里的第一首诗就是我十七岁写的。当时,我所在的那个城市还在黑夜里。"从那时到出版诗集的一九五六年初,"七年间,我们的祖国发生了震撼世界的变革,六亿人民已经在敲社会主义的大门了,亲眼看见这些变革,自己激动起来,涂了些诗。"

这可以看出,诗集中的作品,反映的是七年间国家的变化,人民的变化。当然,这中间,不能没有作者个人的变化和感受。一九四八年,还在省立成都中学求学时,流沙河就开始向成都进步报社《西方日报》投稿,发表的第一篇文学作品不是诗而是小说《折扣》。以后,小说、诗歌、杂文等,开始在成都《新民报》《青年文艺》

月刊上刊出。第二年,流沙河跳级考入四川大学农业化学系。年底成都获解放,热衷写作的流沙河,决定放弃学业,回到故乡成都金堂县,先在县学联协助做宣传工作,后到县下淮口镇女子小学教书。因在《川西日报》副刊上发表演唱作品与短篇小说,得到副刊主编、作家西戎的赏识,很快,流沙河跨入报社大门。一九五二年他加入青年团,不久,调入省文联专事创作。一九五五年先后写出《寄黄河》和组诗《在一个社里》(编入集子时改为《社里的日常生活》),诗歌"发表后稍有好评,便写诗愈勤。此后才走上了写诗的轨道"。

在《后记》中,作者还写道:"说到这些诗的缺点,那是多的。这都说明自己的努力太差,赶不上祖国飞跃的速度。"这显然是作者客套的谦词,他当时未必能说得清自己诗的缺点。否则,他不会写下这些基本属于配合形势的应景之作。然而,他的表态是真诚的,是积极向上的:"流光似水,寸阴寸金,我不敢懈怠,得扬鞭跟上去。"

二十五年后的一九八一年,流沙河写有《自传》一文,忆及当年出版第一本诗集情景:"几个月凑够了一本,第二年出版了,书名《农村夜曲》,现在读了很惭愧。"

一九五六年早春,流沙河将诗稿《农村夜曲》整理完毕,怀着愉悦的心情交给出版社后,即赴北京,出席第一届全国青年文学创作者会议。他后来回忆那段在北京的日子说:"眼界大开,诗思大涌。会后被中国作家协会安排去采访先进工作者,并列席全国先进生产者代表大会。会后又求学中国作家协会文学讲习所(第三期),那是一个大出人才的学习班,美丽的北京给我以丰富的感情燃料,觉得到处都是诗。八个月里写了许多小诗,又凑够了一本,交给作家出版社。"这就是流沙河的第二本诗集《告别火星》,一九五七年五月出版，印数一万六千五百册。

一九五六年从春天到秋天的八个月，是流沙河春风得意的八个月。他自成都到北京，从北京回成都，都沉浸在诗创作的感奋之中。《告别火星》一书有《写在后面的话》，可以看出作者踌躇满志中的谦逊，他说："在诗苑里，我是一个初学走路的孩子，在《孩子会走路了》一诗中，我写这样的句子：'舞着小手／移着双脚／孩子会走路了／他摇摇晃晃地走着／跌了一跌／又爬起来。'这便是我的自我写照。"

这里，流沙河把自己的诗歌写作，形象地比喻小孩学步。然而，相比第一本诗集，《告别火星》有更多可取之处。在北京，虽是走马观花式的旅游诗，却显出了诗意之美："小船漂在湖心／晚星闪在天上／我们在水中／寻找牵牛与织女／小船飞上天了／在繁星间漫航／轻轻地摇桨／不要惊醒了沉睡湖底的星光。"（《夜泛北海》）还有："南瓜爬上屋檐／葵花眺望墙外／芍药忙着谈情／蝴蝶才去，蜜蜂又来。"（《夏》）这清新的景象，犹如一幅农村水墨画。虽然，在诗集中，这样的诗占比不算太大，但远离喧嚣浮躁，远离口号标语，显得难能可贵，是经得起时间考验的诗歌佳作。比起"很惭

《农村夜曲》

愧"的《农村夜曲》来,《告别火星》"现在读了有些惭愧",表明作者自我感觉显然比前者稍好些。

第一本诗集《农村夜曲》,从一九四九年至一九五六年,是流沙河七年创作结集。后一本诗集《告别火星》,是一九五六年从春到秋,八个月间的创作成果。从七年到八个月,时间上的不对等,却反衬出诗歌质量上的差异性,后者明显优于前者。多少年过去了,作者对自己写于二十多岁的少作,尽管有反思,有否定,仍有所偏爱。进入新时期的一九八二年,上海文艺出版社出版了他的第一本诗选集《流沙河诗集》,其中近半诗歌,选自早期这两种诗集,可见作者有着"不悔少作"的情怀。

谈流沙河的早期创作,不能不谈他的《草木篇》。一九五六年,对流沙河来说,是值得留恋的一年。他的北京之旅,继参加了青创会,又跨进文讲所,见到久仰大名的文坛前辈,结识了不少文朋诗友,其间参观访问,不亦乐乎。可是,在流沙河的一篇回忆文中说:"在文学讲习所结业后,心情悒郁,回到四川去,在南行的列车上写了题名《草木篇》的五首小诗。"只是不明白,他何以"心情悒郁"?是过度留恋北京,还是事有不遂,就不得而知了。也许"悒郁出诗人",诗人在回川途中,写下了给他带来悲喜交集的《草木篇》。从时间上推算,《草木篇》是可以选入《告别火星》一书的。因此书《写在后面的话》落款有"秋夜于芙蓉城"的文字,可见这部诗集最终是在成都定稿编成的。为何未选《草木篇》,也许,作者觉得诗作不够成熟,需要修改再定稿。也许,他想先在报刊上发表后,再编入诗集。果然,流沙河回到成都,就参与了《星星》诗刊的创办工作。一九五七年一月,《草木篇》首发《星星》创刊号。五首咏物小诗,却招来全国性的口诛笔伐。此后，流沙河被开除共青团，开除公职，服了二十二年的劳役，直到一九七八年平反。新时期初始，当流沙河获悉《草木篇》被选入上海出版的《重放的鲜花》一书，感慨地说："什么'鲜花'，野草荒木罢了。我不认为它有继续存在的价值。别人拉它去'重放'，恐怕是想借此说明二十二年前对它的认识有幻觉，今后不宜再发生可悲的误会而已。"流沙河先生语出幽默，举重若轻，此所谓"幻觉"与"误会"，乃是对文学创作的无情鞭挞、粗暴掠杀，让他付出极其沉重的代价，包括《星星》四位编辑，"右派"帽子无一幸免，小小编辑部在"反右"运动中全军覆没，还连累许多无辜者。这是中国文坛悲剧性的灾难哪！

二○一四年五月

邵燕祥："我心中的火和灰"

　　说邵燕祥先生是诗人，那大致是不会错的。尽管，他现在写作的体裁，是文多诗歌少，但至少在二十世纪八十年代之前，他是以诗闻名的。而我想谈的，主要是他新中国成立前后十余年中的诗歌创作，即他早期的诗路心迹。

　　那就从他最早出版的三部诗集谈起（儿童诗集不在此列）。也许是冥冥中的诗缘，此三书我先后淘自上海旧书肆，且都先后由作者写过跋语。本来，我只是想请他签个名，以为留念。可出乎我意料的是，他认真至极，在诗集的扉页，题写了满满整版，三本诗集均如此。我想，这些诗集已难得一见，时过半个多世纪，重睹旧著，他有话要说，信笔由之，洋洋洒洒从头写到末，把一页的空白处都写满了。爱好诗歌，且爱好签名本的人，看到题跋文字多多，当然满心喜欢，如同遇见古籍中的批校本那样值得珍视。更难得的是，这些题跋，透露出不少信息，有作者的回忆，有评说，甚至一本旧书的原藏者及流转细节，邵燕祥能仔细看出，《到远方去》原藏

《歌唱北京城》

者为宋大雷云云。当然,更多的是以一个知识分子的良知与勇气,对极左思潮下的文坛作深刻反思。

《歌唱北京城》是邵燕祥的第一本诗集,由华东人民出版社出版于一九五一年八月,繁体竖排,初版印数六千册。一九五四年九月,此书在新文艺出版社又按原版印过一次。因我孤陋寡闻,未见作者对于这本诗集写过回忆文字,故在信中有所提及。燕祥在跋语中写道:"韦泱先生称我'悔少作'而很少提到,其实,在二〇〇三年末《诗刊》发我悼念严辰先生一文中提到出版始末,长记老诗人提携后进之情。至于内容的局限,那是另一个问题。刘福春先生编《中国二十世纪文学图文志·新诗卷》(沈阳出版社)有所著录;谢冕、洪子诚有关当代诗的书或文,亦都提及。"果然,在邵燕祥的文章《严辰遗墨》中,写到了该书出版的一些情况。创刊不久的《人民文学》,于一九五〇年三月(总第五期),发表了邵燕祥的诗歌《进军喀什城》。年末,时任该刊编辑部主任的严辰约邵燕祥编一本诗集,邵即把手头发过和没发过的诗稿编定寄去,即《歌唱北京城》,严辰在回信中说:"直感地觉得,你受着旧诗与民歌的影响,两者是并列的。但给人一种清新自然的感觉的,则常常是民歌与旧诗的原来近于民歌的调子。"又说:"你的诗和诗思,超过了你的年龄与经历,这是才华,但愿你更好地学习政治(这在诗里是较差的),学习社会,相信一定可以写出更成功的作品来的。"作者自小读过《歌谣》周刊,潜移默化受到不少影响,以至受到严辰的夸奖。

过了四年,邵燕祥的《到远方去》一书,由新文艺出版社于一九五五年五月出版,初版印数一万零一百册。后由作家出版社以同一书名印了一版,此版其实是将《歌唱北京城》与《到远方去》两书作了增删后的合集。在我的这册初版本上,邵燕祥题道:"这本诗集距今近六十年了。时代的局限烙印在字里行间。正如我们没法离开地球，也无法抓着自己的头发，站到云端超拔于历史的某一时段之外。书中如《一个制造螺丝钉的工人的话》，是走火入魔的表态昏话，《向北京》《在矿井的底层》，明显是从概念出发，所谓主题先行。今日翻读，感慨系之。我说过我的诗是'我心中的火和灰'，这本诗集应该是我心中的火，可惜怕已不能点起今天年轻人的心了吧。"此书版权页上面，有"内容提要"："这本诗集共收《到远方去》《我们架设了这条超高压送电线》《我们爱我们的土地》等十九首抒情诗，歌颂了祖国的社会主义建设，显示了建设者为社会主义而献身的胸怀。这本诗集写作时间从一九五三年到一九五四年。"

《给同志们》由作家出版社出版于一九五六年三月，初版印数一万八千册。作者在扉页上写："韦泱先生淘得此书，嘱题数语，时为〇七年上半年，当时稽延，又赶上当年夏发现病情，随后做开胸手术，迟至今日始覆命，深以为歉。这个小册子是我狂热地为'政治'服务的证明，在艺术上也比前年出版的《到远方去》退步了。此中教训，在拙作《别了，毛泽东》及一些零散文章中都有所涉及。今天它作为文学读物的价值已经丧失，只剩下作为那一段诗歌史的资料的作用。或者放大一点，可以从中了解一代狂热青年的思想感情吧。"

在这一诗集中，作者写有《后记》，谈道："我是业余学习写诗的。我所从事的新闻工作，使我必须面对着当前的迫切的主题。从一九五四年以来，我有较多的机会出差到一些工厂、矿山和建设工程，因而反映祖国社会主义建设者的形象，就成了我的一天比一天强烈的愿望。"

这段不长的话语，其实正可概括作者在五十年代初期五年中从事诗歌创作的基本状态。这三册诗集,就是作者热情而单纯地歌唱新社会、新时代的成果。其时,作者正是二十岁上下写诗的年龄。

以一九五五年为限,将时光朝前推十来年,我读到作者最早写成的诗歌,是一九四四年十一月创作的《寂寥》,写唐明皇时梅妃(江采苹)的怨情,可谓一首百余行长诗了。最后一段是:"楼东一赋 / 抒出心底的幽怨 / 珍珠一斛 / 遂在心中印出 / 败碎的梅花的余影。"这首当年没有发表过的诗歌,六十年后的二○○四年五月,由作者编入《找灵魂》一书。如果说,五十年代初十七岁的刘绍棠,因发表小说《青枝绿叶》,被誉为"神童",那么,十一岁的邵燕祥却没有这样的幸运,因未得发表,就无缘于"诗童"的雅号了。当年作者不但作诗,亦大量写文,今天我们不得不感叹作者的早慧。到了一九四七年,作者"写得更多的是诗,长的短的,民歌体的自由体的。说是诗,其实是分行记下的情感的波动,理性的闪念,只不过表明一个年轻人的思维很活跃,也很自由,没受到什么教条的羁绊"(邵燕祥语)。其中有几十行乃至百多行的抒情诗,如《橘颂》《病》《给伏尔加河船夫》等,也有总题为《长短句》的一组组富有哲理的小诗。不少诗开始刊于《平明日报》《经世日报》《国民新报》等报纸副刊上。从这些长长短短的诗中,可以看出,处于花季般的作者,在尽情抒写自由的心灵,融入了属于年轻一代的思考:"在港湾 / 忘不了海的 / 苦痛的痉挛; 在沙滩 / 忘不了老蚌 / 悲哀的嗟叹"(《港湾》);"老人的生命 / 全部属于 / 银白的胡子。再思索活着为的什么? / 一把年纪,只挣来 / 两把茧子。"(《茧子》)真难以令人置信,这样冷静、犀利的诗句,会出自十四岁的少年手笔。

邵燕祥曾说:"我读诗很杂,然而最初激起我尝试写诗的热情的，不是朱自清编的《中国新文学大系·诗集》，而是胡风编的'七月诗丛'第一辑。我受到'七月诗丛'影响而走上写诗的道路。"他受着这样的影响，怎么想就怎么写，是心灵的感发，是对生活的认知，没有矫情，没有做作，一年一年写了很多，也发表了很多。直到一九四九年，一个改朝换代的年月，也改换了少年诗人的创作路径。正如诗人所说："自己的历史是自己书写的，尽管有一只看不见的手不时左右着我的手腕以至心灵。"在这样的境况下，作者先后出版的《歌唱北京城》等三本诗集，只能是一种"摒弃了个人抒情的'新的歌声'"。这样的诗歌，写得再多，也难以经得起时间的筛选。一九九四年作者出版《邵燕祥诗选》，早年三本诗集中只选入《到远方去》等极少的几首诗。诗的生命力如此脆弱，这是诗人的不幸，也是中国诗坛或者说一个时代的不幸。从五十年代后期开始，邵燕祥整整沉默了二十年。所幸，随着新时期升起的文艺曙光，少年诗人的那种自信与哲思，踏着诗的节拍又回来了。自八十年代起，诗人相继出版了诗集《献给历史的情歌》《含笑向七十年代告别》《在远方》《如花怒放》等，那更多的是观察生活、思考人生的诗作了。这些诗已有不少专家作过评述，在此不赘。

与邵燕祥联系有十多年了。二〇〇四年，在上海举办的辛笛先生创作研讨会上得以识荆。诗人敦厚、睿智又不事张扬，挺有精神，看上去不过六十岁左右光景。邵燕祥生于一九三三年，如今已是望八之年了。时光倥偬，岁月不居，从他开始发表新诗的一九四七年算起，其诗歌的创作生涯，至今已走过六十五年的历程。谨以此文向诗坛前辈遥致深深的敬意。

二〇一一年十一月

多难多才的良沛师

一直想写写周良沛的诗。可是，一次次提起笔，又一次次无奈地放下。我几乎收齐了他半个世纪来出版的十余种诗文集。我与他同月同日出生，但他比我早二十五年，我视他为"忘年交"，可他不把我当小辈看，总是像老朋友似地与我谈笑风生，甚至很私密化评点人物的话，他对我都不会有所顾忌。

在我心中，比诗歌分量更重的，可能是他一部砖头般厚的长篇传记《丁玲传》，是他编写的十厚册《中国新诗库》，是他二十余年被关押铁窗的沉甸甸人生。

《枫叶集》

当然，我仍然应该先谈他的诗。他毕竟是个诗人，从一九四九年发表第一首诗，已有近七十年历史。他一九五七年七月出版第一部诗集时，我还没有降临这个世界哪！当我开始爱诗时，读到的即是他的这部处女诗集《枫叶集》。此书由作家出版社出版，首印两万册之多，放在今日，是不可想象的印量。这是薄薄的小开本软精装，我想，诗集就应该印成这样的雅致。内刊诗作四十四首,分三辑,前有以诗写的《代序》,后有《后记》,《代序》是一首稍长的诗《致一个战友》,以此诗代序言,可见他的诗,是写给部队战士的。《后记》亦简洁,仅两百来字。他说:"这四年写的诗,都编进这个集子了。第一辑是我在拉萨写的,第二辑是我在一些少数民族地区写的,第三辑是我在进军途中和边疆哨所里写的。"结尾也像写诗一样:"生活会像即将来到的太阳一样给我热和力,失去它,诗便像窗外此刻的枫叶一样失去它的生命,一片片凋落。"

让我惊喜的是,在那个年代,他的诗没有随波逐流,也极少概念化的标语口号。有的是生活的原始活力,有的是从生活中寻找的诗意。他写森林:"森林啊,你在静听/露珠从阔叶上滑下/松脂香在身边飘浮。"他写晚归:"西边一抹夕阳/在羊背上抹上一道金边/像金鱼一片片发光的鳞/又像夕阳照在/轻风吹皱了的湖面。"

诗集中比比皆是的这些诗句,既形象又优美。是他对生活的细腻观察,又是生活赐予他的灵感。读了这样的诗,会使人忘记那个喧嚣的年代。意外发现,那个年代还有这样的诗美。当然,一个才二十岁出头的青年,对题材如何深入开掘,以及留有那个年代普遍存在的政治意味。这都是无法苛求诗人的。

这些诗,大多写于西藏、四川、云南、贵州等地。从十六岁参加中国人民解放军,他后来随康藏公路筑路部队进入拉萨。那些年环境的险恶、物质的匮乏,都是难以想象的。在那样的艰苦条件下,周良沛是如何克服困难、执着写诗的? 我很想了解《枫叶集》中这些诗的创作轶事。

可是,周良沛却说:"看到这些青少年时写的长短句,不免脸会发烧。冷静下来,它又引起我许多美好的回忆。我从普通一兵,没有任何背景、任何关系,闯进了文坛,初次寄稿出去,二十多天就见它成了铅字。责任编辑还带我逛北京,还不让我掏钱。这在今日,已像神话了。但,我是这段历史的见证,那种人际关系,它还记在、温暖我的心。"

由此可见,那时青年作者成长的人文生态,是那么干净。尽管他生活的自然环境之险恶,是常人难以想象的。

在出版《枫叶集》的同时,周良沛还收集出版了《藏族情歌》《古老的傣歌》。这些书出版后的第二年即一九五八年,周良沛不幸因诗罹祸,被打成"右派",失去了长达二十一年的人身自由。

在铁窗下,诗人依然没有放下诗笔。他说:"人身的凌辱,残暴的酷刑,当时眼前的黑暗,仿佛只有绝望的前景,是诗,给了我生的勇气。"在单人囚室里,有专人看守,有终夜燃着的长明灯。有时看守叫他几下,以防"意外"。也许看守是个好心人,他知道周良沛有气有冤,他鼓励周要有活下去的勇气,只要活着,事情总会弄清楚的。这样,周良沛白天睡觉,每天深夜与他隔墙娓娓谈心,在度日如年的牢里,不再感到寂寞无望,反而觉得人情的珍贵。周良沛大胆向看守要了纸墨,在每晚夜谈之后,悄悄把构思的长短句,以最快的速度记在纸上。而每次遭突然搜查之前,看守都会给他通风。这样,周良沛藏在烂棉袄里的那些在油灯下写的诗稿,才得以幸存。"四人帮"粉碎后,周良沛将这些诗稿编入《挑灯集》,以纪念那段不堪回首的岁月。新时期中,他相继出版了《雪兆集》《饮马集》等多种诗集。

二十世纪七十年代末至八十年代,周良沛撰写了一部六十多万字的《丁玲传》。他与丁玲有着深厚友谊。丁玲生前一再婉拒写作她的传记。临终之前,曾对人说,非要写她的传记,还要推荐个作家的话,那就请良沛写。这是丁玲对他最大的信任。

在所有丁玲传记中,周良沛的《丁玲传》是最具特色、最有分量的一部。传记不是简单的写一个名人的一生,也不是仅仅去歌功颂德。传记要有独到的一手材料,要写出传主的思想、困厄、内心挣扎,等等。写个人传记,实在太难了。因为有多种因素,我曾两次婉拒了人物传记的写作。我把传记视为写作畏途。我前面的写作标杆就是《丁玲传》,那是一道无法逾越的传记高峰。

最后,我要谈谈周良沛对中国诗歌的另一项重要工作。在我的书橱中,排着十卷精装《中国新诗库》。每卷由十小册合订而成,每小册介绍一个诗人的作品与创作。从新诗诞生起,他选编了一百余位诗人的诗选集,每集前写有万字诗人评传,先分册问世,后结集出版。这是一种新的探索领域。他以一己的力量,在故纸堆中遴选已故诗人的旧作,又爬梳相关史料,以史为据,秉笔直书,对诗人作出实事求是的评说。这套皇皇大书,成了我案头必备之作,也为多少后学者,提供了详尽的诗坛史料。这是一部集作品、诗人文献为一体的大型工具书。在当时,不少诗人还没有得到应有的评价,甚至还在"冷宫"里。在当时,没有电脑、没有互联网,查阅资料极其困难。而能够为诗人写出一份详尽的评传,实在是太不容易了。时过三十年,那些史料,仍被各种文章所转用。虽然,随着时间的推移,不少故实浮出水面,有了新的发现与考证,但瑕不掩瑜,《中国新诗库》仍是关于百年新诗的一次开创性的、重大的梳理与总结。

这是作为诗人的周良沛,对我国诗坛作出的别样贡献。

二〇一六年七月

后　记

请年事已高的屠岸、邵燕祥、周良沛拨冗为我的新著作序，这属破天荒的第一次。不是因为拙著有多少出彩，而是心中敬仰他们，在或长或短的交往中，从人生到诗观，他们影响了我，使我获益良多。他们既是诗人，又对新诗有真知灼见的鉴赏力。他们从二十世纪四五十年代走上中国诗坛，是中国新诗发展重要历史阶段和事件的践行者与见证者。谈论新诗，他们三位是最有资历、资格和话语权的。

我从七十年代后期开始学习写诗，战战兢兢、磕磕绊绊也有四十余年了。也许因为时代的局限，或者说自己的愚钝，在学诗之路上，没有吃好"第一口奶"。所以一路走来，倍觉艰辛。直到现在，都很敬畏新诗，视为"难于上青天"的畏途。当我对新诗理念有了较为清晰的认识后，我感到应该反观历史，以"五四"时期新诗创立为起始，认真学习和梳理新诗的得失与成败，以使自己的创作少走弯路，步子更扎实些。

所以，近二十年前，我将较多精力投入到搜集和研究新诗的文献和史料上，开始接触和交往那些还健在的诗人，如北京的臧克家、屠岸、牛汉，上海的任钧、辛笛等。然后，根据我所掌握的资料和史迹，一篇篇写下关于新诗的点点滴滴。一直到眼下都没有中辍。对于新诗的写作和研究来说，我都是一名业余爱好者。正因如此，我相对可以凭一己的爱好，较为自由地进行我个人的研究。所谓兴之所至，随兴而作。在拙著中，我可以不完全按新诗的发展路径来写作，也可以不按诗人通常的新诗地位和影响来取舍。有的诗人，在新诗发展过程中，作出过重要贡献，有过定论的，但我或缺乏其相关版本资料，或主观上不太欣赏，就暂付阙如了。而有的诗人，其作品不多，甚至没有出版过诗集，但我有了写作冲动，又有可资写作的素材，可能会留下一笔。所以我说，这是充分利用我个人的新诗史料收藏，也是个人对百年新诗的点将，写谁或没写谁，都无关宏旨，更不受通常的新诗史论的影响。

采用点将录的形式，不算新奇。无非是借用典故而已。既不必一百零八将不可，也不必很江湖气的排定座次。读者看了书名，知道我写的是新诗发展中的诗人与诗事即可。

我想强调的是，这里的文字，不是对新诗优劣的评判，而是一部以史料为主的新诗书话集子。时间上我尽可能前移，写的通常是"老诗人"。即便健在者，他们年龄至少已八九十岁以上了。而对于新时期以来的诗人，虽然也属百年的时间范畴，但不是我的研究兴趣所在。相信若干年后，会有人来研究这一时期的新诗史料。

要说明的是，集子中有的篇什，曾在我以前出版的几种书话集中出现过，这次作为一个相对集中的专题，就一并收入，以使诗人间的相关史料可以相互关联和佐证。

有人说，我的文字缺乏现实批判精神。言下之意，是缺少锋芒。以我的性格，确实写不来这类文章。臧否人物，评点诗作，既非史料文献的主要功能，亦是我力所不逮之处。即使我对诗人有争议的看法，也仅仅是点到为止。因为，我写的是书话而非评论。

最后，再次感谢三位诗坛前辈。屠岸先生刚完成八卷本《屠岸诗文集》编辑出版，又投入《屠岸译文集》整理工作，这是一项浩大繁琐的出版项目。已九四高龄的他，不睡午觉，每晚工作到十一点左右。邵燕祥先生年事亦高，身体不佳仍笔耕不辍。其文字具有思想和艺术的分量，媒体编辑都以得到他的文稿为荣幸。周良沛先生正在为出版社选编百年新诗集，忙得不可开交。他们的序言，既是对我的关怀与厚爱，也是对中国新诗百年以后的发展，寄予更多的热忱与期待。

当然，我也感谢翻译家、诗人兼藏书家吴钧陶老师，他把珍贵诗歌版本赠予我，为我提供了写作的可能。还要感谢文汇出版社，他们重视文化类书籍的出版，曾出版过我的书话集《纸墨寿于金石》。感谢责任编辑鲍广丽为此书所付出的辛劳。

韦　泱

二〇一六年十月于东临轩

图书在版编目（CIP）数据

百年新诗点将录 / 韦泱著 . —上海：文汇出版社，
2017.1

ISBN 978-7-5496-1956-6

Ⅰ . ①百… Ⅱ . ①韦… Ⅲ . ①新诗 – 诗集 – 中国 – 当
代 Ⅳ . ① I227.1

中国版本图书馆 CIP 数据核字（2017）第 309911 号

百年新诗点将录

作　　者 / 韦　泱
责任编辑 / 鲍广丽
封面装帧 / 王　峥

出 版 人 / 桂国强

出版发行 / 文匯出版社
　　　　　上海市威海路755号
　　　　　（邮政编码200041）

经　　销 / 全国新华书店
照　　排 / 上海歆乐文化传播有限公司
印刷装订 / 上海鸿兆印务有限公司
版　　次 / 2017年1月第1版
印　　次 / 2017年1月第1次印刷
开　　本 / 1/32
字　　数 / 210千字
印　　张 / 9.5

书　　号 / ISBN 978-7-5496-1956-6
定　　价 / 58.00元